Sandra Busch

Made for Loving

Impressum

http://www.deadsoft.de

Umschlag: Irene Repp
http://daylinart.webnode.com/
Covermotive:

1. Auflage
ISBN 978-3-944737-30-0

Danksagung

Diese Geschichte kam dank meiner Lieben und ihrer Engelsgeduld zustande …

… Uwe, der mir Nahrung eintrichtert, während ich am Rechner klebe und der immer wieder erwähnt, wie gerne er einen Maserati hätte

… Alex, die mich ständig mit einem Spachtel vom Boden der harten Realität kratzt und mich mit verbaler Schoki aufmuntert weiter zu machen

… meine Familie, die mich immer noch erträgt und mich daran erinnert, dass der Mensch auch schlafen muss. Danke, dass ihr stets für mich da seid

… meinem Drachen, dem ich vereinzelte Passagen vortrage und der mich nie kritisiert (zumindest hat er noch kein Skript gefressen)

… und natürlich Simon, mit dem das Zusammenarbeiten ungemein Spaß macht.

1. Kapitel

Woody Allen:
Sex ist schmutzig, wenn man es richtig macht.

„'Cause this is thriller ..."
Phils Handy klingelte unerwartet und vor Schreck geriet er ins Straucheln.
„Thriller night. And no one's gonna save you …"
Hastig wühlte er in der Tasche seiner Jacke, bis er sich daran erinnerte, dass er das Handy in seinen Rucksack gestopft hatte.
„From the beast about to strike. You know it's thriller …"
„Gleich, Mutter, gleich", murmelte er hektisch, während er den Rucksack nach dem Telefon durchsuchte. Er hasste Michael Jackson und er hasste diesen Song, den er speziell für seine Erzeugerin als Klingelton gewählt hatte. Aber er hätte jedes Lied verabscheut, das er seiner Mutter zugeordnet hätte. Schlagartig war sein Mund ganz trocken.
„Thriller night. You're fighting …" Endlich hatte Phil das Handy gefunden und nahm mit zitternden Fingern das Gespräch an.
„Guten Tag, Mutter", sagte er tonlos.
„Warum brauchst du so lange, um ans Telefon zu gehen? Willst du, dass ich mir Sorgen mache?" Ihre Stimme klang wie immer ein bisschen schrill und ein bisschen hysterisch. Sechshundert Kilometer Entfernung lagen zwischen ihnen. Trotzdem gelangt es ihr weiterhin, ihn zu beeinflussen und ihm ein schlechtes Gewissen zu verpassen. Du liebe Güte! Er war doch ein erwachsener Mann. Warum ließ er sich das gefallen? Weil man nur eine Mutter in seinem Leben bekam?
„Ich kam nicht gleich an mein Handy heran. Mutter, was möchtest du von mir? Ich muss arbeiten."

„Um diese Zeit?“ Ihr Ton klang skeptisch. Phil blickte rasch auf die Uhr.
„Es ist doch erst 16:00 Uhr. Da sitzen viele Leute noch im Büro.“ Er wollte nicht telefonieren – schon gar nicht mit seiner Mutter – sondern sein für heute geplantes Vorhaben endlich angehen, ehe ihn der Mut verließ. Ein zweites Mal würde er sich bestimmt nicht überwinden können. Mit der freien Hand griff Phil in die Hosentasche, in der sich ein zerknitterter Zettel befand. *Versatile Productions* stand darauf. Die Firma hatte er beim Recherchieren im Internet gefunden. Außerdem musste er noch dringend zum Geldautomaten.
„Du arbeitest zu viel. Wie sollen wir uns da einmal in Ruhe unterhalten können?“
Phil atmete tief durch, bevor er antwortete: „Steht im fünften Buch Mose nicht geschrieben: Du sollst dem Ochsen, der da drischt, nicht das Maul verbinden? Ich arbeite soviel, damit du stolz auf mich sein kannst, Mutter.“ Wäre sein Name Pinocchio gewesen, würde seine Nase mindestens einen Kilometer lang sein. Aber seine Mutter schien besänftigt.
„Dann sprechen wir ein anderes Mal miteinander, wenn du mehr Zeit für deine Mutter hast. Wärest du nicht weggezogen, dann könntest du dich mehr um mich kümmern, wie es deine Pflicht ist, und müsstest mich nicht jedes Mal am Telefon vertrösten.“ Sie verfiel doch wieder ins Jammern. „Ich höre ohnehin viel zu wenig von dir. Wenn du wenigstens eine Familie hättest, die sich nach der Arbeit um dich kümmert, dann wäre ich arme, besorgte Mutter schon zufrieden.“
Zufrieden bist du erst, wenn du mich wieder vollkommen unter deiner Fuchtel hast, dachte Phil. Eher würde er sich erschießen, als seine mühsam errungene Freiheit aufzugeben und zu ihr zurückzukehren.

„Ich habe so viel zu tun, da bleibt keine Zeit, um mich nach einer Frau umzusehen.“ Diese Lügen hasste er noch mehr als den King of Pop.

„Es ist nicht gut, dass der Mensch allein sei; ich will ihm eine Gehilfin machen, die um ihn sei“, zitierte seine Mutter aus einem weiteren Buch Mose. „Ich wüsste da ein nettes Mädchen.“

„Mutter, es tut mir leid … Ich muss wirklich arbeiten.“

„Ich sollte euch unbedingt miteinander bekannt machen.“

„Mutter …“

„Hör auf in diesem quengeligen Tonfall mit mir zu reden. Wenn dir deine Arbeit wichtiger ist als deine Mutter, telefonieren wir eben ein anderes Mal weiter.“

„In Ordnung. Sei nicht böse, Mutter, ich habe halt viel zu tun. Also bis bald. Auf Wiederhören.“ Erleichtert seufzte Phil und verstaute das Handy wieder im Rucksack. Einen Moment lang stand er einfach bloß da, bis sein Zittern nachließ. Eigentlich sollte er es gewohnt sein, dass er beinahe krankhaft reagierte, wenn er mit seiner Mutter sprach. Nachdem er sich ein bisschen gefangen hatte, eilte Phil rasch weiter und zog an einem Geldautomaten dreihundert Euro. Anschließend holte er den Zettel aus seiner Tasche, um nochmals einen Blick auf die Anschrift der Firma zu werfen. *Versatile Productions* befand sich lediglich zwei Seitenstraßen weiter. Er holte tief Luft und marschierte fest entschlossen voran. Seine Mutter würde glatt in Ohnmacht fallen, wenn Sie wüsste, was für einen Sündenpfuhl er zu betreten gedachte.

Aber sie ist nicht hier, jubilierte er gedanklich. *Und sie wird es nie erfahren.*

Mit Schwung stieß er wenig später die Tür zu *Versatile Productions* auf und betrat einen Raum, der wie der Empfangsbereich einer Arztpraxis anmutete. Kein Hauch von Hollywood empfing ihn. Die Atmosphäre erinnerte ihn eher an Wanne-Eickel in den Siebziger Jahren: eine orangefarbene Rezeption, dunkelbraune Aktenschränke und eine großgemusterte Tapete.

„Kann ich Ihnen helfen?"

Phil entdeckte einen pickeligen Mann mit einer Igelfrisur, der eine gurgelnde Kaffeemaschine überwachte.

„Oh! Ja …äh … Hallo. Mein Name ist Ahnert und ich suche jemanden, der mir etwas über … über Pornografie und Homosexuelle erzählen kann."

Sein Gegenüber blickte ihn mit großen Augen von oben bis unten an. Solche Blicke war Phil gewohnt und er ignorierte sie.

„Natürlich würde ich für diese Auskünfte bezahlen", sagte er, um die Aufmerksamkeit wieder auf sein Anliegen zu lenken.

„Sind Sie Journalist?"

„So etwas Ähnliches."

„Ich wüsste da tatsächlich jemanden. Aber der steckt gerade mitten in der Arbeit." Der Pickelige lachte. Phil hätte gerne mitgelacht. Er verstand bloß den Witz nicht.

„Okay, dann kommen Sie mal mit, Herr Ahnert."

Der Pickelige brachte ihn über eine Treppe in die erste Etage und trat, ohne zu zögern, auf eine Tür zu, an der ein Schild mit der Aufschrift *Set 1* hing. Leise öffnete er und steckte erst den Kopf durch die Tür, ehe er Phil heranwinkte. Warnend legte er einen Finger auf die Lippen. Phil nickte zum Zeichen, dass er verstanden hatte, und wurde daraufhin in einen großen Raum geschoben. Im nächsten Moment hatte er seinen Begleiter vergessen. Mit verlegener Faszination starrte er zu dem hässlichen Bett hinüber, das Mittelpunkt zweier Kameras war. Ein spanisch aussehender Mann, der auf der Bettdecke mit dem schwarz-weißen Zebramuster kniete, hatte den Kopf in den verschwitzten Nacken geworfen. Ein Stöhnen drang zwischen den halb geöffneten, vollen Lippen hervor. Die Augen mit dem dichten Wimpernkranz hielt er genussvoll geschlossen. Seine schmalen Hüften waren im Griff zweier Hände gefangen, denn hinter ihm stand die Ursache seiner Lust und stieß kraftvoll in ihn hinein. Ein dritter Mann lag lang ausgestreckt auf dem Bett, beobachtete ihr Tun und bearbeitete mit einem wollüstigen Grinsen in seinem Gesicht seine gewaltige Erektion. Die schweißglänzenden Muskeln der drei Männer reflektierten das Licht der zahlreichen Scheinwerfer, die um das hässliche Bett platziert waren. Fassungslos drehte sich Phil zu dem Pickeligen um. Er hatte etwas über Pornografie wissen wollen, das war richtig. Aber er war nicht darauf gefasst gewesen, dass er gleich einen Porno erleben würde.

„Tiefer!“ Der Spanier bettelte mit kehliger Stimme und Phil wandte sich wie magisch angezogen wieder dem Schauspiel zu. „Por el amor de Dios, tiefer.“

Sein Partner ließ sich nicht lange bitten und kam der Aufforderung bereitwillig nach. Phils Wangen fühlten sich ungewöhnlich hitzig an, während er den strammen Hintern des poppenden Darstellers musterte.

„Cut! Cut! Cuuuut!“, brüllte da plötzlich eine Stimme und Phil zuckte erschrocken zusammen, als müsste er sich angesprochen fühlen. Eine hagere Gestalt, die bislang gelangweilt auf einem dieser obligatorischen Regisseurstühle gesessen hatte, sprang wie ein wildgewordener Kastenteufel auf. Seufzend hielt der Kameramann im Dreh inne und streckte seinen Rücken, indem er die Arme weit über den Kopf reckte. Eine Zigarette hing kalt und halb geraucht aus seinem Mundwinkel.

„Christian!“ Der Regisseur fuchtelte wild mit den Händen, als wäre er eine Marionette und jemand würde wie ein Irrer an den Fäden ziehen.

„Was glaubst du eigentlich, was du da tust? Wichst du oder reißt du Masochist dir den Schwanz ab? Das hier soll erotisch sein. Ich kann dir das gerne mal buchstabieren. E-r-o-t-i-s-c-h! Die Leute, die sich diesen Streifen ansehen werden, sollen Lust bekommen, sich vor der Flimmerkiste ebenfalls einen runterzuholen. Wenn sie dich sehen, schalten sie auf die Lindenstraße und Mutter Beimer um."

Christian sah mit einem betrübten Gesicht auf sein stattliches Glied herunter. Phil, der immer noch neben dem Pickeligen stand, folgte seinem Blick und fühlte die Hitze in seinem Gesicht zunehmen.

„Sollen wir das alles etwa noch einmal drehen?", fragte der Spanier auf dem Bett mit einer Stimme, die jetzt ziemlich stinkig klang. „Zum vierten Mal?"

„Schluss für heute", entschied der Regisseur angesichts drohender Meuterei spontan. „Ich hätte längst am zweiten Set sein sollen. Bei den *Profis.* Bei den Leuten, die wissen, wie man sich richtig einen runterholt und bei denen man nicht jede Szene dreimal drehen muss. Wir machen am Montag weiter. Dann kann Christian das Wochenende über ein bisschen zu Hause üben."

„Ha ha", brummte der bloß trocken, rollte sich von dem Bett und schnappte sich einen Bademantel, den er sich beleidigt über die Schulter warf. Mit wippendem Glied spazierte er auf eine weitere Tür zu, hinter der Phil die Umkleide vermutete. In seinem Frust hätte der Fremde ihn beinahe umgerannt. Gerade noch rechtzeitig trat Phil einen Schritt beiseite.

„Na großartig", murrte der Spanier. „Gerade wenn ich scharf wie ein Rettich bin, hören wir auf. Und Montag das Ganze von vorn? Oh dios mío, wie mein Arsch brennt. Bist du sicher, dass du das Aquaglide benutzt hast, Süßer?", wandte er sich an den dritten Schauspieler.

„Das fragst du mich jedes Mal, Dario, und wie jedes Mal antworte ich dir: Ich hab es wohl mit dem Gesichtspeeling verwechselt. Du bist es schließlich, der jedes Mal *tiefer, tiefer!* stöhnt und nicht genug bekommt."

„Na, heute sind wir ebenfalls ein bisschen gereizt, was?“, fragte Dario spitz und folgte Christian mit einem frechen Hüftschwung in die Umkleide. Der andere nahm das zickige Gehabe mit einem Achselzucken hin. Gelassen zog er sich seinen Bademantel über und schaute auf, als Phils Begleiter seinen Namen rief.

„Lars?“
Lars drehte sich zu dem Rufer um und entdeckte einen der Set-Runner zusammen mit einem Besucher in der Nähe der Kamera. Beinahe wäre ihm der Mund offen stehen geblieben. Ach, du liebes Lieschen! Was war denn das für ein furchtbares Outfit? Spießig mit Hemd, Pullunder und Anzughosen sowie einer unentbehrlichen Krawatte gekleidet – die wenigstens einfarbig und ungemustert – blickte ihm der Besucher scheu entgegen.
„Lars, hast du kurz Zeit?“ Der Set-Runner schleppte den Spießer zu ihm herüber. Was er wohl sagen würde, wenn Lars einfach mit „Nö“ antwortete? Grinsend schloss er den Bademantel mit dem Gürtel und sah die beiden dann neugierig an.
„Lars, das hier ist Herr Ahnert. Er hätte dir einen kleinen Job anzubieten.“ Der Set-Runner gab Lars einen Klaps auf die Schulter.
„Du hast da eben ganz gut ausgesehen“, erklärte er augenzwinkernd und ließ ihn einfach mit dem Spießer an dem sich leerenden Set stehen. Lars verschränkte die Arme vor dem Bademantel und musterte den verlegenden Mann vor sich, der nervös überall hinblickte, nur nicht ihm ins Gesicht.
„Du hast einen Job für mich?“ Lars versuchte das Gespräch in Gang zu bringen.
„Äh ja. Dieser Typ eben …“

„Der ist Set-Runner hier. Quasi ein Mädchen für alles“, erklärte Lars. Der Spießer nickte.
„Er sagte mir jedenfalls, dass Sie einem Nebenverdienst nicht abgeneigt wären“, fuhr er fort und sah Lars endlich an. Hübsche Augen hatte er, wie Lars feststellen konnte. Augen von der Farbe stürmischen, grünblauen Meeres. Dichte, lange Wimpern und ein paar frivole Sommersprossen auf der Nase, die sein Gesicht ein bisschen frech aussehen ließen. Bloß das Outfit war grauenhaft. Hoffentlich war der Kerl nicht einer von der Sorte, der mit Anfang dreißig bei Mutti wohnte. Und hoffentlich wartete Mutti nicht noch vor der Tür.
„Was für ein Job soll das sein?“, erkundigte sich Lars. Er brauchte tatsächlich Geld, das ließ sich nicht leugnen. Sonst wäre er gar nicht hier. Pornodarsteller gehörte eigentlich nicht zu seinen Traumberufen.
„Ich bin Schriftsteller“, informierte ihn der Spießer hastig. „Und ich will ein neues Buch schreiben. Die Hauptdarsteller sind Homosexuelle. Nur … also …“
Lars zog fragend eine Augenbraue in die Höhe.
„Ich kenne mich nicht so gut in der Szene aus und bräuchte jemanden, der mir in dieser Hinsicht Hilfestellung gibt“, kam der Spießer endlich zur Sache.
„Sie sind doch homosexuell, oder?“, fügte er hinzu, weil Lars nicht antwortete, und wurde rot. Demonstrativ drehte sich Lars zu dem grauenhaften Zebrabett zwischen den ganzen Scheinwerfern um. Dann sah er wieder den Spießer an.
„Ich glaube schon“, sagte er mit einer gehörigen Portion Sarkasmus.
„Natürlich. Tut mir leid“, stammelte der Spießer.
„Es tut dir leid, dass ich schwul bin?“ Lars konnte es sich nicht verkneifen, den Typ ein wenig aufzuziehen.
„Nein, nein, ich meine … ach …“ Verlegen fuhr sich der Schriftsteller durch sein dunkelblondes Haar.

„Wie heißt du eigentlich?“, fragte Lars.
„Äh … Ahnert“, wurde ihm geantwortet.
„Äh-Ahnert, hat deine Mutti dir auch einen Vornamen mit in die Wiege gegeben?“ Lars grinste. Die Röte auf Ahnerts Wangen vertiefte sich zusehends.
„Philemon“, flüsterte er kaum hörbar.
Lars stockte der Atem. Nur mühsam unterdrückte er ein Lachen. Pullunder-Philemon! Zum Teufel! Davon konnte es unmöglich eine Steigerung geben.
„Meine Mutter ist sehr bibeltreu. Ich mag den Namen gar nicht leiden“, beeilte sich der Spießer hinzuzufügen. „Die meisten sagen Phil zu mir.“
„Nur deine Mutti nicht“, stellte Lars fest und Phil schüttelte den Kopf.
„Was springt dabei für mich heraus?“ Lars hakte die Daumen unter dem Bademantelgürtel und schaute Phil fragend an.
„Mehr als fünfzig die Stunde geht nicht“, bot ihm der Spießer an.
„Und was muss ich dafür tun? Anschauungsunterricht? Soll ich dich vögeln, oder was?“
Vehement schüttelte Phil den Kopf.
„Fragen beantworten. Mehr nicht“, erklärte er.
Mehr nicht? Nur Fragen? Für fünfzig Euro die Stunde?
„Und wie lange?“, erkundigte sich Lars.
„Bis mir die Fragen ausgehen. Ich habe allerdings so einige.“ Jetzt schaute ihm Phil direkt in die Augen. Eine Spur Trotz lag in seinem Gesicht. Trotz, den Lars im Moment nicht einordnen konnte.
„Okay“, hörte er sich sagen. „Wann fangen wir an?“
„Gleich?“

Frisch geduscht und statt mit einem Bademantel mit Jeans und einem schwarzen T-Shirt bekleidet saß Lars eine halbe

Stunde später Pullunder-Philemon im *Café Infernal* gegenüber. Phil trank irgendeinen Kräutertee und hatte für Lars einen Milchkaffee bestellt, den die Kellnerin vor wenigen Augenblicken gebracht hatte. Mit Schaum und Schokopulver auf dem Schaum und einem Keks auf der Untertasse. Lecker. Trotzdem bekam Lars bei Phils Anblick keinen Schluck herunter.

„Würdest du mir einen Gefallen tun, Philemon? Nimm diese Krawatte ab."

Der Pullunder allein sah bereits schlimm aus. Zusammen mit der Krawatte schlug das Outfit dem Fass den Boden aus. Zu seiner größten Überraschung zuppelte Phil tatsächlich ohne einen Kommentar an dem perfekt gebundenen Knoten herum, zog die Krawatte ab und knüllte sie neben sich auf der Bank zusammen.

„Besser", murmelte Lars und nahm endlich einen großen Schluck von dem Milchkaffee. Dabei merkte er, wie ihn Phil verstohlen musterte. Lars wusste, dass er ein Durchschnittsgesicht hatte. Seine Nase war vielleicht ein wenig zu groß. Dafür hatte er einen sportlichen Körper, den er nicht zu verstecken brauchte. Sein dunkelbraunes Haar war nach dem Duschen etwas feucht und ringelte sich daher etwas. Allerdings war das alles kein Grund, um derartig von Phil begutachtet zu werden.

„Warum ein Buch über Schwule?", fragte er, da sein Gegenüber den Mund überhaupt nicht aufbekam.

Phil zuckte überrascht zusammen und stellte sein Glas hastig ab. Aus einem Rucksack zog er ein Notizbuch und einen Bleistift hervor, ehe er eine Gegenfrage stellte: „Warum immer nur Bücher über Heterosexuelle? Es gibt genügend andere Personenkreise, die nicht dauernd lesen wollen, wie irgendwelche Kerle an Frauenbrüsten herumdrücken." Da war er wieder, dieser festsitzende Trotz, der Lars bereits aufgefallen war. Ihm kam ein Verdacht.

„Du bist auch schwul", behauptete er.

„Wie sind Sie an diese Filmrolle gekommen?“, fragte Phil, die Bemerkung einfach überhörend. Aber das konnte Lars genauso.
„Wenn du auch schwul bist, wieso musst du dir jemanden suchen, der dir etwas über Schwule erzählt?“ Er war nicht gewillt locker zu lassen.
Phil starrte angestrengt in sein Glas, als könnte er dort eine Antwort finden. Quasi das berühmte Aus-dem-Teesatz-lesen. Lars kam eine weitere Idee.
„Du hattest noch kein Coming-out?“ Er lehnte sich zurück. Das erklärte so einiges. Von wegen ein Buch schreiben. Pullunder-Philemon wollte etwas über seine eigene Rasse wissen. Lars grinste.
„Hattest du schon mal Sex mit einem Mann?“, bohrte er boshaft weiter.
Phil schaute auf. Sein Gesicht hatte einen energischen Ausdruck angenommen und in seinen Augen lag ein angriffslustiges Blitzen. Interessant. Hatte Lars etwa einen wunden Punkt getroffen?
„Ich bin Schriftsteller und möchte ein Buch über Homosexuelle schreiben“, sagte Phil erneut, wobei er sich deutlich zusammennahm.
„Ach komm, Philemon. Du hast in deinem ganzen Leben kein einziges Buch geschrieben.“
„Und ob ich das habe.“ Nun funkelte aufkeimende Wut in den stürmischen Augen von Pullunder-Philemon. Das machte ihn eigentlich ganz anziehend.
„Etwas, das ich kenne?“ Lars grinste weiterhin. Dieses Mal hielt Phil seinem Blick tapfer stand.
„Ich schreibe unter dem Pseudonym Peter Bergmann.“
Jetzt verschlug es Lars die Sprache. Peter Bergmann kannte jeder. Wirklich jeder. Schließlich stand der Autor ewig in den Bestseller-Listen. Und Lars hatte jeden verdammten Krimi von Bergmann in seinem Regal stehen.

„Du machst Witze“, brachte er endlich ungläubig hervor. Statt einer Antwort suchte Phil einen Brief aus seinem Rucksack und schob ihn wortlos über den Tisch. Zögernd entfaltete Lars das Schreiben. Es war ein Brief von einem Verlag, gerichtet an Philemon Ahnert. Und tatsächlich wurde in diesem Schreiben der Name von Peter Bergmann als Pseudonym aufgeführt.
„Okay“, sagte Lars plötzlich heiser und reichte Phil das Schreiben zurück. „Was will der berühmte Schriftsteller Bergmann also wissen?“
„Erzählen Sie mir etwas über Ihr Coming-out.“
Aha, also doch.
„Philemon, ich heiße Lars. Und ich reagiere immer ein wenig allergisch, wenn mich jemand siezt. Klar?“
Phil nickte.
„Ich hatte niemals so ein Coming-out, wo man sich vor der versammelten Familie hinstellt und freundlich erklärt: Schön, dass ihr alle zum Kaffee gekommen seid und ich bin übrigens gay. Ich lief bereits im zarten Knabenalter den Jungs anstatt den Mädels hinterher. Meine Orientierung war daher von Anfang an klar. Außerdem wäre es meiner Mutter ohnehin egal gewesen“, fügte er ungewollt mit bitterer Stimme hinzu.
„Wieso?“ Sogleich horchte Phil auf.
„Sie hat sich nicht die Bohne für mich interessiert. Allerdings–dürfte das für deine Recherchen unerheblich sein. Warum hast du dich bislang nicht dazu bekannt schwul zu sein? Schadet es deinem Image als Autor?“
„Ich …“ Phil seufzte, winkte der Kellnerin und deutete auf ihren Tisch. Sie nickte. Gleich darauf hatten sie frische Getränke vor sich stehen.
„Meine Mutter schläft auf der Bibel, isst mit der Bibel und geht mit der Bibel aufs Klo. Die käme damit überhaupt nicht klar und würde mich von einem Psychiater zum nächsten schleppen, um mich von dieser bösartigen

Krankheit zu heilen", erklärte Phil zu Lars größter Überraschung. Er klang deutlich gefrustet.
„Wenn ich meiner Mutter beichten würde, dass ich auf Männer stehe, dann läge sie sofort vor dem Kirchenaltar auf den Knien, um für meine arme, verkorkste Seele zu beten. Anschließend würde sie eine Messe für mich lesen lassen und sich an den mitleidigen Blicken der Gemeinde hochziehen. Das zöge wiederum endlose Gespräche mit dem Pater nach sich und ich würde erneut in der Gebetsmühle stecken, aus der ich damals geflohen bin."
„Ziehst du dich wegen deiner Mutti so an?"
Angesichts Phils säuerlichen Blicks lachte Lars entschuldigend auf.
„Sorry, aber die Klamotten sind wirklich der pure Horror. Sollten wir ein weiteres Treffen vereinbaren, dann bitte vernünftig angezogen, ja?"
„Sie schickt mir jedes Jahr zum Geburtstag so einen Pullunder", seufzte Phil.
„Mutti wohnt gar nicht in der Nähe?"
„Ich bin sechshundert Kilometer weit fortgezogen, weil ich diesen Bibelwahnsinn nicht mehr ausgehalten habe. Dafür lässt sie mich immer noch beinahe jeden Tag büßen", gestand Phil. Er umklammerte sein Getränk derartig, dass Lars bereits um das Glas zu fürchten begann.
„Bibellesungen in der Kirche, Bibelstunden zu Hause, Bibelbilder an den Wänden." Phil schüttelte sich und pustete in seinen Tee, um ihn abzukühlen. Er hatte nicht nur schöne Augen, auch seine Lippen waren perfekt geformt, wie Lars dabei feststellte. Perfekt für … Rasch verdrängte er den absurden Gedanken.
„Und dein Vater?", fragte er mittlerweile wirklich interessiert weiter.
„Der ist früh an einem Herzinfarkt gestorben."
„Tut mir leid. Hatte wohl zu viel Stress, dein alter Herr, hm?"

Phil sah ihn mit einem beinahe komischen Gesichtsausdruck an. „Wenn du angeln als Stress bezeichnest, dann ja." Einen Moment sahen sie einander stumm an, ehe sie gleichzeitig losprusteten. Schweigend tranken sie danach Tee und Milchkaffee und fühlten sich durch das gemeinsame Lachen irgendwie so, als wären sie einander ein Stückchen nähergekommen. Schließlich nahm Lars seine Frage wieder auf:
„Also, hattest du nun schon mal Sex?" Er war neugierig auf Peter Bergmann alias Philemon Ahnert geworden. Der nickte kurz.
„Top oder Bottom?"
„Bitte was?"
„Aktiv oder passiv?", wurde Lars deutlicher.
„Kann man passiven Sex haben?" Verständnislos sah ihn Phil an. Innerlich stöhnte Lars. Das war ja fast nicht zum aushalten. Dieser Kerl schrieb Wahnsinnsbücher und hatte dabei offensichtlich sein eigenes Leben verpasst. Geschah so etwas, wenn man den ganzen Tag vor seinem Rechner saß und das erfundene Leben von erfundenen Personen lebte?
„Deine Erfahrungen in Sachen Sex beschränken sich also auf die gute, alte Handarbeit."
Phil wurde rot. Irgendwie niedlich, fand Lars.
„Okay, also bist du bereits beim Schwanzlutschen angekommen. Einen festen Freund hast du nicht?"
Dieses Mal schüttelte Phil den Kopf.
„Und wie lernst du jemanden kennen?", erkundigte sich Lars. „Gehst du in den Supermarkt und bestellst dir dreimal Schwanzblasen an der Theke für einsame Würstchen?"
Phil nuschelte etwas von Anzeigen und Diskretion in sein Glas und Lars glaubte das Wort *Hotelzimmer* zu hören. Pullunder-Philemon tat ihm immer mehr leid.
„Und du hast heute deinen ersten Schwulenporno gesehen. Noch dazu live und in Farbe." Lars wusste nicht, ob er la-

chen oder weinen sollte. „Scheiße, Philemon, du brauchst dringend jemanden, der sich um dich kümmert."
„Mir wäre wohler, wenn du mich Phil nennen könntest."
„Nicht, solange du einen Pullunder trägst."
Die beiden Männer musterten einander über den Tisch. Der eine sichtlich geknickt, der andere geradezu fassungslos.
„Ich gehe morgen in den Tuntenfisch. Wenn du willst, nehme ich dich mit." Das war Lars ohne nachzudenken einfach so herausgerutscht. Und warum eigentlich nicht? Vielleicht benötigte Phil doch Anschauungsunterricht.
„Tuntenfisch?" Phil klang wenig begeistert.
„Die Kneipe heißt eigentlich *Oktopus*, aber auf dem Schild ist ein rosa Krake drauf", erklärte Lars.
„Eine Kneipe für Homosexuelle", vermutete Phil.
„Sprich mir nach, Philemon: Schwule."
„Schwule", wiederholte Phil so folgsam, als ob er in der dritten Klasse hocken würde. Lars seufzte.
„Na also. Und siehe da, bei diesem Wort fällt dir gar nicht die Zunge ab. Und? Wie sieht es aus?"
Phil sah im Moment zumindest ziemlich unsicher aus.
„Deine Mutti merkt bestimmt nichts." Lars' Lächeln nahm den Worten die Spitze.
Phil überwand sich. „Also gut."
„Auf jeden Fall wirst du vorher neu eingekleidet. Ehrlich, so bist du nur der Brüller für alle. Also bring deine Brieftasche mit."
Gehorsam nickte Phil. Er kramte zwei Fünfzig-Euro-Scheine aus der Tasche und legte sie auf den Tisch.
„Danke", sagte er und blickte Lars ein wenig schüchtern an. Der schob das Geld über den Tisch zurück.
„Heute keine Bezahlung. Die Fragen habe ich gestellt und das war nicht der Deal."
„Ich habe dir deine Zeit gestohlen", sagte Phil. Sie tauschten einen Blick.

„Die Hälfte“, entschied Phil und kehrte damit den Energischen heraus. „Und ich übernehme die Rechnung.“
„Okay.“ Lars steckte einen Fünfziger ein. Er konnte es sich wirklich nicht leisten auf leicht verdientes Geld zu verzichten. Allerdings wollte er niemanden ausnehmen und diesen armen Wicht schon gar nicht.
Sie vereinbarten einen Treffpunkt und eine Uhrzeit, bevor sie sich voneinander verabschiedeten. Schließlich schaute Lars dem Schriftsteller hinterher, der mit seinem Rucksack über der linken Schulter die Straße entlanglief.
Peter Bergmann, dachte er. *Du schreibst so taffe Bücher und dein Kommissar ist ein derartiger Leckerbissen, dass man sich so jemanden für die Realität wünscht. Und du schaffst es nicht einmal, dich zu outen.*
Kopfschüttelnd schnappte sich Lars sein Fahrrad, das an einem Baum lehnte, und fuhr nach Hause.

****

„Philemon, weshalb gewinne ich den Eindruck, dass du mich jedes Mal am Telefon abwimmeln willst?“
Weil es genauso ist, dachte sich Phil.
„Das täuscht, Mutter. Ich freue mich über deinen Anruf. Ehrlich.“ Vor seinem inneren Auge tauchte der Teufel auf, der ihn mit einem spitzen Dreizack quälte, weil er seine Mutter anschwindelte. Aber er konnte nicht anders. Allein ihre schrille Stimme verursachte ihm Magenschmerzen.
„Wann kommst du mich denn besuchen?“
Besuchen? Wieso besuchen? Er war froh, dass er viele, viele Kilometer zwischen sich und seine Mutter gebracht hatte.
„Du weißt doch, dass ich arbeiten muss, Mutter.“
„In einem Ort in der Nähe hättest du auch arbeiten können, Philemon. Jetzt ist niemand da, der mir mit den Ein-

käufen und bei kleineren Reparaturen hilft. Ich bin ganz alleine ..."
„Dein Bibelkreis wird dich doch sicherlich unterstützen", sagte Phil und verdrehte dabei die Augen. Dass seine Mutter immer einen auf theatralisch machen musste!
„Ich hätte mich gefreut, wenn du bei mir wohnen geblieben wärst."
„Mutter, ich bin ein erwachsener Mann. Einmal musste ich ja ausziehen."
„Du hättest hier ebenfalls eine nette Wohnung finden können. Allein schon, um mich regelmäßig zu besuchen. Und an dem Bibelkreis hättest du auch weiter teilnehmen können …"
Freiwillig? Eher würde er in seiner Freizeit Kröten züchten.
„Und du hättest hier ein nettes Mädchen kennenlernen können. Würdest du nicht so weit weg wohnen, könntest du heute bereits verlobt sein."
Hurra!
„Mutter, ich muss jetzt Schluss machen. Ich …"
„Ist schon recht, Philemon. Treib dich ruhig in der Gegend herum, anstatt dich mit deiner Mutter zu unterhalten. Was könntest du auch schon einer alten Frau zu erzählen haben?"
„Wir telefonieren beinahe jeden Tag miteinander", erklärte Phil in einem Anflug von tapferem Protest.
„Ach? Sag ruhig, wenn dich deine Mutter nervt." So eine spitze Bemerkung musste ja kommen.
„Du nervst mich nicht."
Du machst mich lediglich irre.
„Dann überleg dir mal, wann du mich besuchen kommst."
Philemon unterdrückte ein Stöhnen. „Wenn ich Urlaub habe, Mutter. Und jetzt muss ich wirklich los."
„Jaja, ich habe ja verstanden, Philemon."
„Auf Wiederhören, Mutter." Schnell legte Phil auf und wischte sich über die Stirn. Diese Gespräche strengten ihn

an. Ach was, nicht die Telefonate, sondern seine Mutter war anstrengend. Wie gerne würde er ihr einmal seine Meinung geigen. Doch jedes Mal wenn er dazu ansetzte, konnte er dann doch nicht über den eigenen Schatten springen. Als hätte er in diesen Momenten eine Zungenlähmung oder so etwas Ähnliches. Sein ganzes Leben lang war er ihren Vorwürfen und ihrem Gejammere ausgesetzt gewesen und hatte gelernt, dass es besser war einzulenken, anstatt zu protestieren. Widerworte hätten den absoluten Supergau zur Folge gehabt. Seiner Mutter gegenüber stets nachzugeben, war deutlich einfacher. Phil stutzte. Wieso schlich sich ihm gerade das Wort *Gehirnwäsche* in den Sinn? Er schüttelte die Gedanken an seine Mutter ab, schnappte sich den Wohnungsschlüssel und hätte beinahe noch seine Brieftasche vergessen. Er wollte nicht zu spät zu seinem Treffen mit Lars kommen.

Phil wartete bereits, als Lars pünktlich am vereinbarten Treffpunkt erschien, und schaute sich die etwas schrill gehaltene Schaufensterdekoration an. Er trug seine Anzughose und ein schlichtes Hemd. Auf Krawatte und Pullunder hatte er dieses Mal verzichtet. Er wirkte immer noch spießig, obwohl das auch an seinem strengen Seitenscheitel liegen konnte.

„Hi", grüßte Lars und Phil, der gedankenverloren in die Auslage versunken gewesen war, fuhr erschrocken herum.

„Hi", antwortete er und strich sich mit einem zaghaften Lächeln eine dunkelblonde Haarsträhne zurück, die ihm bei der hastigen Bewegung ins Gesicht gefallen war.

„Hinein ins Vergnügen." Tatendurstig deutete Lars auf die Eingangstür. Mit skeptischem Blick ging Phil vor. Dank eines hölzernen Windspiels öffnete sich die Ladentür mit einem melodischen Klingeln und Lars konnte Phil erleich-

tert aufatmen hören, als der sich einen raschen Überblick über den Laden verschaffte.
„Keine Sorge, es gibt hier durchaus tragbare Kleidung zu kaufen“, sagte er grinsend und rief in den Laden hinein: „Muck, Kundschaft!“
Gleich darauf erschien sein Freund. Lars genoss Phils überraschte Miene, als der Muck musterte. Offenbar hatte er keinen dicken, einen Meter sechzig großen, arabisch angehauchten Mann erwartet, sondern eher eine schrille Person, die zu der Schaufensterdeko gepasst hätte.
„Lars, mein Schätzchen, schön dich zu sehen. Und was für ein Goldstück hast du mir da mitgebracht?“ Mucks dunkle Augen richteten sich munter auf Phil. Der streckte ihm höflich die Hand entgegen.
„Ich bin Phil“, stellte er sich vor.
„Phil. Wie schön. Mich kannst du Muck nennen. Wie der Muck aus *Der Kleine Muck*“, sprudelte der hervor. Seine Fröhlichkeit wirkte ansteckend.
„Ja, die Geschichte kenne ich.“ Phil lächelte.
„Was führt euch her? Die Aussicht auf einen Prosecco und ein Schwätzchen oder etwas anderes?“, erkundigte sich Muck und lehnte sich mit fragender Miene gegen seinen Verkaufstresen.
„Wir wollen heute Abend in den Tuntenfisch“, sagte Lars.
„Und?“
Lars deutete demonstrativ auf Phil. „Sieh ihn dir an, mein Lieber.“
Mucks Augen richteten sich auf Phil und betrachteten ihn nachdenklich mit geschürzten Lippen.
„Verstehe“, sagte er. „Da seid ihr beim Kleinen Muck ganz richtig. Lars, setz dich in die Küche und überlass das Goldstück hier mir. Wo der Kühlschrank steht, weißt du ja. Lass nur die Finger vom Käse. Den brauche ich nämlich für meinen Schatz heute Abend.“

Lars zwinkerte Phil aufmunternd zu und ging in die kleine Teeküche, wo er sich an dem Kaffee bediente, der dort frisch aufgebrüht auf einen Nutznießer wartete. Auf dem Tisch lag eine Zeitung, die er sich schnappte, ehe er sich auf einen Stuhl fallen ließ. Doch irgendwie konnte er sich weder auf die Nachrichten noch auf den Sportteil konzentrieren. Eigentlich konnte er sich seit gestern auf gar nichts mehr richtig konzentrieren, da er dauernd an Phils grünblaue Augen denken musste. Und an die winzigen Sommersprossen auf dessen Nase. Er hätte viel lieber zugesehen, wie Muck diesen Schriftsteller umstylte, aber er wusste nur zu genau, dass sich der Tunesier nicht in die Karten blicken ließ. Er würde lediglich einen üblen Rauswurf riskieren, wenn er in Richtung der Umkleidekabinen schielen würde. Also blieb Lars brav sitzen, trank Kaffee und zerknüllte nach und nach die Zeitung.

Es dauerte eine geschlagene Stunde, bis Muck ihn endlich rief. Lars sprang regelrecht von seinem Stuhl und eilte in den Laden zurück. Ein weiterer Kunde wühlte in einer großen Einkaufstüte herum. Von Pullunder-Philemon war nichts zu sehen.

„Und? Wo ist er?“, fragte Lars.

Muck grinste und deutete auf den Kunden mit der Einkaufstüte. Es war tatsächlich Phil, der sich bei der Frage irritiert aufrichtete. Lars blieb regelrecht der Mund offen stehen. Muck hatte den Spießer in eine straff sitzende, dunkelgraue Jeans gesteckt, die ihm tief auf den Hüften saß. Ein türkises T-Shirt mit einem dezenten Silberdruck auf der Brust lenkte die Blicke auf eine atemberaubende Figur, die bislang von den weiten Hemden verdeckt worden war. Statt der schwarzen Slipper befanden sich bequeme Sneakers an Phils Füßen. Muck schien auch zwei Fingerspitzen Haarwachs benutzt zu haben, um Phils dunkelblondes Haar auf zerzaust zu stylen. Jetzt leuchteten Phils faszinierende Augen direkt in seinem Gesicht.

„Schätzchen, sag was." Der Kleine Muck grinste. Lars drehte sich um, drückte ihn spontan an sich und pflanzte einen Kuss auf die Künstlerstirn.
„Du bist ein Zauberer", lobte er. „Ein wahrer, einzigartiger Zauberer."
„Dann ist das okay so?", fragte Phil unsicher.
Die beiden Männer sahen ihn verstört an. Endlich grinste Lars.
„Also, ich drücke es mal so aus: In den Klamotten musst du dir keinen Callboy aus der Zeitung suchen."
Hingerissen beobachteten Muck und Lars einträchtig, wie sich Phils Wangen verfärbten.
„An seinem Selbstbewusstsein musst du dringend arbeiten, Schätzchen", stellte Muck sachlich fest.
„Das wird wirklich harte Arbeit werden", stimmte ihm Lars zu, der die Augen gar nicht von diesem neuen Phil lassen konnte. Der winzige Streifen nackte Haut zwischen T-Shirt und Hosenbund hatte es ihm besonders angetan. Wie sich dieser Streifen wohl anfühlen mochte? So seidig, wie er aussah?
„Wir sollten nun los", sagte Lars schnell, um Gedanken zu entgehen, die eindeutig eine sündige Richtung einschlugen. Phil nickte, schlüpfte rasch in eine taillenkurze Lederjacke und schnappte sich die riesige Tüte. Mit einem Blinzeln verriet Muck: „Er hat auf Vorrat gekauft."
Pullunder Adieu? Dem Allmächtigen sei Lob und Ehr! Auf Wiedersehen, Pullunder-Philemon und willkommen, Phil.
„Vielen Dank, Muck." Phil verabschiedete sich mit einem festen Händedruck von dem Kleinen.
„Komm ruhig mal auf ein Pläuschchen vorbei, Goldstück. Ich würde mich freuen." Muck grinste vergnügt, als Lars seinen Begleiter hastig aus dem Laden schob und ihm dabei einen scharfen Blick zuwarf. Klingelnd schloss sich die Ladentür hinter den beiden.

„Mein Auto steht dort unter dem Baum." Phil deutete auf einen dunkelblauen Audi. Doch Lars musste erst einmal seinen inneren Aufruhr beruhigen.
„Donnerwetter, Phil! Wo hattest du gestern diesen Body versteckt?" Er lief einmal begutachtend um Phil herum, um ihn von allen Seiten zu betrachten. Der stand mit der Tüte in der Hand mitten auf dem Gehweg und sah inzwischen leicht fuchsig aus.
„Verarschst du mich eigentlich oder was sollen diese Sprüche die ganze Zeit über?", fragte Phil mit leiser Stimme und in einer Tonlage, die ziemlich gefährlich klang.
„Entschuldige bitte, Phil, aber du siehst einfach nur *Boah* aus. Ich musste gerade die Verwandlung eines hässlichen Entleins in einen schönen Schwan miterleben und bin etwas geschockt", erklärte Lars in dem Versuch glaubhaft zu klingen.
Zweifelnd sah ihn Phil an, bevor er ohne ein weiteres Wort zum Audi marschierte. Die Tüte warf er in den Kofferraum und sah sich anschließend nach Lars um, der weiterhin vor dem Laden stand.
„Kommst du?", fragte Phil.
„Der *Oktopus* ist hier gleich um die Ecke. Lass den Wagen dort stehen, so musst du wenigstens keinen Parkplatz suchen."
Phil schloss den Audi ab und lief gleich darauf mit Lars an seiner Seite die Straße entlang.
„Hör mal, wenn du keine Lust hast, canceln wir das Ganze", sagte Lars plötzlich, denn Phil sah nicht besonders glücklich aus. Der schreckte aus seinen Gedanken auf und blieb stehen.
„Ich komme mir so blöd vor", murmelte er hilflos.
„Wieso denn? Du siehst klasse aus."
Phil winkte ab. „Nicht wegen der Klamotten. Sondern … Verdammt noch mal!"

Lars horchte auf. Phil konnte ja richtig fluchen und klang dabei sogar ein bisschen wie sein taffer Kommissar aus den Krimis.
„Ich bin im Begriff zum ersten Mal in eine Schwulenkneipe zu gehen und fühle mich ein wenig nervös“, gestand Phil schließlich.
„Das sind Leute wie du und ich.“
„Die sehen mir gleich den Deppen an.“
„Was denn für einen Deppen? Sag mal, hast du denn überhaupt kein Selbstwertgefühl?“ Lars packte ihn rigoros am Arm und zog ihn weiter.
„Es ist eine Kneipe, Phil. Da wird niemand auf den Tischen gevögelt und es spielt auch keiner Ringelpietz mit Anfassen. Wir trinken etwas, du stellst mir deine Fragen und ab und an wird mal *Hallo* gesagt. Kneipe, Phil, nicht Bordell.“ Als Lars den Eindruck gewann, dass sich Phil von allein vorwärts bewegte, ließ er ihn los.
„Wir sind gleich da. Und wenn du von mir einen guten Rat haben willst, dann bestell dir etwas Stärkeres, als nur ein Bier. Okay? Ich habe das Gefühl, du brauchst das, um ein bisschen lockerer zu werden.“

Eine ganz normale Kneipe. Phil schien sich mittlerweile selbst blöd vorzukommen. Jedenfalls sah er so aus. Er hatte ein Glas mit einem doppelten Bourbon vor sich stehen und schaute sich neugierig um. Lars nippte an seinem Bier, das ihm ein junger Kellner augenzwinkernd und ohne erst auf eine Bestellung zu warten gleich gebracht hatte. Jetzt ließ er Phil genügend Zeit zum Umsehen. Sie saßen in einer halbdunklen Nische, im Hintergrund dudelte leise Musik und an den Tischen saßen Leute, wie man sie überall auf der Straße traf. Zwei Flipper waren belegt und ab und zu drang das Klingeln der Automaten bis zu ihnen. Um den Billardtisch hatten sich einige Männer mit ihren Getränken versammelt und versenkten mit einem leisen Ploppen die Kugeln. Lars hatte ein paar der Anwesenden zur Begrüßung kurz zugenickt und Phil gleich in diese Nische geführt. Nun sah er den Schriftsteller über den Rand seines Bierglases hinweg gut gelaunt an.

„Fragen?"

Phil trank sein Glas mit einem Schluck zur Hälfte leer, bevor er aus seiner Jacke den Notizblock und den Bleistift hervorzog. Gestern hatte er nicht besonders viel notiert. Vielmehr war eine ganze Bevölkerung an Strichmännchen auf dem Zettel entstanden. Phil riss das Blatt ab, knüllte es zusammen und warf es in den Aschenbecher.

„Wieso drehst du Pornos?", fragte er als Erstes und schaute Lars interessiert aus den grünblauen Augen an.

„Ich bekomme Geld dafür", antwortete Lars.

„Geld verdient man ebenfalls, wenn man Eis verkauft. Warum also ausgerechnet einen Porno?"

„Es ist schnelles Geld und man benötigt keine spezielle Ausbildung dafür. Wie viel hast du denn von dem Dreh gestern mitbekommen?"

„Genug, um mir deinen Arsch anzusehen. Hast du keinen richtigen Job?"

Phil hatte sich seinen Arsch angesehen? Was sollte das denn heißen?

„Und? Fandest du ihn gut?", fragte Lars.

„Hm?"

„Na, meinen Arsch?"

„Wir sprachen über einen Job." Phil wich der Frage aus, allerdings zog die wohlbekannte Verlegenheitsröte in seinem Gesicht ein. Lars begrüßte sie im Stillen wie einen alten Freund.

„Ich habe ein Jurastudium angefangen, das ich abbrechen musste, um meine Mutter zu betreuen. Sie wurde ein Pflegefall und ich musste das Haus rollstuhlgerecht umbauen lassen, weil sie partout nicht ausziehen wollte. Schließlich war es ihr Elternhaus gewesen. Für den Umbau blieb mir nichts anderes übrig als einen Kredit aufzunehmen. Ihre winzige Rente hat dafür nicht gereicht. Das Haus ist endlich verkauft, der Kredit ist fast abbezahlt und mit den Pornos versuche ich mich über Wasser zu halten, bis ich in drei Monaten meinen neuen Job antreten kann. Ich werde als Rechtsanwaltsgehilfe in einer Kanzlei arbeiten", gab Lars endlich Auskunft.

„Was ist denn mit deiner Mutter?", fragte Phil betroffen.

„Sie ist tot." Lars trank Bier.

„Tut mir leid", murmelte Phil und malte neue Strichmännchen.

„Mir nicht."

Verblüfft schaute Phil auf.

„Ich habe sie gehasst", sagte Lars leise, ohne zu wissen, warum er das alles jemandem erzählte, den er kaum kannte. „Sie war ein bösartiges Miststück. Ihr ganzes Leben lang hat sie gesoffen und mir das Leben zur Hölle gemacht. Heute bin ich endlich frei."

Sie leerten beide ihre Gläser und Phil orderte eine neue Runde. Nach einer Weile traute sich Phil zu fragen: „Hast du einen Freund?"

„Solche Fragen sind für dein neues Buch relevant? Nein, ich habe keinen festen Freund. War das etwa ein Angebot, Phil?"

Der überging auch diese Frage mit der Geschicklichkeit eines Hörgeschädigten.

„Was war das gestern mit Top oder Bottom?"

„Oben oder unten."

„Wie meinen?"

„Beim Sex, lieber Phil."

Die Gesichtsfarbe des Schriftstellers vertiefte sich zu einem Dunkelrot.

„Oh Mann, ich habe noch nie jemanden erlebt, dem es so peinlich ist, über Sex zu sprechen. Und ausgerechnet du willst ein Buch darüber schreiben.“ Lars kicherte leise.
„Du bist also lieber Top?“, fragte Phil nach. Er blieb völlig ernst und Lars versuchte sich zusammenzureißen.
„Ja, es liegt mir mehr.“
„Und für den Dreh konntest du es dir aussuchen?“
„Nein, die haben beim Casting nach speziellen Vorlieben gefragt. Schließlich braucht man für einen Porno ein gewisses Durchhaltevermögen und muss voll bei der Sache sein. Wenn man eine Position einnimmt, die einem nicht liegt, sollte man lieber gar nicht erst damit anfangen.“
„Macht dir das denn Spaß?“
„Macht dir Sex keinen Spaß? Es ist nur Sex, Phil, nicht die große Liebe. Und wenn ich ehrlich bin, ist es nicht gerade eine Strafe Dario zu vögeln.“
Phil ließ vom Strichmännchen malen ab und begann stattdessen mit seinem Bourbonglas zu spielen.
„Hat dir der Sex mit deinen Kontaktanzeigen keinen Spaß gemacht?“, fragte Lars.
„Ich war körperlich erleichtert, ja. Aber Spaß?“ Phil zuckte mit den Schultern. „Kommt Spaß dabei auf, wenn man jemanden dafür bezahlt? In den Hotels haben alle gleich geahnt, was wir vorhaben und das war ziemlich peinlich. Zu Hause durfte es nur diskret abgehen wegen der Nachbarn. Außerdem ruft dauernd meine Mutter an. Da vergeht einem wirklich jeder Spaß.“
„Sie ruft dich an?“
„Natürlich. Ich könnte vom rechten Weg abkommen und in eine Kneipe wie diese geraten.“ Phil grinste ein wenig, als er eine umfassende Geste vollführte, die den gesamten *Oktopus* einschloss.
„Außerdem hat sie dauernd irgendwelche Mädchen aus ihrem Bibelclub an der Hand, mit denen sie mich verkuppeln will. Damit ich brav heirate, Kinder zeuge, sie zu guten

Christen erziehe und jeden Samstag den Rasen meines Eigenheims mähe. Na, bekommst du dabei einen hoch?“
Lars war fasziniert. Wenn sich Phil gehen ließ, klang er genauso wie sein Kriminalkommissar. Ein wenig frivol, ein wenig sarkastisch und kein bisschen schüchtern. Zügelte sich Phil, mutierte er zum braven Spießer. Lars ertappte sich dabei, wie er den Kommissar vergötterte. Er räusperte sich.
„Nein, ich glaube nicht“, beantwortete er etwas verspätet Phils Frage.
„Eben“, sagte der zufrieden, riss den neuen Zettel ebenfalls vom Block und warf ihn zu dem anderen in den Aschenbecher.
„Stören dich die Scheinwerfer?“, fragte er.
Erst war Lars irritiert, denn er wusste nicht gleich, wovon Phil sprach.
„Anfangs ein wenig. Inzwischen gar nicht mehr. Irgendwie gewöhnt man sich an die ganzen Leute drum herum. Tatsächlich ist es ein bisschen so geworden, als ob man Eis verkauft. Vielleicht liegt es daran, dass niemand von dem Sex als Sex redet, sondern es als Ware betrachtet.“
Ihm fiel auf, dass sich Phil bislang nicht ein Wort notiert hatte. Dagegen malte er immer Strichmännchen, wenn er ihn etwas Persönliches fragte. Da ihre Gläser erneut leer waren, bestellte dieses Mal Lars eine neue Runde. Der Kellner schaute ihn beim Servieren mit einem Seitenblick in Phils Richtung fragend an, woraufhin Lars den Kopf schüttelte. Tadelnd wanderte eine Augenbraue des Kellners in die Höhe, bevor er sie allein ließ.
„Was sollte das denn?“ Phil sah dem Kellner hinterher und zog seinen frischen Bourbon an sich.
„Paul wollte wissen, ob wir zusammen sind und fragt sich, warum ich dich nicht längst flachgelegt habe.“

Interessiert beobachtete er Phils Reaktion auf seine Antwort. Ein weiteres Strichmännchen zierte Phils Block. Es fiel ziemlich krakelig aus.
„Und warum hast du nicht?“, fragte Phil leise, ohne von seinem Kunstwerk aufzusehen. Die Frage nahm Lars den Wind aus den Segeln.
„Willst du denn?“ Das war alles, was ihm dazu einfiel.
„Habt ihr als Darsteller eigentlich Einfluss auf den Ablauf der Handlung?“, setzte Phil seine Fragerei fort.
Ärgerlich schnippte Lars mit dem Finger gegen sein feuchtes Bierglas. „Wieso übergehst du eigentlich dauernd meine Fragen?“, erkundigte er sich. Phil wurde rot.
„Weil ich dich für meine bezahle“, gab er zurück.
„Fragen über den Film hättest du dem Produzenten stellen können.“
„Aber ich bezahle *dich* dafür.“ Phil trank seinen Bourbon in einem Zug aus.
„Philemon!“
Phil hickste und schlug sich rasch die Hand vor den Mund. Er seufzte, lehnte sich in seinem Stuhl zurück und winkte Paul an der Bar zu. Der brachte brav einen weiteren doppelten Bourbon. Den vierten Doppelten, wenn Lars richtig mitzählte.
„Ja, nein und nochmals nein“, sagte Phil dann. Seine Stimme klang mittlerweile ein wenig schleppend.
„Was?“
„Ja, ich finde deinen Arsch toll. Nein, das war kein Angebot, dein Freund zu werden und nein, ich will keinen Sex mit dir.“
„Oh!“
Phil trank auch diesen Bourbon auf Ex. Plötzlich grinste Lars.
„Trotz meines Hinterns nicht?“

„Dein Hintern ist prima", murmelte Phil ehrlich, während er in sein leeres Glas blickte. „Ich will keinen Sex mit dir, weil ich dich bezahle."
Phils Aussprache wurde immer undeutlicher.
„Würdest du wollen, wenn du mich nicht bezahlen würdest?", hakte er nach. Warum eigentlich? Eigentlich konnte ihm Pullunder-Philemon völlig egal sein. Nun ja, Pullunder-Philemon schon, Krimi-Phil dagegen nicht. Uuups! Was dachte er denn da?
„Wo sind denn die Toiletten?", fragte Phil und erhob sich umständlich von seinem Platz.
„Du weichst wieder meiner Frage aus", beschwerte sich Lars.
„Nein, ich muss nur mal zur Pipistation."
Lars deutete in Richtung Bar und Phil trat leicht schwankend seinen Weg zu den Waschräumen an. Seufzend trank Lars sein Bier aus. Kurze Zeit später kehrte Phil zurück und ließ sich schwer auf seinen Stuhl fallen.
„Mann, die haben mir direkt auf den Schwanz gestarrt. Wie soll man da …" Phil verstummte und schloss für einen Moment die Augen.
„Phil?", fragte Lars vorsichtig und ein wenig amüsiert.
„Mmmh?", brummte der, ohne die Augen zu öffnen.
„Sag mal, Phil, trinkst du öfters Bourbon?"
„Nö!", nuschelte Phil. „Mal ne Cola mit W… Whiskey, sonst … nö!"
Lars seufzte. Ihr Ausflug in den *Oktopus* schien ein vorzeitiges Ende zu finden. Er winkte Paul, beglich ihre Rechnung und zog den schwankenden Phil auf die Straße. Und wohin nun?

****

Phil wachte in vollkommener Dunkelheit auf und fühlte gleich als Erstes ein hartnäckiges Hämmern hinter seiner

Stirn. Außerdem drückte seine Blase. Gewohnheitsmäßig wollte er sich nach links aus dem Bett rollen, scheiterte dieses Mal jedoch an einer Wand. Verwirrt streckte er die Hand aus. Nein, kein Irrtum möglich. Da war tatsächlich eine Wand, wo sich vorher nie eine Wand befunden hatte. Mit einem Ruck richtete sich Phil auf und versuchte trotz der Kopfschmerzen die Dunkelheit mit den Blicken zu durchdringen. Wenn er einfach nach vorne kroch? Irgendwo musste er ja aus diesem Bett hinausgelangen. Er krabbelte über die Matratze und prallte gegen die nächste Wand. Der Aufprall war so hart, dass er vor Schmerz aufkeuchte. Wo kamen denn bloß auf einmal die ganzen Wände her?

„Was ist denn los?", fragte eine seltsam vertraute Stimme schlaftrunken. Ein Gähnen folgte. Im nächsten Moment flammte das Licht einer kleinen Klemmleuchte auf. Phil riss überrascht die Augen auf. Er war gar nicht zu Hause. Stattdessen befand er sich in einer Art Abstellkammer, denn größer war das Zimmer nicht. Eine breite Matratze fand gerade mal Platz in diesem Raum und bot eine gemütliche Schlafgelegenheit. Die Klemmleuchte hing am Fensterbrett und in ihrem Licht sah ihn Lars fragend an. Lars! Gemeinsam mit ihm in diesem Bett! Waren sie nicht zusammen in dieser Kneipe gewesen? Phil stöhnte. Er hatte einen totalen Filmriss. Und Lars sah ihn gerade so fragend an. War etwas zwischen ihnen gelaufen? Und wenn ja, *was* war zwischen ihnen gelaufen? Und … war es gut gewesen? Erleichtert stellte Phil fest, dass er wenigstens noch seine Boxershorts trug. Das war ein gutes Zeichen, oder?

„Philemon?"

„Ich wollte aufs Klo."

„Gleich gegenüber", murmelte Lars und ließ sich zurück in die Kissen sinken. Die Tür befand sich auf Lars' Seite und daher musste Phil wohl oder übel über ihn hinwegsteigen. Hastig suchte er das Bad auf, das ebenso winzig wie die

Kammer war. Von der Toilettenschüssel aus hätte man sich bequem die Zähne putzen können und eine Dusche nahm den Rest des Badezimmers ein. Phil pinkelte, betätigte die Spülung und drehte den Wasserhahn auf. Er schöpfte sich eine ganze Menge kaltes Wasser ins Gesicht. Es half ihm, den Nebel aus seinem schmerzenden Kopf zu vertreiben. Offensichtlich befand er sich in Lars' Wohnung. Und er hatte überhaupt keine Ahnung, wie er hierher gekommen und was danach passiert war.

Lars klappte ein Auge auf. Die Geräusche im Bad waren verstummt, aber Phil kam nicht zurück. War der strunkelige Schriftsteller etwa zusammengebrochen? Lars warf die Bettdecke von sich und lief die wenigen Schritte zum Badezimmer.
„Phil?" Er klopfte an die Tür und öffnete sie gleich darauf. Ein ziemlich verkaterter Phil sah ihm gequält entgegen.
„Ist dir übel?"
Vorsichtig schüttelte Phil den Kopf.
„Kopfweh?"
Dieses Mal nickte Phil. Lars grinste.
„Ich hole dir ein Aspirin aus der Küche. Kann es sein, dass du keinen Bourbon verträgst?"
„Ich trinke selten Alkohol und schon gar nicht pur." Phil hielt sich krampfhaft am Waschbecken fest.
„Wie bitte?" Lars sah ihn fassungslos an. Und dann haute sich der gute Mann gleich vier Doppelte rein? Jeweils einen für Krimi-Phil und einen für Pullunder-Philemon? Irgendwie kam Lars da gerade nicht mit.
Kläglich ergänzte Phil: „Und höchstens ein Glas."
„Und ausgerechnet im Tuntenfisch wolltest du dein Trinkverhalten ändern? Entschuldige bitte, Phil, das ist wirklich bekloppt." Kopfschüttelnd wandte sich Lars ab und holte lieber gleich zwei Aspirin und einen Becher aus der Küche.

Beides gab er Phil, der die Tabletten dankbar schluckte und mit Wasser hinunterspülte.
„Ich sollte nach Hause gehen", murmelte Phil mit einem Blick in den Spiegel. Was er dort sah, schien ihn nicht besonders zu erfreuen.
„Das kommt überhaupt nicht infrage. In diesem Zustand lasse ich dich nicht auf die Straße. Du würdest bloß als hilflose Person von der Polizei aufgegriffen werden. Komm ins Bett." Lars packte ihn am Handgelenk und erst jetzt glitt Phils Blick von seinem Gesicht zur Körpermitte, denn er trug keine Shorts.
„War doch bislang ganz nett mit uns", konnte er es sich nicht verkneifen seinen schüchternen Gast zu necken. Tatsächlich wurde der sofort krebsrot im Gesicht.
„Wir …" Phil brach mit einem seltsamen Laut ab und wischte sich mit der Hand über das Gesicht. Widerstandslos ließ er sich von Lars in die kleine Kammer zurückziehen. Wie ferngesteuert kroch er über die Matratze bis zur Wand auf seinen Platz zurück und schlüpfte unter die Decke. Von dort aus sah er verlegen zu Lars empor, der im Türrahmen lehnte. Da Lars immer noch nackt war, schaute er gleich wieder auf die Bettdecke.
„Entschuldige, Lars. Ich fürchte, ich habe einen Anfall von Gedächtnisschwund", sagte er mit erbärmlicher Stimme.
„Zerbrich dir nicht den Kopf. Ich habe dich eben nur aufgezogen." Lars warf sich auf die Matratze und zog sich die Decke bis zu den Hüften empor. „Gestern Abend habe ich dich hierher gebracht und lediglich ausgezogen. Im nächsten Augenblick hast du wie ein Baby geschlafen."
„Oh", sagte Phil nur. Und fügte etwas verspätet hinzu: „Danke. Tut mir leid, wenn ich dir Umstände bereite."
„Kein Problem."
Im nächsten Augenblick drehten sich beide um, weil sie etwas sagen wollten. Und mit einem Mal befanden sich ihre Gesichter Nase an Nase. Lars blickte genau in diese wun-

derbaren grünblauen Augen und spürte ein seltsames Kribbeln in seinem Magen. Ehe er wusste, was er da tat, rückte er näher und küsste Phil. Für einen Moment weiteten sich dessen Augen vor Überraschung. Der erwartete empörte Aufschrei blieb allerdings aus. Vielmehr erwiderte Phil den Kuss mit einer anziehenden Scheu. Das Kribbeln, das von Lars' Magen ausging, erreichte seine unteren Regionen. Er spürte eine deutliche Regung zwischen seinen Beinen. Daher war er ziemlich enttäuscht, als sich Phil von ihm löste.

„Was tun wir da?", fragte der beinahe erschrocken.

„Wir küssen uns", murmelte Lars. „Und ich finde das eigentlich ganz gut."

Phil sah ihn zwar skeptisch an, ließ sich aber von Lars heranziehen und zu weiteren Küssen verleiten. Selbst als Lars' Zunge in seinen Mund eintauchte und sich seine Arme um ihn legten, protestierte Phil nicht. Vielmehr schmiegte er sich in seine Umarmung und schien das Spiel ihrer Zungen zu genießen. Phil schmeckte nach Bourbon. Nach Bourbon und nach Phil, wie immer ein Phil auch schmeckte. Lars wurde süchtig danach. Verlangend presste er seine Erektion an Phils Unterleib und begann sich leicht an ihm zu reiben. Er fühlte, dass Phil ebenfalls hart war und Lars geriet in Versuchung, ihm die Shorts vom Leib zu reißen. Vorsichtig wanderten seine Finger an Phils nackter Haut entlang, strichen über dessen Rippenbögen, bis sie an seine Hüfte und den Gummizug der Shorts gelangten. Plötzlich stand Phil im Flur und flüchtete in Richtung Wohnzimmer. Seufzend fiel Lars in sein Kissen zurück. Verdammt, er hatte es vermasselt!

Mit einem leisen Fluch holte er sich ein Badelaken aus dem Bad, um es sich um die Hüften zu schlingen, und ging ebenfalls in das Wohnzimmer. Dort fand er Phil beim hektischen Suchen. Die Lederjacke hatte er bereits in der Hand.

„Deine Kleider liegen in der Waschmaschine“, sagte Lars von der Tür her. „Du hattest auf dem Weg hierher einen kleinen … na ja, sagen wir mal Unfall. Ich wollte sie gleich morgens waschen und sie hinterher in den Trockner geben. Wenn du unbedingt nach Hause willst, leihe ich dir etwas.“
„Einen Unfall? Oh nein, ich hab mich …“ Phil stöhnte und ließ sich auf das Sofa fallen.
„So richtig herzhaft.“ Lars setzte sich neben Phil und streckte die Beine aus. Sein Zeh juckte und er kratzte ihn mit dem anderen. Von der Seite her sah er Phil an. Der literarische Schöpfer eines perfekten, selbstbewussten Kommissars saß wie ein Häufchen Elend neben ihm.
„Tut mir leid, wenn ich dir eben zu forsch war“, brummte Lars.
„Ich habe nun einmal meine Prinzipien“, erklärte Phil ruhig. „In einem Arbeitsverhältnis hat Privates eben nichts zu suchen.“
Vielleicht lag es an der viel zu frühen Stunde, dass Lars ein bisschen brauchte, bis er einen Sinn in Phils Worten fand.
„Hä?“
„Na ja, wenn ich dich für Auskünfte bezahle, stehst du irgendwie in einem Angestelltenverhältnis zu mir“, begann Phil zu erklären.
Lars unterbrach ihn derb: „Du bist gerade wie die bezaubernde Jeannie aus dem Bett verschwunden, weil du mich für ein Frage-und-Antwort-Spiel bezahlst? Ich dachte, du wärst wegen mir davongezischt.“
Hallo, du gesunde Gesichtsfarbe, da bist du ja wieder!
„Heißt das, du würdest mich küssen, wenn du mich nicht bezahlst?“
„Vielleicht könntest du mir doch etwas zum Anziehen leihen“, murmelte Phil und zuckte zusammen, als Lars die Faust auf die Sofalehne hämmerte.
„Hör gefälligst auf, meine Fragen zu übergehen!“
„Hm.“

„Was *hm*?“
„Ich würde.“
„Herrgott noch mal! Als Schriftsteller solltest du eigentlich einen vollständigen Satz bilden können, oder?“
Phil nickte nur. Satzbildung war offenbar schwerer, als sich Lars gedacht hatte.
„Okay, ich kündige. Such dir jemand anderes zum Plaudern“, entschied er spontan. Überrascht schaute Phil auf.
„Aber der Kredit“, stotterte er.
Wieso eigentlich hatte Lars in Phils Gegenwart ständig das Bedürfnis ihn entweder küssen oder verkloppen zu müssen? Verkloppen war übrigens gerade Spitzenreiter.
„Der blöde Kredit kann warten. Da gibt es etwas anderes, das ich im Augenblick viel mehr will“, sagte Lars.
Forschend sah Phil ihn an. „Echt?“
„Echt. Ist die Kündigung damit angenommen?“
Langsam nickte Phil.
„Und sofort wirksam? Oder muss ich irgendwelche Fristen aus unserem nichtvertraglich festgestellten Arbeitsverhältnis einhalten?“
„Sofort wirksam“, flüsterte Phil.
„Komm her.“ Einladend breitete Lars die Arme aus und Phil rückte zaghaft näher. Eine Sekunde später küssten sie einander.
„Wer hätte gedacht, dass ich etwas mit Pullunder-Philemon anfangen würde“, murmelte Lars während einer Atempause und stellte überrascht fest, dass er inzwischen halb auf Phil lag. Der sah ihn erbost an.
„Pullunder-Philemon?“, fragte er pikiert. Lars grinste.
„Du hast in diesen Klamotten grässlich ausgesehen“, erklärte er mit einem Kuss auf Phils Nase.
„Und wie nennst du mich jetzt?“
„Krimi-Phil. Und der gefällt mir ausgesprochen gut. Meinst du, du kannst diese verflixte Shorts ausziehen?“
„Nein“, beantwortete Phil die Frage schlicht.

„Warum nicht?“
„Weil du auf mir liegst.“
Klang logisch, weil logisch. Lars rutschte von Phil herunter und zog dessen Shorts gleich mit sich. Eine stramme Erektion federte ihm daraufhin entgegen.
„Mannomann! Und diesen Ständer wolltest du unbefriedigt nach Hause tragen?“ Lars’ Hand schloss sich um das zuckende Glied und strich sanft daran auf und ab. Ein wohliges Seufzen drang über Phils Lippen. Lars beugte sich vor.
„Phil, ich möchte mit dir schlafen“, flüsterte er an dessen Ohr.
„Hmmm.“
Himmel! Dieser Kerl trieb ihn zur Weißglut. Also gut, er würde dieses *Hm* eben einfach zu seinen Gunsten interpretieren. Und wehe, Phil beschwerte sich.
„Komm mit ins Schlafzimmer.“ Lars sprang auf und zog Phil mit sich.
„Zimmer ist übertrieben“, hörte er Phil murmeln, als er ihn ungeduldig mit sich zerrte. Er bemerkte, dass Phil den Blick auf seinen Hintern gerichtet hielt, denn das bisher verhüllende Badelaken lag vergessen auf dem Sofa.
Zurück in der Kammer schubste er Phil auf das Bett und wühlte suchend unter der Matratze herum, anstatt sich mit dem Mann seiner Sehnsucht zu beschäftigen.
„Verdammt!“ Frustriert ließ er sich auf das Laken fallen.
„Was ist denn los?“
„Ich habe keine Gummis mehr“, erklärte Lars. Phil sah ihn aufmerksam aus seinen grünblauen Augen an.
„Ich bin nicht mit H.I.V. infiziert“, erklärte er.
„Woher willst du das wissen? Nur weil du mit niemandem geschlafen hast, heißt das nicht, dass du negativ bist oder dir sonst eine Krankheit eingefangen hast.“
Phil winkte ab.
„Ich war vor einem Monat wegen einer Lebensmittelvergiftung im Krankenhaus. Die haben dort einen Bluttest

durchgeführt. Und seitdem hatte ich nur Besuch von meiner rechten Hand.“ Das war Krimi-Phil, der gerade mit Lars sprach. Wenn er richtig darüber nachdachte, kam ihm Phil direkt ein wenig schizophren vor.
„Aber zum einen drehe ich gerade einen Porno und zum anderen kennen wir uns kaum. Wenn ich mich auf dich einlassen möchte, dann nicht mit Risiko“, erklärte Lars entschieden, wenn auch mit ziemlicher Wehmut. Der nackte Phil, der da so verführerisch neben ihm ausgestreckt lag und ihn aus diesen hübschen, von einem dichten Wimpernkranz umrahmten Augen anblickte, erschien ihm wie die reinste Versuchung.
„Okay.“ Phil krabbelte erneut über Lars hinweg, um im Flur der kleinen Wohnung zu verschwinden.
„He“, rief ihm Lars enttäuscht hinterher. „Das sollte nicht das Zeichen für einen Aufbruch sein. Es ist ohnehin erst …“ Er warf einen Blick auf die Funkuhr, die auf dem Fensterbrett stand.
„… erst 05:00 Uhr morgens.“
Doch da tauchte Phil wieder auf, stellte sich lasziv im Türrahmen in Pose und hielt grinsend ein kleines, metallisch glänzendes Päckchen zwischen den Fingern.
„Seitdem ich bei meiner Mutter ausgezogen bin, habe ich immer welche dabei. Sie hasst diese Dinger nämlich, weil sie ein sündhaftes Leben ermöglichen.“
„Idiot“, brummelte Lars vergnügt, packte ihn um die Hüften und zog kräftig. Lachend fiel Phil auf ihn. Lars stockte der Atem. Das war das erste Mal, dass er Phil lachen hörte. Ein warmes, herzliches und wunderbares jungenhaftes Lachen. Er schlang seine Arme um Phils Nacken und zog seinen Kopf zu sich hinunter, um ihn küssen zu können. Phil seufzte leise, presste sein hartes Geschlecht gegen Lars’ eigenen Ständer und erwiderte den Kuss mit hungriger Intensität. Atemlos riss ihm Lars das Kondom aus der Hand.

„Gib her." In Rekordgeschwindigkeit streifte er sich das Gummi über und zog ein Fläschchen Durex Play zwischen Wand und Matratze hervor. Ein wenig nervös beobachtete ihn Phil, wie er einen großzügigen Klecks auf dem Kondom verteilte und einen weiteren auf seine Finger tat.

„Bin ich zu schnell?", erkundigte sich Lars, dem plötzlich einfiel, dass Phil mit keiner seiner Kontaktanzeigen geschlafen hatte.

„Ich habe keine Ahnung. Bist du das?", fragte der mit entwaffnender Ehrlichkeit.

„Mir kann es gar nicht schnell genug gehen. Ich habe das Gefühl gleich zu platzen." Bezeichnend sah Lars an sich herunter. Sein latexüberzogener Schwanz stand wie eine Eins.

„Sag mir nur, was ich tun soll", murmelte Phil, der ebenfalls auf Lars' Erektion starrte.

„Passiven Sex haben". Lars grinste in Erinnerung an ihr erstes Gespräch. Er küsste Phil erneut. Erst seine Lippen, danach einen seiner kleinen, harten Nippel und schließlich seinen Bauchnabel, in den er kurz seine Zunge schnellen ließ. Phil schien kitzlig zu sein, denn er gab ein glucksendes Geräusch von sich. Gleich darauf keuchte er auf, als Lars die feuchte Spitze seines Schwanzes küsste. Mit den Lippen knabberte er sich an dem steifen Schaft entlang, stieß die Hoden mit der Zunge an und sog Phils unvergleichlichen Geruch in seine Nase. Wie konnte ein Mann nur so gut riechen? Mit der Zunge fuhr er den Schaft empor und schmeckte die ersten salzigen Tropfen auf der prallen Eichel. Tief saugte er Phils Glied in seinen Mund und genoss den kehligen Laut, den der ausstieß. Gleich darauf umkreiste er die Eichel mit der Zungenspitze. Seine Finger glitten streichelnd über den Hodensack und dem empfindlichen Damm, näherten sich zielstrebig dem After und begannen zärtlich Gleitgel zu verteilen. Phil keuchte inzwischen leise. Auf seiner glatten Haut hatte sich ein feiner Schweißfilm

gebildet, der in dem Licht der Klemmleuchte schimmerte. Seine Hände klammerten sich an Lars' Schultern. Als dessen glitschiger Finger in ihn eindrang, gab Phil einen knurrenden Laut von sich, wölbte sich aber Lars entgegen. Lars schob behutsam einen zweiten Finger nach und schmeckte sofort weitere salzige Tröpfchen auf seiner Zunge. Ein leises, lustvolles Seufzen drang an seine Ohren. Langsam ließ er Phils Ständer aus dem Mund gleiten. Als er die Finger bewegte, spürte er die Reaktion sofort in dem sich festigenden Griff von Phils Händen auf seinen Schultern. Lars' Selbstbeherrschung fand ein Ende. Er zog seine Finger zurück, was Phil brummelnd kommentierte.
„Zieh die Beine etwas an", bat Lars und stupste nun seinen Ständer auffordernd gegen Phils Pobacken. Im nächsten Moment rutschte sein Schwanz ganz von allein in Phils Spalt, fand den begehrten Eingang und drückte sich sachte gegen den leichten Widerstand hinein. Lars konnte sehen, dass Phil den Atem anhielt. Ein unsicherer Blick seiner grünblauen Augen traf ihn.
„Lass locker. Entspann dich", sagte er ruhig, als sich Phil verkrampfte, und versuchte behutsam weiter vorzudringen.
„Ich kann nicht." Es klang gequält. Phils Blick schien in seinem Gesicht nach Hilfe zu suchen, während er die Zähne zusammenbiss.
„Natürlich kannst du." Ganz sanft küsste er Phil, strich mit seiner Zunge über die leicht zitternde Unterlippe, ehe er sie in Phils Mund schob. Ihre Küsse wurden immer leidenschaftlicher, bis Lars spürte, wie Phil nachgab. Mit einem erleichterten Stöhnen schob er sich tiefer und fühlte dabei, wie er weiter anschwoll. Himmel! Phil erregte ihn derartig, dass er den Verstand verlieren könnte.
„Alles okay?", fragte er und riss sich mühsam zusammen.
Phil nickte, jetzt erneut schüchtern und keineswegs wie der Draufgänger wirkend, der erst vor Kurzem im Türrahmen gestanden hatte. Also begann sich Lars zu bewegen, lang-

sam zunächst, um Phils Reaktionen auszuloten. Er suchte einen ruhigen, behutsamen Rhythmus, fand dazwischen immer wieder Zeit, um zarte Küsse auf Phils Nase, Kinn und Brust zu pflanzen. Schon bald bebte Phils Körper unter seinen Liebkosungen. Von der eigenen Erregung überwältigt, hielt Lars seinen Blick auf Phils Gesicht gerichtet. Der Anblick war Erotik pur. Mit geschlossenen Augen und einem leisen Stöhnen aus seinen halb geöffneten Lippen schien Phil mit jeder einzelnen Faser seines Körpers Lars' Bewegungen und Berührungen nachzuspüren.

Wie ausgehungert, dachte Lars, *wie vollkommen ausgehungert.*

Als er sein Tempo steigerte, begann sich Phil anzuspannen. Kurz darauf pumpte er seinen Samen mit einem heiseren Knurren gegen Lars' Bauch und grub während der Kontraktionen seines Höhepunktes die Finger in Lars' Rückenmuskeln.

„Himmel!" Lars stöhnte und kam nur einen Moment später nach einem weiteren tiefen Stoß. Keuchend ließ er sich auf Phil fallen und schlang seine Arme fest um ihn. Nach all der Leidenschaft erwiderte Phil die Umarmung ein wenig zaghaft. Er schmiegte sein Gesicht in Lars' Halsbeuge. Allmählich wurden seine Atmung und sein Herzschlag ruhiger.

„Phil?", fragte Lars leise, weil von seinem Gefährten überhaupt keine Reaktion mehr kam.

„Wenn meine Mutter wüsste …"

„Zum Teufel, Phil! Musst du unbedingt von deiner Mutti anfangen?"

„… dass ich davon nicht genug kriegen könnte", beendete Phil in aller Ruhe seinen Satz. Lars atmete auf.

„Idiot", murmelte er liebevoll. Kurz küsste er Phil auf die Stirn, ehe er sich behutsam aus seiner Umarmung wand und zum Entsorgen des Gummis ins Bad wanderte. Dies war der einzige Moment, in dem er ein Kondom als wirklich störend empfand. Mit einem feuchten Lappen wischte

er sich Phils Sperma von der Haut, spülte den Lappen hinterher aus und ging damit zu seiner Schlafkammer zurück. An der Tür blieb er stehen. Phil lag auf dem Rücken. Einen Arm hatte er sich unter den Kopf geschoben und ein Bein war etwas angewinkelt. Er schlief bereits tief und fest, das Gesicht vollkommen entspannt und friedlich. Ein leises Lächeln lag auf seinen sommersprossigen Zügen.
„Soso, Krimi-Phil, Sex und Alkohol hauen dich also um“, stellte Lars amüsiert fest. Er krabbelte über das Bett zu Phil hinüber, wischte ihm die Spuren ihres gemeinsamen Vergnügens vom Leib und warf den Lappen danach achtlos in den Flur. Er kuschelte sich an den Schlafenden und zog die Decke über sie beide. Eine kleine Weile lauschte er Phils gleichmäßigen Atemzügen, bis er ebenfalls einschlief.

****

Zum ersten Mal in seinem Leben wachte Philemon Ahnert in den Armen eines Mannes auf. Das unbeschreibliche Gefühl, während des Schlafes beschützt und behütet gewesen zu sein, nahm ihn genauso ein, wie die Berührung von nackter Haut an seiner und Lars’ Atemhauch auf seiner Wange.
„Guten Morgen“, sagte Lars leise und küsste Phils Lippen.
„Wie spät ist es?“, murmelte der und versuchte sich unauffällig näher an Lars heranzuschieben, um ihn so lange wie möglich und vor allem so intensiv wie möglich zu spüren.
„Kurz nach neun. Musst du etwa weg?“
Phil schüttelte den Kopf, und Lars atmete erleichtert auf.
„Gut. Ich möchte nämlich nicht, dass du gehst. Ich möchte dich vielmehr küssen“, murmelte Lars und tat genau das. Versonnen knabberte er erst an Phils Unterlippe, ehe er darüber leckte und die Zunge zwischen dessen Lippen schob. Phils legte ihm die Hand in den Nacken, um zu verhindern, dass Lars den Kuss beendete. Der wurde bereits

hart und ließ es Phil deutlich spüren, indem er die Hüften gegen seinen Oberschenkel presste.
„Willst du …?“ Phil keuchte an Lars Mund.
„Magst du …?“, fragte Lars stöhnend. Phils Unvermögen ganze Sätze zu bilden, schien ansteckend zu sein. Jedenfalls wollten sie. Beide. Und dringend! Lars ließ Phil abrupt los, fuhr in Windeseile in seine Hosen, zog sich eine Jacke über den bloßen Oberkörper und verzichtete auf das Zuschnüren der Turnschuhe.
„Was wird das denn jetzt?“ Verwundert setzte sich Phil im Bett auf.
„Bleib da und beweg dich nicht“, kommandierte Lars von der Tür her. „Eine Drogerie ist hier gleich um die Ecke. Ich bin in fünf Minuten mit dem gesamten Kondomsortiment zurück.“
„Aber Lars …“
„Keine Widerrede, Phil. Ich gehe nicht ohne Gummimantel in den Regen, klar?“
„… ich hab noch welche in meiner …“
Zu spät. Lars war bereits weg.
„… Geldbörse“, beendete Phil seinen Satz. Dann grinste er angesichts Lars‘ offensichtlichem Eifer und befreite sich von den Decken.
In der Küche fand er Mineralwasser, von dem er sich etwas einschenkte. Im Augenblick plagte ihn dank des vielen Bourbons der Nachdurst. Zukünftig würde er die Finger davon lassen. Andererseits hatte ihm der Alkohol zu dieser – ja, was eigentlich – verholfen? Hatte er eine Affäre mit Lars, einen One-Night-Stand mit Nachschlag oder was war das zwischen ihnen? Sein Blick fiel auf die Waschmaschine, in der seine Klamotten auf eine gründliche Reinigung warteten. Pulver war bereits eingefüllt, also stellte Phil die Maschine an. Mineralwasser trinkend schaute er der Wäsche beim Kreiseln zu.

„Phil?" Lars war zurück und suchte ihn in dem, was er als sein Schlafzimmer bezeichnete.
„Küche", rief Phil, stellte das Glas in die Spüle und kehrte in die kleine Kammer zurück. Lars saß auf der Matratze und streifte sich gerade die Schuhe von den Füßen. In seinen Augen lag ein fiebriger Blick.

Für einen kurzen Moment hatte Lars bereits geglaubt, Phil hätte sich heimlich verdrückt. Als sein Phil – ja, verflixt, *sein* Phil! – aus der Küche kam, atmete er erleichtert auf. Irgendwo auf dem Weg zur Drogerie war ihm bewusst geworden, dass er sich Hals über Kopf in diesen seltsamen Philemon verliebt hatte.
Während sich Lars auszog, warf Phil einen Blick auf die prall gefüllte Tüte auf dem Bett.
„Du liebe Güte, was hast du vor?", fragte er beinahe schockiert und schüttete die Einkäufe auf die Decke. Die bunten Verpackungen mehrerer Sorten Kondome sowie Gleitmittel purzelten über die Matratze. Lars hatte nicht übertrieben. Er hatte wirklich das komplette Sortiment der Drogerie aufgekauft.
„Äh ... Ich dachte, da du nicht weg musst …" Lars beließ es bei der Andeutung und sah Phil fragend an.
„Ich bleibe gerne hier", sagte der leise.
„Und wollen wir meine Einkäufe nutzen oder bist du nach dieser Nacht zu angeschlagen?" Immerhin wurde Phils jungfräulicher Hintern in dieser Nacht das erste Mal erobert und vorher hatte er zudem ordentlich gebechert. Daher bestand die große Wahrscheinlichkeit, dass Phil einen ordentlichen Kater oder einen wunden Hintern hatte. Oder beides.
„Mir geht es gut", murmelte Phil und deutete auf die zahlreichen Kondome. „Welche nehmen wir?"

„Ist völlig egal." Lars rückte näher, um Phil zu küssen. Himmel! Wieso konnte er von diesen Lippen nicht genug bekommen? Wieso törnten ihn ausgerechnet Phils Küsse derartig an? Ihre Zungen spielten miteinander, während Lars' Hände auf Phils Körper auf Wanderschaft gingen. Zärtlich streichelte er jeden Flecken Haut, den er finden konnte, und küsste sich einen Weg bis zu dessen Bauchnabel. Inzwischen stand Phils schöner, gerader Schwanz wie ein Fahnenmast, reckte sich mit Lusttröpfchen garniert erwartungsvoll in die Höhe. Lars leckte zunächst über den feinen Streifen blonder Härchen, der bis zu dem lockigen Nest führte, aus dem ihm Phils Erektion entgegenragte. Wie Phil wohl rasiert aussehen mochte? Alleine die Vorstellung machte Lars derartig geil, dass er sich am liebsten sofort auf Phil geworfen hätte. Stattdessen wollte er das Opfer seiner Begierde verwöhnen, Schritt für Schritt weiter erregen und den Sex zu einem unvergesslichen Erlebnis machen. Seine Zunge wanderte langsam an Phils Ständer empor und verharrte nur, damit er zwischendurch an der zarten Haut knabbern konnte. Phils genießerisches Stöhnen und das Entgegenschieben seiner Hüften zeigten Lars, wie sehr es seinem leidenschaftlichen Ex-Spießer gefiel. Mit den Fingern fuhr er in Phils Spalt, während er gleichzeitig die hitzige Eichel zwischen seine Lippen saugte und mit der Zungenspitze die salzigen Tröpfchen aufleckte. Qualvoll langsam ließ er anschließend Phils Glied immer tiefer in seinen Mund gleiten und zog dabei mit den Fingern kleine Kreise um seinen After.
„Lars, ich … bin gleich …" Phil stöhnte kehlig.
Lars nahm seinen Schwanz sanft reibend in die Hand und gleich darauf spritzte ihm Phil in die Faust. Keuchend und mit halb geschlossenen Augen sah ihn Phil an, als würde er soeben aus einem tiefen Traum erwachen.
„Dreh dich um", flüsterte Lars und zog ihn in die Bauchlage. Erneut begann er Phils salzig schmeckende Haut zu

küssen, fing damit in dessen Nacken an und fühlte ihn wohlig erschauern. Seine Zunge fuhr langsam über Phils Wirbelsäule. Inzwischen zitterte Phil am ganzen Leib. Seine Hände umklammerten das Kissen, als würde davon sein Leben abhängen. Mit einer Hand angelte Lars nach der Gleitcreme und verteilte weiterhin federleichte Küsse auf die glatten Pobacken. Halt! Moment mal! Da befanden sich zwei herzallerliebste Grübchen auf den Backen, die Lars in der Nacht tatsächlich entgangen waren. Diese Grübchen gehörten eindeutig ausgiebiger geküsst.
„Lars!“, bettelte Phil inzwischen erstickt in das Kissen. Mittlerweile war Lars selbst so spitz, dass er unverzüglich die Gleitcreme zwischen Phils appetitlichen Backen verteilte und sich eine weitere großzügige Portion auf die Finger gab. Vorsichtig schob er einen seiner gelbeschmierten Finger in den bereitwillig präsentierten Anus. Phil presste sein Gesicht in das Kissen. Sein Stöhnen drang ziemlich gedämpft durch die Federn. Lars zog den Finger zurück, schob ihn aber sofort mit einem zweiten erneut in Phil und bewegte sie behutsam.
„Lars …“ Phils Stimme ging in ein angespanntes Knurren über und rasch hielt Lars inne, ehe sein Gefährte kommen konnte. Er wollte nicht, dass ihr gemeinsamer Sex so schnell vorbei war. Weitere Küsschen verteilend gab ihm Lars einen Moment der Erholung, doch dann drückte er seinen Steifen in Phil und begann ihn immer tiefer gehender zu stoßen. Phil umschloss ihn fest und heiß und keuchte zunehmend heftiger, als er fester in die Matratze gepresst wurde. Dieses Mal kamen sie beinahe gemeinsam, jeder mit einem erlösenden Aufschrei, wobei Phil durch das Kissen gedämpft wurde. Küssend kuschelten sie sich schließlich aneinander, umfangen von wohliger Mattigkeit.
„Ich frage mich gerade, wie deine Kontaktanzeigen einfach gehen konnten, nachdem ihr was-auch-immer getrieben habt“, murmelte Lars nach einer Weile.

„Vielleicht sind sie gar nicht gegangen, sondern ich sammle sie in meinem Kleiderschrank“, brummte Phil. Schweißfeuchte Haarsträhnen klebten ihm im Nacken. Sein Gesicht war in Lars’ Halsbeuge vergraben.
Als Lars’ Magen knurrte, schlug er vor: „Lass uns duschen und hinterher frühstücken. Ich bekomme allmählich Kohldampf.“ Zum ersten Mal bedauerte er es, dass seine Dusche keinen Platz für zwei Personen bot, ohne dass es unweigerlich zu blauen Flecken führte.

Das Frühstück fiel ziemlich übermütig aus. Sie fütterten sich gegenseitig mit Müsli und Weintrauben und leckten einander verkleckerte Körner und Milch von der Haut. Lars geriet immer mehr in Phils Bann, der sich auf einmal völlig offen und unbeschwert benahm. Von Schüchternheit war keine Spur mehr zu bemerken. Bis zu dem Augenblick, in dem Musik erklang. Michael Jacksons *Thriller* drang aus Phils Handy. Der verdrehte die Augen und seine Stimmung kippte schlagartig.
„Meine Mutter“, seufzte er.
„Geh einfach nicht ran.“
„Nur wenn du stundenlang hören willst, wie das Handy klingelt.“
Mit einem weiteren Seufzen nahm Phil das Gespräch an.
„Guten Tag, Mutter“, sagte er und Lars lernte in diesem Augenblick nach Erotik-Phil einen vierten Phil kennen, den Mutti-Philemon.
Unpersönlicher kann die Begrüßung seiner Mutter ja gar nicht mehr ausfallen, dachte Lars. Undeutlich konnte er einen Redeschwall vernehmen, der aus dem Handy drang. Phil dagegen sagte gar nichts und hörte nur zu. Seine Miene wurde deutlich düsterer. Lars trat hinter ihn und schlang die Arme um Phils Mitte. Der lehnte sich vertraulich gegen den starken Halt, den Lars ihm bot.

„Natürlich habe ich dich verstanden", sagte er nach einer Weile. Lars legte ihm das Kinn auf die Schulter. Ob Phil vielleicht ein bisschen schizophren war? Wie konnte ein Mensch nur so schnell hintereinander von schüchtern zu forsch und von fröhlich auf depressiv umschalten? Hatte Phil etwa eine gespaltene Persönlichkeit? Während Lars darüber nachgrübelte, beendete Phil kurz angebunden das Telefonat: „Auf Wiederhören, Mutter." Er klappte das Handy zu und legte es auf den Tisch zurück. Beinahe ruppig entzog er sich Lars' Umarmung.
„Ich muss nach Hause", sagte Phil tonlos.
Einen Augenblick lang war Lars versucht zu protestieren, nach einem Blick in Phils Gesicht nickte er bloß enttäuscht.
„Deine Sachen sind nass", sagte er mit einer Geste zur Waschmaschine, „aber ich suche dir etwas von mir heraus." Somit war Phil zumindest gezwungen, ihm die Klamotten zurückzubringen und er konnte sich erneut mit seinem Krimi-Phil treffen. Oder Erotik-Phil? Langsam kam er selbst ganz durcheinander.
Aus einem Schrank suchte Lars eine saubere Jeans und sein Lieblingsshirt heraus. Beides war Phil ein wenig zu lang, bis zum Auto würde es jedoch gehen. Die Hosenbeine krempelte er einfach einmal um.
„Sehen wir uns morgen?", fragte Lars.
Phil horchte auf. „Du willst mich wiedersehen?"
„Natürlich will ich dich wiedersehen. Oder magst du etwa nicht?"
Ein scheuer Blick traf ihn.
„Phil, was ist los mit dir?" Lars trat einen Schritt näher.
„Du hast nicht aus Mitleid mit mir geschlafen?" Die grünblauen Augen sahen Lars voller Misstrauen an.
„Wie kommst du auf dieses schmale Brett? Habe ich dir irgendeinen Anlass gegeben, dass du so über mich denkst? Oder aus welchem Grund sollte ich die Drogerie leerkaufen?"

Lars war empört. Die Entscheidung, Phil entweder zu küssen oder zu prügeln stand erneut im Raum und auch dieses Mal fiel sie ihm nicht gerade leicht.
„Nein, natürlich nicht. Tut mir leid“, murmelte Phil.
„Hat dich deine Mutti etwa aus der Bahn geworfen?“ Lars legte ihm einen Arm um die Schultern und zog Phil an sich.
„Sie kommt hierher“, flüsterte Phil derartig unglücklich, als hätte sich das Jüngste Gericht angekündet.
„Wann?“
„Nächstes Wochenende. Verdammt! Ich hatte einen guten Grund, um mir eine Wohnung in sechshundert Kilometer Entfernung zu suchen. Und jetzt kommt sie einfach hierher.“
„Ach was soll’s, Phil? Sie besucht dich, lobt dich wegen deines Erfolgs als Schriftsteller, ihr verbringt ein paar Tage miteinander und ehe du dich versiehst, reist sie ab.“ Lars zuckte mit den Achseln und fand das alles gar nicht so dramatisch.
„Sie weiß nicht, dass ich als Autor arbeite. Meine Mutter denkt, ich würde in einem Büro sitzen.“
„Mutti hat keine Ahnung, dass du Schriftsteller bist?“
„Sie würde das nicht begreifen, Lars. Für meine Mutter gibt es nur ein Buch.“
„Die Bibel“, seufzte Lars ahnungsvoll und Phil nickte.
„Sag ihr einfach, dass du gay bist und dass du Bücher schreibst.“
Phil schnaubte nur. „Und für was von beidem soll sie mir den Kopf abreißen?“
„Du willst sie ohnehin nicht sehen. Was soll es also, wenn du dich mit ihr streitest?“ Lars verstand das Problem einfach nicht.
„Sie wird mich hassen, Lars. Würdest du wollen, dass dich deine Mutter hasst? Sie nicht zu sehen ist eine Sache. Von ihr gehasst zu werden, nur weil man in ihren Augen nicht perfekt geraten ist, das würde ich nicht ertragen.“

„Steigerst du dich da nicht zu sehr rein?"
„Lars, sie hat schon ein Problem damit, dass ich ausgezogen bin."
„Um Himmels willen, Phil, auch anderer Mütter Söhne ziehen aus. Das nennt man selbstständig werden und auf eigenen Füßen stehen."
„Den himmlischen Willen interpretiert sie leider anders." Phil verdrehte die Augen. „Versteh doch, nach dem Tod meines Vaters ist sie alleine in dem großen Haus. Sie fürchtet ständig, dass ihre Gesundheit nicht mehr mitspielt oder sie einen Unfall hat und dann tagelang unbemerkt in einem Zimmer liegt, weil niemand da ist, der ihr hilft. Ihr undankbarer Sohn, den sie unter solchen Qualen auf die Welt gebracht und mühsam großgezogen hat, zieht einfach aus, anstatt sie mit einer Schwiegertochter und Enkeln und vor allem mit seiner Aufmerksamkeit zu versorgen."
Lars starrte Phil an. Er hatte keine Ahnung, ob er dessen Worte als bitteren Sarkasmus aufnehmen sollte, oder ob Phil das Gesagte tatsächlich ernst meinte.
„Ich bin ihr einziger lebender Verwandter. Außer mir hat sie bloß noch den Bibelkreis und die Kirchengemeinde. Da ist es doch kein Wunder, wenn sie klammert."
Es kam Lars vor, als wollte Phil das ihm verhasste Verhalten seiner Mutter entschuldigen.
„Machst du dir etwa Vorwürfe, weil du ein eigenes Leben nach deinen Vorstellungen führen möchtest?"
Phil zuckte mit den Schultern.
„Ich bin in einer solchen Zwickmühle, Lars. Einerseits möchte ich es Mutter gerne recht machen. Andererseits treiben mich dieser Bibelwahn und ihre Einmischungen in mein Leben in den Irrsinn. Manchmal habe ich schon das Gefühl, als würde sie mich beobachten oder sogar verfolgen lassen. Ein paar Mal bin ich allein wegen diesem Gefühl in ein Taxi gesprungen, nach Hause gefahren und habe mich dort verbarrikadiert."

„Phil, das grenzt ja an Paranoia!“ Lars war entsetzt. Vielleicht lag er mit der Unterstellung, Phil wäre schizophren doch nicht falsch.
„Wenn ich daran denke, sie könnte herausfinden, dass ich schwul bin und damit ihre bis ins Detail ausgeklügelten Zukunftspläne durchkreuze, wird mir richtig schlecht. Und jetzt bin ich gezwungen, ein paar Tage lang Theater zu spielen, weil sie mich unbedingt besuchen will. Allein bei dem Gedanken daran …“ Er fasste sich an den Magen, als hätte er Schmerzen. Lars legte ihm tröstend einen Arm um die Schultern.
„Immer mit der Ruhe, Phil. Bis zum nächsten Wochenende sind es ja noch ein paar Tage. Was ist also mit morgen?“
„Morgen kann ich nicht“, seufzte Phil. Es klang bedauernd.
„Dann also Montag. Ich muss am Montag wieder zum Dreh. Der ist etwa um 14:00 Uhr zu Ende. Magst du mich dort abholen?“, fragte Lars. „Wir könnten zusammen etwas essen gehen und hinterher vielleicht ins Kino oder in einen Club? Oder wir besuchen Muck auf einen Prosecco.“
Endlich huschte ein kleines Lächeln über Phils Gesicht.
„Okay, klingt gut.“
„Prima.“ Lars gab ihm einen Kuss.
„Und wehe, du kommst nicht“, sagte er drohend.
Als Phil ging, blickte ihm Lars durch das Fenster nach. Auf einmal ertappte er sich dabei, wie er nach Phils potenziellen Verfolgern Ausschau hielt. Mit einem gemurmelten Fluch wandte sich Lars vom Fenster ab. Das fehlte noch, dass Phils gewöhnungsbedürftiges Verhalten auf ihn abfärbte.

****

Kaum war Phil weg, da hätte sich Lars bereits ohrfeigen können. Er wusste weder, wo Phil wohnte noch hatten sie ihre Handynummern ausgetauscht. Was war, wenn sich Phil wegen seines verklemmten anderen Ichs nicht meldete? Lars begann die Reste vom Frühstück fortzuräumen und stellte fest, dass er wegen Phils überraschendem Aufbruch tatsächlich ein wenig verstimmt war. Eigentlich hätten sie sich einen schönen Tag machen können, oder? Spazierengehen und ein bisschen Schmusen. Sich besser kennenlernen. Er stellte den Geschirrspüler an und ging in seine Schlafkammer zurück. Dort ließ er sich auf das Bett fallen und grub die Nase in das Kissen, auf dem Phil geschlafen hatte. Es roch ein wenig nach Phils Aftershave, klar und frisch. Irgendwie nach Bergseen und Wald. Unter Lars' Hüfte drückte etwas und er zog eine Kondompackung unter sich hervor. Mit einem Schmunzeln im Gesicht setzte er sich auf. Die Gummis waren überall im Bett verteilt, wie er feststellte, und er begann, die einzelnen Packungen zusammenzusuchen. Er kam auf die stattliche Zahl von sechsunddreißig Stück. Dazu hatte er fünfzehn Packungen mit Gleitmittel gekauft und das in vier verschiedenen Sorten. Der Verkäuferin würde er nicht mehr unter die Augen treten können. Was mochte die nach diesem Einkauf von ihm denken?

„Notgeil", brummelte er vor sich hin und wischte die Sicherheit versprechenden Packungen aus dem Bett. Er hatte mit Kreditkarte bezahlt und nicht einmal auf den Preis geachtet. Sein Konto brauchte er sich jedenfalls in diesem Monat nicht mehr ansehen. Und was sollte er jetzt mit dem restlichen Tag anfangen? Er stand wieder auf, räumte den größten Teil an Kondomen und Gleitmittel ins Bad und holte sich im Anschluss das Telefonbuch. Er schlug es unter A auf und suchte nach Ahnert. Unter diesem Namen gab es fünf Einträge. Leider keinen einzigen Phil, P. oder Philemon. Mist! Als Lars das Telefonbuch zuklappte, kam ihm eine andere Idee.

Das Fahrrad lehnte er gegen die Hausmauer und kurz vor Schließung betrat er das Meldeamt. Nach dem warmen Sonnenschein draußen kam es ihm in der Halle ziemlich kühl vor. Lars steuerte auf einen freien Schalter zu und lächelte die junge Frau, die dahinter saß, freundlich an.
„Guten Tag. Ich hätte gerne die Anschrift eines Freundes gewusst. Ist das möglich?“, erkundigte er sich.
„Eine Meldeauskunft kostet 7,00 €. Wie lautet denn der Name?“, fragte ihn die Blondine.
„Ahnert“, antwortete Lars und kramte seine Geldbörse hervor.
„Haben Sie ein Geburtsdatum für mich?“
Hatte Lars nicht.
„Er heißt Philemon mit Vornamen. So viele Ahnerts mit diesem Namen wird es bestimmt nicht geben“, sagte er.
„Philemon.“ Einen Moment lang starrte ihn die Blondine verblüfft an.
„Ja, der Name ist schon etwas ungewöhnlich, nicht wahr?“ Lars begann in seiner Geldbörse nach dem letzten Kleingeld zu suchen.
„Philemon hört man wirklich nicht alle Tage.“ Die Blondine lächelte wieder, aber es war ein nettes Lächeln. Sie tippte den Namen in ihren Computer.
„Oh! Lassen Sie Ihr Geld mal stecken. Herr Ahnert hat eine Auskunftssperre einrichten lassen. Ich darf Ihnen keine Adresse nennen. Tut mir leid.“
Lars war enttäuscht. Blieb also zu hoffen, dass übermorgen der Krimi-Phil die Oberhand hatte und nicht der schüchterne Pullunder-Philemon, sonst würde er vielleicht gar nicht am Filmset auftauchen.
„Sie sind Lars, nicht wahr?“, hörte er die Blondine plötzlich fragen. Überrascht schaute er auf und nickte. Sie streckte ihm über den Tresen hinweg die Hand entgegen.

„Carola. Ich bin die Schwester von Paul. Wir haben uns ein paar Mal gesehen, als ich meinen Bruder vom *Oktopus* abgeholt habe."
Nun konnte sich Lars erinnern. Mit einem entschuldigenden Lächeln schüttelte er die dargebotene Hand.
„Sorry, für Frauen habe ich irgendwie keinen Blick. Das soll wirklich nicht unhöflich klingen."
Carola lachte nur.
„Ist nicht schlimm", sagte sie bloß und wechselte kurzerhand zum Du. „Frag mal Paul nach diesem Ahnert. Der kennt viele und nicht nur aus dem *Oktopus*."
„Ich fürchte, dass mir Paul dieses Mal nicht helfen kann. Phil hat bisher nicht in unseren Kreisen verkehrt." Wie klang das denn jetzt? Noch anzüglicher hätte er das wohl nicht ausdrücken können, oder? Carola grinste prompt.
„Ich wünschte, ich könnte dir helfen. Bloß wenn ich dir die Anschrift sage und es kommt raus, bekomme ich furchtbaren Ärger."
Lars winkte ab. „Lass gut sein. Ich bin froh, wenn man sich darauf verlassen kann, dass die Privatsphäre geschützt bleibt. Selbst wenn es mein persönliches Pech bedeutet. Ich war halt so blöd und habe vergessen, ihn nach seiner Telefonnummer zu fragen. Ich hoffe nur, dass er wirklich zu unserer Verabredung kommt. Also dann. War nett, dich kennenzulernen, Carola."
„Tschüss", rief sie ihm hinterher und schon stand Lars vor seinem Fahrrad. Pech gehabt! Und was sollte er jetzt tun?

Bei Serkan ließ er sich eine große Schale mit Salat und ein Fladenbrot einpacken und aß vor Ort einen verfrühten Mittags-Döner. Anschließend radelte er nach Hause, suchte sich den ersten Band von Phils Krimireihe hervor, schnappte sich eine alte Decke und eine Flasche Sprudel und fuhr in den Park. Er fand eine Ecke, wo er seine Ruhe

hatte. Lediglich ein Angler hockte am See und genoss die Sonne. Dort machte es sich Lars rücklings bequem, sah in den blauen Himmel hinauf und hielt das Buch auf seiner Brust fest.
Mehr als tausend Worte, ging es ihm durch den Kopf. *Alle von Phil erdacht. Und ich halte sie im Arm.*
Die warme Sonne und die etwas kurze Nacht bewirkten, dass Lars mit einem seligen Lächeln auf seiner Decke einschlief.

****

Sechshundert Kilometer entfernt klingelte ein Telefon. Als der Anruf entgegen genommen wurde, sagte eine Stimme:
„Guten Tag, Frau Ahnert. Entschuldigen Sie die Störung. Es geht um Philemon. Ich befürchte, er befindet sich in schlechter Gesellschaft."

****

Unruhig blickte Lars immer wieder zur Tür, doch Phil tauchte nicht auf. Zweimal verpasste er seinen Einsatz und musste einen Rüffel des Regisseurs einstecken. Drei weitere Darsteller in diesem Film, die auf ihren Einsatz warteten, schüttelten mittlerweile genervt die Köpfe. Auch Dario sah ihn ab und an fragend an, bis es schließlich aus ihm hervorplatzte: „Dios, Lars. Was ist heute los mit dir?"
Christian warf ihm ebenfalls neugierige Blicke zu.
„Ich bin verabredet und mein Date scheint mich zu versetzen", brummte Lars.
„Schaffst du es trotzdem Dario zu vögeln? Oder darf ich mich heute wegen dir an den Profis abreagieren?", erkundigte sich der Regisseur ungehalten.
Mühsam riss sich Lars zusammen und versuchte sich auf den Job zu konzentrieren. Sonst törnte ihn Darios Körper

ohne Probleme an, nur heute funktionierte sein Schwanz erst, als er sich vorstellte, Phil läge vor ihm auf dem hässlichen Zebrabett. Und wie es funktionierte. Beinahe zu gut. Der Regisseur jedenfalls war zufrieden und brachte sogar mal ein paar lobende Worte hervor. Lars hörte gar nicht richtig hin, denn er stellte fest, dass Phil immer noch nicht da war. Zusammen mit Dario und Christian ging er anschließend in die Umkleide und stellte sich dort unter eine der Duschen. Kurz darauf war er angezogen und ging ziemlich geknickt zu seinem Fahrrad. Und da stand er, lehnte lässig an der Hauswand und sah einfach zum Anbeißen aus.

„Ist er das?" Dario stand auf einmal hinter Lars und musterte Phil mit unverhohlenem Interesse. Der hatte sie bislang nicht bemerkt. Lars nickte bestätigend.

„Lecker", lautete Darios Urteil und schon marschierte er direkt auf Phil zu. „Hi, ich bin Dario!"

Phil schreckte auf, entdeckte Lars und schenkte ihm ein Lächeln, ehe er sich Dario zuwandte.

„Phil. Hallo."

„Ich musste mir unbedingt ansehen, wer unseren lieben Lars derartig beschäftigt, dass er beinahe den Dreh platzen lässt." Der Spanier grinste. Phil warf Lars einen überraschten Blick zu.

„Ich dachte, du kommst nicht", erklärte der etwas verlegen.

„Ich wollte da drinnen nicht stören und habe deswegen lieber hier gewartet", sagte Phil.

„So ein Anblick hätte uns bestimmt nicht gestört." Dario kam nun ebenfalls in den Genuss, Phil erröten zu sehen. Aber Dario hatte recht. Phil trug bei dem warmen Wetter eine dreiviertellange Sommerhose zu Sneakers und eines der T-Shirts, die er sich bei Muck im Laden ausgesucht hatte. Auch seine Haare hatte er erneut auf zerzaust gestylt, anstatt sie glatt zum Seitenscheitel zu kämmen.

„Lass die Finger von ihm." Obwohl Lars grinste, kam die Drohung bei Dario an.
Der hob lächelnd die Hände und fragte: „Kommt ihr heute Abend ins *Afrika*? Es ist Limbo-Night."
„Limbo?" Mit fragendem Blick drehte sich Lars zu Phil um.
„Na los, das wird toll." Dario versuchte es mit einem lockenden Blick. „Einer Menge halbnackter Boys beim Tanzen zusehen, Cocktails trinken … Und vielleicht entscheiden wir uns später für etwas Ungezogenes." Er zwinkerte anzüglich.
Phil zuckte unsicher mit den Schultern. „Warum nicht? Wenn es für Lars okay ist?"
„Prima. Wir sehen uns." Mit einem Winken ließ Dario die beiden stehen und rannte zur Bushaltestelle, wo der Busfahrer soeben Anstalten machte, die Türen zu schließen. Der Spanier schaffte es gerade noch, sich durch den schmalen Spalt zu schlängeln.
„Typisch Dario", sagte Lars und küsste Phil erst einmal. Beinahe sofort ließ er ihn wieder los. Phil hatte sich nämlich in seiner Umarmung total versteift.
„Ist etwas?", fragte Lars verwirrt.
„Nicht in der Öffentlichkeit." Beinahe panisch schaute sich Phil rasch um. Jetzt wurde es Lars zu bunt.
„Ist es dir peinlich, mit mir gesehen zu werden?", fragte er scharf.
„Es ist mir nicht peinlich, mit dir gesehen zu werden. In der Öffentlichkeit Zärtlichkeiten auszutauschen dagegen schon", antwortete Phil.
„Ich hab dich lediglich geküsst", protestierte Lars. „Du tust ja gerade so, als hätte ich dir mitten auf der Straße die Hosen runtergezogen."
Phil musste ihm seinen aufsteigenden Ärger angesehen haben. Doch anstelle auf Lars zuzugehen und einzulenken, trat er einen Schritt zurück.

„Entschuldige, Lars, ich kann das nicht so wie du“, murmelte er, drehte sich um und ließ Lars einfach stehen.
„Ja … Was denn?“ Lars fluchte und lief Phil hinterher, um ihn an der Schulter zu packen und zu sich herumzudrehen.
„Wo willst du denn hin?“, fragte er und widerstand nur mühsam der Versuchung, Phil – um welchen der Schizos handelte es sich eigentlich gerade? – zu schütteln, bis der endlich bei Verstand war.
„Ich dachte …“ Einmal mehr bekam Phil einen Satz nicht zu Ende.
„Dass ich dich nicht mehr sehen will, weil du dich nicht küssen lässt? Donnerwetter, Philemon! Deine Mutti ist weit weg und die beiden Omis da hinten haben uns sogar angelächelt.“
Unwillkürlich schaute Phil auf die andere Straßenseite, wo zwei Rentnerinnen auf der Bank saßen und Tauben fütterten. Eine von ihnen winkte ihm zu.
„Entschuldige“, wiederholte Phil mit dem Blick auf seine Schuhspitzen. Aha, Pullunder-Philemon war also derzeit vor Ort. Lars sah ihn ein wenig hilflos an.
„Mensch, Phil. Ich weiß gar nicht, wie ich mit dir umgehen soll. Gibt es für dich vielleicht eine Gebrauchsanweisung?“
Phil trat stumm von einem Fuß auf den anderen, wobei er weiterhin seine Schuhe betrachtete.
„Es tut mir leid, Phil, wenn ich dich ungewollt geküsst habe. Lass uns in das Café dort gehen, okay? Ich spendiere dir ein Stück Kuchen und dann sollten wir mal über uns reden.“ Lars hatte noch Phils Fünfziger in der Tasche. Der würde halt als Investition für eine Therapiesitzung dran glauben müssen. Und der Rest musste für das *Afrika* reichen. Phil nickte und ließ sich von Lars vorwärtsschieben.

Das Café war nur halb besetzt und unter den Sonnenschirmen saßen überwiegend Rentner. Lars suchte sich einen der freien Tische aus und ließ sich in einen Stuhl mit Sitzkissen fallen. Die Bedienung war ziemlich flott bei ihnen und sie bestellten sich große Stücke Erdbeer-Baiser-Kuchen, Cola und Mineralwasser. Phil erwies sich als Naschkatze und puhlte zuerst den Baiser von den Erdbeeren.

„Hör mal", fing Lars an und deutete mit der Kuchengabel auf Phil, der daraufhin das Sezieren seines Kuchens einstellte.

„Dass du ein Riesenproblem mit deiner Mutter hast, habe ich inzwischen begriffen. Aber vor wem fürchtest du dich eigentlich noch?"

Phil zuckte mit den Schultern, woraufhin Lars weiter bohrte: „Kannst du mich nicht leiden?"

„Doch", nuschelte Phil undeutlich.

„Was ist es sonst?"

Erneutes Schulterzucken. Lars seufzte und erstach eine Erdbeere auf seinem Teller.

„So kommen wir nicht weiter", murmelte er.

Phil rührte auf seinem Teller Erdbeeren und Tortenboden zu einem Brei zusammen.

„Phil, ich verstehe dich einfach nicht. Vorgestern hatte ich mit dir wundervollen Sex und heute sitze ich auf einmal einem Fremden gegenüber. Wie machst du das?"

Irritiert blickte Phil auf und fragte verunsichert: „Was mache ich?"

„Hast du ein psychisches Problem, von dem du mir nichts erzählst?", fragte Lars hilflos.

Pullunder-Philemon verschwand und dafür saß nun ein weiterer Phil mit blitzenden Augen vor Lars. Die Verwandlung war beinahe unheimlich.

„Hältst du mich etwa für bekloppt?", fauchte Phil in einem derart aggressiven Ton, dass sich an den Nachbartischen Köpfe drehten.

„Siehst du? Genau das meine ich. Erst sitzt du so schüchtern vor mir, dass man dir am liebsten einen Lolli schenken würde und plötzlich bist du wie verwandelt. Wo ist eigentlich der geile Phil von vorgestern früh?“
Phil wurde rot.
„Ich habe es mir nicht ausgesucht, homosexuell zu sein. Ich kann damit einfach nicht umgehen“, versuchte er sich zu erklären, was immerhin ein Anfang war.
„Vorgestern konntest du es“, entgegnete Lars.
„Da waren wir allein. Das fand ich nicht so peinlich.“
„Dir ist es also peinlich, schwul zu sein?“
„Ja.“ Das kam wie aus der Pistole geschossen.
„Sicherlich, weil dir das deine Mutti eingeimpft hat“, vermutete Lars. Phil schwieg, dann zuckte er mit den Schultern und schließlich nickte er.
„Phil, willst du dein ganzes Leben lang schauspielern und auf die schönsten Dinge dieser Welt verzichten, weil deine Mutter nicht akzeptieren kann, dass du schwul bist? Obwohl du bloß vermutest, dass sie es nicht akzeptieren würde.“
„Sie wird mich hassen“, murmelte Phil vollkommen überzeugt.
„Ach, Phil!“ Lars schüttelte den Kopf und aß seinen Kuchen auf.
„Wieso wolltest du mich wiedersehen?“, fragte Phil auf einmal. Lars verschluckte sich prompt und begann zu husten.
„Was bitte?“
„Ich habe gestern den ganzen Tag darüber nachdenken müssen, wieso du dich erneut mit mir verabredet hast. Zumal du eben selbst sagtest, dass du mich für bekloppt hältst.“
„Ich halte dich nicht für bekloppt. Du kommst mir nur ein wenig schizophren vor. Und abgesehen von dem tollen Sex möchte ich dich wiedersehen, weil ich dich mag. Jedenfalls

mag ich den Krimi- und den Erotik-Phil. Die drei anderen sind mir ein wenig unheimlich.“
Phil sah ihn schweigend an.
„Und du? Wieso hast du dich erneut mit mir verabredet?“, fragte Lars.
„Magst du ein zweites Stück Kuchen?“
„Redet jetzt Pullunder-Philemon mit mir?“ Langsam fühlte sich Lars ein wenig überfordert.
Phil stützte die Ellbogen auf den Tisch, legte das Gesicht in die Hände und schaute so konzentriert auf seinen Teller, als würde sich ihm dort gleich etwas offenbaren.
„Ich will dich nicht ärgern, Phil. Aber immer, wenn unser Gespräch eine neue Richtung nimmt und du damit offenbar nicht klarkommst, wechselst du deine Persönlichkeit. Das strengt mich allmählich etwas an, okay?“ Lars wurde deutlicher, da er das Gefühl bekam, dass Phil genau das brauchte. Der starrte, noch immer den Kopf zwischen den Händen, regungslos auf das Kuchengemansche auf seinem Teller. Gerade, als Lars den Eindruck bekam, dass Phil gar nicht mehr reagieren würde, fing der auf einmal zu reden an:
„Unser ganzes Haus war durch Mutters verflixte Bibel geprägt. An den Wänden hingen Bilder vom letzten Abendmahl, von der Mutter Gottes, von den Aposteln. Die Kissen auf dem Sofa waren mit Bibelzitaten bestickt. Unser Wohnzimmer war eine Brutstätte für Bibellesungen. Ständig saßen da Mutters Freundinnen, lasen aus dem Neuen Testament oder beteten den Rosenkranz. Selbst in meinem Kinderzimmer durfte ich nie ein Poster von einem Filmstar, einer Rockband oder einem Fußballverein aufhängen. Stattdessen bekam ich zu meinem fünften Geburtstag ein Jesusbild geschenkt. Unser Radio war auf einen Kirchensender eingestellt. Ich muss dir wohl nicht sagen, dass dort keine Popmusik gespielt wurde. Nach der Schule musste ich zur Bibelfreizeit, zu den Christlichen Pfadfindern und

als Messdiener hat mich meine Mutter als Freiwilligen zwangsverpflichtet. Ich durfte nie gegen diesen Wahnsinn aufmucken, denn ich sollte ja Vater und Mutter ehren. Ich konnte mich nie heimlich vor diesen Veranstaltungen drücken, denn ich sollte nicht lügen. Ich hatte keine Freunde, weil Gottes Liebe ausreichend für mich war. Mein ganzes Leben lang habe ich mich bemüht, der perfekte Sohn zu sein, den sie sich wünschte. Aber ich schaffe das ganz einfach nicht. Ich kann weder meine Homosexualität unterdrücken noch den Drang, Bücher zu schreiben. Dabei will ich sie wirklich nicht enttäuschen. Sie hängt doch an mir. Daher fiel es mir einfacher zu gehorchen, indem ich mir vorstellte, eine andere Person zu sein. Auf diese Weise konnte ich in mir drinnen wütend bleiben und ihr nach außen hin den braven Sohn vorspielen."

Lars hörte mit großen Augen zu. Langsam glaubte er Phils seltsames Verhalten zu verstehen.

„Sie hat mich eines Tages erwischt, als ich einen Klassenkameraden geküsst habe", murmelte Phil auf einmal gedankenverloren und starrte weiterhin auf seinen Teller. „Das war zwei Tage nach meinem sechzehnten Geburtstag. Sie hat mich den ganzen Weg bis nach Hause am Ohr hinter sich her gezerrt und nicht ein Wort mit mir gesprochen. Zu Hause hat sie mich dann mit dem Besenstiel verdroschen und dabei die ganze Zeit Gebete zur Bekehrung von Sündern rezitiert. Ich bin im Krankenhaus wieder zu mir gekommen und später hat man mir eine Platzwunde am Hinterkopf mit sechs Stichen nähen müssen. Mutter hat dem Arzt erzählt, ich wäre die Treppe hinuntergefallen. Soviel zum Thema *Du sollst kein falsches Zeugnis ablegen*. Daheim bat sie mich für die Schläge unter Tränen um Vergebung und wiederholte ständig, dass sie sich furchtbar um mich sorgt und dass sie Angst hätte, ich käme vom rechten Weg ab. Sie hätte einfach nicht mehr weiter gewusst. Doch wenn ich zukünftig ein guter Junge wäre, bräuchte sie sich nicht ständig Gedanken um mich machen und für mein Wohl beten. Danach bin ich ein halbes Jahr lang ohne ihre Begleitung überhaupt nicht aus dem Haus gegangen. Sobald ich alt genug war und eigenes Geld verdiente, bin ich weggezogen."

Phil schaute endlich auf und das Meer seiner grünblauen Augen war vom Sturm umtost. Seine Gabel rührte unruhig im Kuchenbrei herum.

„Hat dir deine Mutter auch die Hände am Bett festgebunden, als du feuchte Träume bekamst und sie annahm, du würdest dir in der Nacht einen runterholen? Allein aus dem fürsorglichen Grund, du könntest dich gegen dich selbst versündigen?"

Sprachlos starrte ihn Lars an. Du lieber Himmel! Das war schlimmer, als er es sich in seinen schrecklichsten Träumen hätte vorstellen können. Oder machte ihm Phil etwas vor? Ein wenig zweifelnd sah Lars sein Gegenüber an. Phil lächelte gequält und ein bisschen verloren.

Nein, entschied Lars. *So etwas denkt man sich nicht einfach aus.*

„Du kannst dir nicht vorstellen, zu welchem Psychokrieg sie imstande ist. Mein Magen schlägt Purzelbäume, sobald ich an das Wochenende denke." Phil seufzte und drückte den Kuchenbrei zu einem Pfannkuchen zusammen. Die Bedienung warf ihm aus der Ferne bereits säuerliche Blicke zu.

„Du wirst es ihr irgendwann einmal sagen müssen, Phil. Es wird nicht funktionieren, dass du deiner Mutter bis an ihr Lebensende einen Hetero vorspielst. Spätestens wenn die Enkel ausbleiben und du ihr nie eine Freundin vorstellst, wird sie nachfragen", erklärte Lars in einem ganz vernünftigen Ton. „Oder hast du etwa vor, dich verheiraten zu lassen, damit du der Auseinandersetzung mit deiner Mutter aus dem Weg gehst?"

„Natürlich nicht. Dieses Dilemma ist mir nur allzu gut bekannt. Du ahnst gar nicht, wie oft ich mir über genau diesen Punkt den Kopf zerbreche."
Lars langte über den Tisch und drückte Phils Hand.
„Hey, ich mag dich, klar? Von nun an kann ich auf dich aufpassen. Dich wird niemand mehr verprügeln, bloß weil du nicht auf Frauen stehst. Okay?"
„Ich mag dich ebenfalls", sagte Phil leise. „Das am Samstag zwischen uns war wirklich wunderschön. Aber am Wochenende kommt Mutter hierher und …"
„Und wir holen alles nach, was du dank deiner Mutter bislang versäumt hast, richtig?", unterbrach ihn Lars mit resoluter Stimme.
„Richtig", antwortete Phil zaghaft und seine Stimme klang ein wenig heiser.
Lars richtete sich auf und winkte der Bedienung.
„Zahlen, bitte!" Und schon zog er Phil von seinem Stuhl.
„Komm, wir gehen erst einmal zu Muck. Der hat immer Zeit für gute Freunde und einen Prosecco im Kühlschrank. Außerdem kann er dich leiden." Plötzlich fiel sein Blick auf einen hellblauen Lupo, der langsam an ihnen vorbei fuhr. Eine ihm bekannte Blondine saß am Steuer. Lars hob die Hand und winkte, woraufhin die Fahrerin etwas abgehackt zurückwinkte. Dann beschleunigte der Lupo und verschwand.
„Wer war das?", fragte Phil neugierig.
„Erinnerst du dich an Paul, die Bedienung aus dem Tuntenfisch? Das war seine Schwester. Die ist echt nett. Für dich wird es jetzt allerdings Zeit, die ersten Kontakte zu deinen warmen Brüdern zu pflegen. Vergiss deine durchgeknallte Mutti. Bei uns bekommst du eine neue Familie."

****

Muck befand sich wie erwartet in seinem Laden und hatte gerade Besuch von seinem Lebensgefährten Nadim. Der öffnete sofort eine Flasche Prosecco, um Phil willkommen zu heißen. Dessen Stimmung hellte sich sichtlich auf, was nicht nur am Alkohol, sondern ebenso an Mucks und Nadims herzlicher Art lag. Als die beiden hörten, dass Lars und Phil zum Limbo ins *Afrika* wollten, schlossen sie sich spontan an. Muck zerrte Phil sogleich in seinen Laden, um ihn angemessen auszustaffieren, während in der Teeküche eine zweite Flasche Prosecco dran glauben musste. Mit einer weiteren Einkaufstüte in der Hand gesellte sich Phil später wieder an Lars' Seite.

„Muck hat Kundschaft bekommen", erklärte er Nadim, der ergeben mit den Achseln zuckte.

„Meine kleine Erbse muss halt Geld verdienen."

„Und wir gehen jetzt zu mir und ziehen uns um. Um 20:00 Uhr treffen wir uns dann im *Afrika*." Lars erhob sich und packte Phil am Arm.

„Bis später, Nadim", rief er über die Schulter, sah den Tunesier winken und schubste Phil auf die Straße.

„Warum auf einmal die Eile?", fragte der.

„Sex, mein lieber Phil. Weil ich noch einmal Sex mit dir haben will, ehe ich dich der Szene präsentiere und du etwas Besseres als mich findest."

Zu seiner Überraschung lachte Phil laut auf. „Du bist eifersüchtig?"

„Jawoll."

„Wo du mich erst ein paar Tage lang kennst und mich für bekloppt hältst?"

Lars blieb stehen, zog Phil an sich und schaute sich kurz um.

„Es ist niemand zu sehen. Darf ich?"

Statt einer Antwort küsste Phil ihn. Lars wurde es heiß und das lag nicht an der Abendsonne. Vergnügt protestierte er: „*Ich* wollte *dich* küssen."

Er musste sich unbedingt merken, dass Phil mit ein bisschen Alkohol im Blut deutlich lockerer drauf war.
„Das kannst du in deiner Wohnung tun", sagte Phil und zog Lars weiter.
„Versprochen?"
„Versprochen."

Lars wartete gar nicht erst, bis sie in seiner Wohnung waren. Er küsste Phil bereits im Treppenhaus und auf jeder einzelnen Stufe, die zu seiner Wohnung führte. Phils Mund auskostend benötigte er mehrere Anläufe, um seine Wohnungstür aufzuschließen. Ohne den langen Kuss zu unterbrechen, schob er Phil in seine Wohnung und stieß die Tür mit dem Fuß ins Schloss. Im nächsten Moment zog er Phil bereits das Shirt über den Kopf, küsste nun dessen Schulter, eine Brustwarze und die Stelle genau über seinem Bauchnabel. Auch Phils Hände bemühten sich, Lars aus seinen Kleidern zu befördern, was sich als schwierig herausstellte, da Lars inzwischen vor ihm kniete und Phils Ständer zwischen seinen Lippen verschwinden ließ. Keuchend ließ sich Phil gegen die Wand fallen.
„Oh verdammt, ist das geil", stöhnte er.
Das konnte Lars nur bestätigen. Es war einfach ein Genuss, diesen Schwanz mit Zunge und Lippen zu bearbeiten. Plötzlich begann Michael Jackson in Phils Hosentasche zu singen. Sofort erstarrte der mit schreckgeweiteten Augen, als wären sie bei etwas Verbotenem ertappt worden. Lars, der die Reaktion bemerkte, blickte auf.
„Geh nicht dran", flüsterte er und erhob sich, um Phil fest in seine Arme zu schließen.
„Vielleicht ist das gar nicht deine Mutti", murmelte er an Phils Hals.
„Doch", seufzte der. „*Thriller* ist der Klingelton, den ich allein meiner Mutter vorbehalte."

Und *Thriller* nahm und nahm kein Ende.
„Ist sie immer so hartnäckig?“, fragte Lars nach einer Weile. Phil, der in seiner Umarmung gefangen war, nickte. Seine Erregung war zu einem Nichts verkümmert.
„Thriller. Thriller night. You’re fighting for your life. Inside a killer“, jaulte Michael Jackson weiterhin in Phils Hosentasche. Der hielt es nicht mehr aus. Mit einem Ruck löste er sich von Lars und stolperte beinahe, da ihm die Hose um die Knöchel hing. Hektisch angelte er nach dem Handy. Lars seufzte leise.
„Guten Tag, Mutter“, sagte Phil in einem Ton, der gleichgültiger nicht hätte klingen können. „Nein, es tut mir leid. Ich kam nicht gleich ans Handy heran.“ Er warf Lars einen verzweifelten Blick zu.
„Ich war beschäftigt, Mutter. Das kommt eben mal vor.“
Irgendwie mochte Lars nicht mit nacktem Arsch in seinem Flur stehen, während Phil mit seiner Mutter telefonierte. Daher zog er sich mit einem resignierenden Seufzer die Hose hoch. Die Stimmung war sowieso dahin.
Verflixt, Frau Ahnert, das war wirklich perfektes Timing. Sicherlich liegt neben Ihrer Bibel eine Kristallkugel.
„*Was*?“ Phils Aufschrei ließ Lars direkt zusammenzucken.
„Tut mir leid. Natürlich wollte ich dich nicht anschreien. Ich dachte nur, wir hätten bereits geklärt, dass ich mir meine Freundin selbst aussuche.“
Lars wurde hellhörig. Offensichtlich hatte die gute Frau Ahnert eine Überraschung für ihren Sohn parat.
„Was soll das heißen, du bringst sie mit? Dir ist hoffentlich klar, dass ich nur ein Gästezim…“ – „In Ordnung, ich schlafe auf dem Sofa.“ Phil kniff sich mit Zeigefinger und Daumen in den Nasenrücken. Seine Schultern sackten sichtlich herunter.
„Freitag also.“ – „Natürlich bin ich begeistert und ja, ich freue mich wahnsinnig. Ich weiß bloß gar nicht, ob ich

Freitag freibekomme. Schließlich muss ich arbeiten.“ Bei dieser faustdicken Lüge lief Phil feuerrot an.
„Nein! Mit meinem Chef rede ich persönlich.“
Lars unterdrückte ein Lachen. Allein die Vorstellung, Mutter Ahnert würde bei Phils Chef anrufen und um einen freien Tag für ihren Sohn bitten, war der reinste Brüller. Dabei war Phil sein eigener Chef.
„Auf Wiederhören, Mutter.“ Phil unterbrach das Gespräch und starrte ungläubig auf sein Handy.
„Sie tut es schon wieder“, fauchte er endlich und kehrte damit den Psycho-Phil heraus.
„Sie kommt nicht alleine?“, fragte Lars und nahm ihm das Handy ab, damit sich Phil ebenfalls anziehen konnte. In dessen momentaner Stimmung war an Sex eh nicht mehr zu denken.
„Sie ist so ein nettes Mädchen, Phil“, parodierte der seine Mutter. „Ganz fromm und aus einem guten Zuhause. Ihr würdet ein sooo nettes Pärchen abgeben und was für hübsche Enkel ich bekommen würde. Es wird *wirklich* langsam Zeit, Philemon.“
Lars begann zu lachen. Phil warf ihm einen wütenden Blick zu und rupfte ihm das Handy aus der Hand.
„Und vorhin haben wir noch darüber geredet.“ Lars grinste.
„Ich finde das gar nicht lustig“, schnappte Phil aggressiv. „Jetzt taucht sie bereits am Freitag auf. Dazu mit so einem Weibsstück aus ihrer Bibelrunde. In spätestens einem halben Jahr stehe ich mit dieser Tussi vor dem Traualtar.“
„Ganz ruhig, Phil. Mach mal halblang.“ Lars versuchte ihn zu beruhigen.
„Lars, ich bin achtundzwanzig und nach Mutters Plan hätte ich seit acht Jahren verheiratet sein sollen und mindestens für vier Enkel gesorgt haben.“
Beinahe hätte Lars weiter gelacht, aber Phil sah derartig wütend aus, dass er seine Heiterkeit lieber unterdrückte.

„Was brauchst du Kinder, wenn du mich hast“, murmelte er stattdessen um Frieden bemüht und nahm Phil in die Arme. Der seufzte tief und lehnte seine Stirn gegen Lars’ Schulter.
„Ich fürchte nur, du wirst kaum als mein Sohn durchgehen“, brummte er und schob das Handy in seine Hosentasche zurück, damit er die Umarmung ungestört erwidern konnte.
„Kaffee?“, fragte Lars nach einer Weile.
„Lieber Tee.“ Phil ließ sich in die Küche schieben. Lars brachte Wasser zum Kochen und suchte nach einem Teebeutel. Im hintersten Winkel seines Hängeschranks fand er eine mehrere Jahre alte Packung Kamillentee, die er hervor angelte. Mit einem kritischen Blick auf die Packung fragte er: „Wusstest du, dass Tee ein Verfallsdatum hat?“
Phil pflückte ihm die Schachtel aus der Hand, schaute darauf und beförderte sie in den Mülleimer.
„Ich nehme doch lieber einen Kaffee.“
Lars tat Instantpulver in zwei Tassen.
„Wenn du zukünftig öfter bei mir bist, werde ich mal Tee einkaufen. Welche Sorten magst du denn?“
„English Caramel und Yogi-Tee. Und ich trinke auch gerne aufgebrühtes Süßholz. Die Sorten hole ich mir bei *Jefferson's*.“ Phil nahm seine Tasse entgegen und suchte im Kühlschrank nach Milch, von der er sich einen ordentlichen Schluck in den Kaffee goss.
„Ich habe morgen meinen wahrscheinlich letzten Drehtag. Warum gehen wir nicht anschließend zusammen in diesen Teeladen? Du könntest mich am Set abholen“, sagte Lars.
Phil schaute ihn still über den Rand seiner Tasse hinweg an.
„Das ist ohnehin die Idee. Wir gehen heute feiern und du schläfst anschließend hier. Und während ich morgen am Set mit Dario und Christian in die letzte Runde gehe, signiert Herr Peter Bergmann meine Krimireihe und holt mich nach dem Dreh ab.“

„Du liest meine Krimis?“ Phil war sichtlich überrascht.
Lars grinste und nahm ihn an die Hand, um Phil ins Wohnzimmer zu ziehen. Mit einer ausholenden Armbewegung deutete er auf ein Bücherregal. Phil trat geschmeichelt näher und fuhr mit dem Finger sachte über die Einbände.
„Alle fünf?“
„Nachdem ich das erste Buch gelesen hatte, konnte ich nicht mehr aufhören. So wie du schreibst, wird Oskar Mewes beinahe lebendig.“ Lars lehnte sich gegen das Regal und nippte an seinem Kaffee.
„Danke“, sagte Phil beinahe feierlich. „Das ist ein schönes Kompliment. Ich signiere sie dir gerne.“
Lars strahlte.
„Und als Nächstes willst du wirklich ein Buch über Schwule schreiben?“, fragte er.
„Der sechste Oskar-Band“, erklärte Phil und warf Lars einen unsicheren Blick zu. Der starrte Phil verdutzt an.
„Du … du meinst …?“
Phil nickte mit einem leisen Lächeln. „Oskar wird sich in seinem sechsten Band als homosexuell outen.“
„Das ist sehr gewagt, oder?“, fragte Lars, der sich die Folgen auszumalen suchte. Phil nickte. Und da war er wieder, dieser Trotz, dem Lars bereits bei ihrem ersten Treffen begegnet war.
„Die Schwulengemeinde läge dir zu Füßen, Phil. Ich finde diese Idee phantastisch.“
„Wirklich?“
Lars nickte ganz ernst und musterte Phil einen Augenblick.
„Ein bisschen bist du wie Oskar Mewes, oder?“
Phil lächelte etwas dünn über seiner Tasse Kaffee.
„Vielleicht ein kleines bisschen. Allerdings wäre ich gerne wie er.“ Mit der Tasse deutete er auf die Uhr. „Sollten wir uns nicht langsam umziehen?“

****

Frisch geduscht und umgezogen trat Phil aus dem winzigen Badezimmer.

„Muck meinte zwar, die Klamotten würden für heute Abend passen, aber ich fühle mich total overdressed“, sagte er, den Knopf seiner Hose dabei schließend. Lars blieb bei seinem Anblick der Mund offen stehen. Phil schaute auf.

„Too much, nicht wahr?“, fragte er selbstkritisch. „Vielleicht sollte ich lieber die Sachen anziehen, die noch in deinem Trockner stecken.“

Lars schüttelte vehement den Kopf. „Nein, nein. Das ist für das *Afrika* einfach perfekt. Auf Muck kannst du dich da hundertprozentig verlassen.“ Er musste ein Grinsen unterdrücken, als Phil an dem silbernen Shirt mit den schmalen schwarzen Netzeinsätzen herumzupfte, das er zu einer schwarzen Lederhose trug. Lars selbst steckte erst in einer schneeweißen Jeans und schlüpfte nun in eine schwarze, leicht schimmernde Weste. Mit den Fingern glättete er rasch seine dunkelbraunen Haare, während er einen weiteren verstohlenen Blick auf Phil warf. Es war kaum zu glauben, dass dieser Mann vor Kurzem mit Pullunder und Anzughosen durch die Weltgeschichte gelaufen war.

„Können wir los?“, wollte Phil wissen.

„Nur, wenn du mir versprichst, heute die Finger vom Bourbon zu lassen.“ Lars grinste, schnappte sich seine Jacke und folgte Phil zur Tür.

„Kein Problem“, murmelte der peinlich berührt. An der Tür hielt ihn Lars auf einmal fest. Überrascht blickte Phil auf und direkt in seine Augen.

„Du siehst hinreißend aus. Vielleicht sollten wir lieber hier bleiben“, murmelte er.

„Wie? Kein Limbo?“ Phil lächelte.

„Kannst du denn Limbo tanzen?“ Lars tippte mit dem Finger auf eine Sommersprosse mitten auf Phils Nase.

„Keine Ahnung, ich habe es bisher nie ausprobiert. Bei den Christlichen Pfadfindern haben wir immer nur Wimpel an den Holzstangen befestigt, anstatt darunter durchzutanzen."
Lars riss die Tür auf und schob Phil in das Treppenhaus.
„Es wird tatsächlich Zeit für ein wenig Spaß in deinem ach so armseligen Leben."
Phil seufzte hörbar, als er sich bei Lars' Worten an etwas erinnerte. „Da fällt mir ein, dass das Leben nicht nur aus Spaß besteht. Darf ich morgen vielleicht ein wenig an deinem Rechner arbeiten, während du beim Dreh bist?"
Lars sah ihn glücklich an. „Das heißt, du bleibst über Nacht?"
Mit einem etwas scheuen Seitenblick auf ihn nickte Phil.
„Prima. Immerhin müssen wir uns dringend der Vernichtung meines Drogerieeinkaufs widmen", sagte Lars grinsend.
„Ich dachte, du hast morgen einen Pornodreh. Schaffst du das denn?", fragte Phil vollkommen ernst.
Gespielt beleidigt schubste ihn Lars ein wenig. „He, sieh mich an. Ich bin jung, vital und voller Saft und Kraft. Oder hast du etwa Angst nicht mithalten zu können?"
Phil schubste ihn leise lachend zurück.
„Vielleicht habe ich ja Kopfschmerzen, Schatz", flötete er und legte sich theatralisch den Handrücken gegen die Stirn.
Lars schubste ihn wieder. „Keine Chance, Phil. Ich habe reichlich Aspirin zu Hause."
Rangelnd und einander aufziehend liefen sie bis zur nächsten Bushaltestation, wo sie einen Spurt einlegen mussten, da der Bus bereits wartete. Sie ließen sich nebeneinander auf eine Sitzbank fallen.
„Sind wir jetzt eigentlich ein Paar?", fragte Lars plötzlich, als der Bus anfuhr, und sprach damit die Frage aus, die ihn schon eine ganze Weile beschäftigte. Phil studierte eindringlich sein Knie und überlegte.

„Hey, Phil!“ Lars stieß ihn an, weil er keine Antwort bekam. „Oder willst du den heutigen Abend abwarten, um dir das Angebot im *Afrika* anzusehen?“ Eigentlich hatte diese Bemerkung spöttisch rüberkommen sollen. Nur plötzlich musste Lars feststellen, dass er tatsächlich befürchtete, jemand anderes könnte Phil aufreißen.
„Ein Paar ist man doch, wenn man sich liebt, oder nicht?“, fragte Phil leise und rempelte gegen Lars, als der Bus durch ein Schlagloch fuhr. Der schob einen Arm zwischen Phils Rücken und der Sitzlehne hindurch und zog das Objekt seiner Begierde ein Stückchen näher zu sich heran.
„Nun, ich habe ja keine Ahnung, wie es dir geht. Ich bin jedenfalls total verliebt“, murmelte Lars selbst ein wenig verlegen. Immerhin kannten sie sich gerade mal fünf Tage, obwohl es ihm bereits wie eine Ewigkeit vorkam. Da waren nur dauernd diese Schmetterlinge in seinem Bauch, wenn er sich mit Phil traf. Wenn das nicht Liebe war, was dann?
„Bist du in mich verliebt oder in Peter Bergmann?“, fragte Phil in diesem Moment.
„Hallo? Unterstellst du mir etwa, dass ich dich bloß mag, weil ich mich in deinem Ruhm sonnen will?“ Lars war echt empört. „Peter Bergmann ist mir total egal, selbst wenn er geniale Krimis schreibt. Von mir aus könntest du genauso gut der Autor einer Obdachlosen-Zeitung sein und sie gerne persönlich auf der Straße veräußern.“
Phils grünblaue Augen sahen ihn rätselhaft an. „Wir wären das Pärchen des Jahres. Du als Pornodarsteller und ich, der Obdachlose.“
„Ist es das, was dich stört? Dieser verfluchte Porno?“, fragte Lars bang. Zu seiner Erleichterung schüttelte Phil den Kopf.
„Ohne diesen Film hätte ich dich gar nicht erst kennengelernt. Allerdings ist es ein wenig komisch zu wissen, dass du morgen mit jemand anderem Sex haben wirst.“

„Phil, ich möchte wirklich mit dir zusammen sein.“ Wie sehr wurde Lars erst klar, nachdem er es ausgesprochen hatte. Sie hielten an einer weiteren Haltestelle und Phil musterte schweigend die einsteigenden Leute.
„Phil? Woran denkst du?“
„An meine Mutter. An das, was ich dank des Bibelwahnsinns verpasst habe. An die wenigen Kontaktanzeigen, auf die ich mich gemeldet habe und die zu kurzen, peinlichen Hotelaufenthalten führten. Und daran, wie es sich anfühlt, wenn ich mit dir zusammen bin.“
„Und?“
„Okay.“ Phil atmete einmal tief durch. „Okay, ich möchte auch mit dir zusammen sein. Aber …“ Phil kam nicht weiter, denn Lars gab ihm einen stürmischen Kuss.
„Entschuldige“, sagte Lars atemlos, denn einige Fahrgäste sahen sie mit großen Augen an. „Das kam so über mich.“
Phil seufzte bloß.
„Aber“, fuhr er nach dieser Unterbrechung fort, „wenn meine Mutter …“
„Jaja, ich weiß. In diesem Fall sind wir nichts als gute Bekannte.“ Lars stöhnte. Phils Mutter machte ihn total verrückt. Dabei kannte er sie nicht einmal.
„Ich werde versuchen, es ihr in einem günstigen Moment beizubringen“, hörte er da Phil sagen. Lars horchte auf.
„Was? Was willst du ihr sagen?“, fragte er nach.
„Dass ich ho… schwul bin und du mein Freund bist.“
Glückshormone rauschten durch Lars’ Körper, weckten die Schmetterlinge aus ihrem Schlummer und ließen ihn völlig schwindlig werden. Für einen Augenblick fühlte sich Lars total besoffen.
„Du würdest dich wirklich outen? Für mich?“, fragte er mit schwacher Stimme und zog Phil auf die Füße. Sie mussten nämlich aussteigen. Auf der Straße nickte Phil feierlich.
„Oh mein Gott, Phil!“ Lars drückte ihn überschwänglich an sich.

„Was Gott dazu zu sagen hat, werde ich ganz sicher durch sein irdisches Sprachrohr erfahren“, murmelte Phil nicht ganz so begeistert. Fragend sah er Lars an. „Wieso magst du es eigentlich nicht, wenn ich homosexuell sage?“
„Das klingt nach Lexikon und Spießbürgertum und irgendwie blöd. Findest du nicht?“
Phil zuckte mit den Schultern. Aber er ließ es zu, dass Lars seine Hand nahm, während sie die letzten fünf Minuten zu Fuß bis zum *Afrika* liefen.

Obwohl es ein Wochentag war, drängten sich zahlreiche Gäste im *Afrika*. Fasziniert von der fröhlichen Atmosphäre schaute sich Phil um. Zwei gewaltige Giraffen flankierten die Eingangstür des Clubs und zähnefletschende Löwen bewachten die Garderobe, wo sie ihre Jacken gegen Metallmarken eintauschten. Niedrige Bambuszäune trennten eine Tanzfläche von den Sitznischen. Zahlreiche Skulpturen in Tierform standen überall in dem Club verstreut herum und die Wände waren mit Steppenmotiven bemalt. Mehrere Kellner, die wie Massai gekleidet waren, eilten zwischen der Bar und den Tischen hin und her, servierten Getränke und sammelten leere Gläser ein. Auf den Tischen brannten Windlichter und trugen zur gemütlichen Stimmung bei. Aus den Lautsprechern drang *The lion sleeps tonight* und Phil sang spontan die Strophe mit.
„Da drüben sind sie.“ Lars hatte Muck und Nadim an einem Tisch entdeckt. Dario und Christian leisteten dem Pärchen bereits Gesellschaft. Doch bevor sie sich ihren Weg zu der Sitznische bahnen konnten, wurde Phil am Arm festgehalten. Ein älterer Mann in einem Outfit, das ausschließlich deutlich Jüngere zu tragen pflegten, sah Phil wohlwollend an.

„Nanu, ein neuer Analritter auf dem Turnierplatz? Hast du Lust auf eine Runde Lanzenstechen?“, wurde Phil zu seiner Überraschung dreist angebaggert.
„Jürgen“, stöhnte Lars sichtlich genervt. „Der gehört zu mir. Komm, schwirr ab, Schwester.“
Mit einem übertriebenen Augenrollen ließ Jürgen von Phil ab und suchte sich mit einem letzten bedauernden Blick einen Weg zur Bar.
„Analritter?“ Phil wusste nicht, ob er lachen oder empört sein sollte.
„Vergiss Jürgen. Der hat noch blödere Sprüche drauf und er gräbt jeden an. Wirklich jeden.“
„Wie schmeichelhaft“, murmelte Phil und ließ sich von Lars mitziehen. Nach einigem Gerempel in der Menge erreichten sie den Tisch von Lars' Freunden. Rasch wurden zwei zusätzliche Stühle organisiert und Lars orderte bei einem heraneilenden Massai zwei Bier.
„Na, mein Goldstück, bist du gleich dem irren Jürgen in die Fänge gelaufen?“ Muck grinste.
„Er hat mich zum Lanzenstechen aufgefordert. Wie peinlich ist das denn?“, fragte Phil und die Tischrunde lachte.
„Dem ist nichts zu peinlich“, sagte Nadim und tätschelte Phil beruhigend die Schulter.
„Hast du nicht Volkshochschule heute?“, wollte Lars von dem breitschultrigen Christian wissen.
„Eigentlich schon. Aber der Dozent liegt mit Grippe flach. Hi, ich bin Christian.“ Er reichte Phil über den Tisch hinweg die Hand.
„Phil. Grüß dich.“
„Du gehst zur Volkshochschule? Wir sehen uns dauernd in der Szene, machen gemeinsam diesen Pornodreh und du erwähnst nie etwas. Was für einen Kurs besuchst du denn?“, fragte Dario überrascht.
Etwas verlegen gab Christian zu: „Ich lerne Spanisch.“
„Spanisch?“

Jetzt sahen alle Christian verblüfft an.
„Hey, ich weiß, dass ich keine Intelligenzbestie bin. Trotzdem werde ich hoffentlich Spanisch lernen dürfen“, sagte der etwas angefressen.
„Wieso lernst du ausgerechnet Spanisch?“, fragte Dario.
Christian sah ihm direkt ins Gesicht, als er antwortete: „Vielleicht möchte ich dort mal Urlaub machen.“
„Und was hast du inzwischen gelernt?“, erkundigte sich der dicke Muck.
„La próxima ronda está mí.“
Es klang ein wenig holprig. Dario lachte vergnügt.
„Wenigstens lernt ihr etwas Vernünftiges“, sagte er. Die anderen sahen ihn fragend an, da niemand sonst Spanisch konnte.
„Chris zahlt die nächste Runde“, erläuterte Dario.
„Sehr großzügig.“ Nadim nickte anerkennend und Christian winkte gleich die Bedienung heran.

Eine Stunde später wurde die Tanzfläche geräumt und zwischen zwei dramatisch brennenden Fackeln die Limbo-Stange aufgebaut. Phil, der in der fröhlichen Runde von Lars' Freunden rasch aufgetaut war, sah sich mit großem Interesse die Versuche der ersten Tänzer an. Zu wilden afrikanischen Rhythmen schlängelten sie sich unter der Stange hindurch.
„Eigentlich gehört Limbo ja in die Karibik.“ Muck musste offenbar ein bisschen kritisieren, trommelte dennoch mit den Fingern den Takt auf dem Tisch mit.
„Hauptsache Spaß, Schatz“, sagte Nadim. „Willst du nicht mitmachen? Du bist so klein, da hast du gute Chancen.“
Sie lachten und Muck schüttelte den Kopf.
„Man soll tanzen und nicht rollen. Limbo überlasse ich lieber Dario“, sagte er und streichelte seinen Kugelbauch. „Wieso bist du nicht längst am Tanzen?“

„Alleine?“, fragte Dario. „Ich brauche eine Herausforderung.“
„Dario hält hier den Limbo-Rekord“, erklärte Lars seinem Freund und gab ihm einen aufmunternden Stoß. „Du wolltest es doch gerne probieren.“
Phil zögerte, denn es schien Pflicht zu sein, Limbo mit nacktem Oberkörper zu tanzen.
„Muss ich mich ebenfalls ausziehen?“, fragte er wenig begeistert. Unvermittelt erhielt er von Muck einen nachdrücklichen Tritt unter dem Tisch.
„Na los, Goldstück. Du kannst es dir mit deiner Figur leisten. Wenn ich mich mit meiner Kugelfisch-Statur zieren würde, wäre das etwas anderes. Du dagegen … Außerdem ist es bloß Spaß.“
„Wir machen auch mit“, entschieden Christian und Lars und schlüpften aus ihren Oberteilen. Dario stand plötzlich ohne Shirt neben ihnen und zog Phil von seinem Platz.
„Los, sei kein Frosch.“ Er lachte ihn an.
Lars bemerkte den Widerstreit in Phils Gesicht und drohte: „Sei kein Spielverderber, Phil. Ich bestelle dir sonst Bourbon und dann tanzt du ganz von alleine.“
Schade, dass die Tischbeleuchtung zu funzelig war, denn mit Sicherheit wurde Phil erneut rot, obgleich er sich folgsam das T-Shirt über den Kopf zog und den Freunden zur Tanzfläche folgte. Sie reihten sich in die Schlange vor der Limbo-Stange ein und warteten, bis sie an der Reihe waren. Noch war es einfach, sich unter der Stange hindurchzuschlängeln, aber nach und nach legten die Helfer des *Afrikas* die Stange tiefer. Die ersten Tänzer schieden aus, darunter Christian, der einfach zu groß und unbeweglich war. Einige Runden später war Lars ebenfalls aus dem Spiel raus und gesellte sich zu den Zuschauern. Zu seiner Verblüffung hielt Phil bislang gut mit.

„Dein Freund kommt mir irgendwie bekannt vor“, sagte Christian auf einmal an seiner Seite. „Habe ich ihn schon mal gesehen?“

„Er war neulich am Filmset“, erklärte Lars. In Christians Gesicht arbeitete es, als er sich zu erinnern versuchte.

„Phil sah da etwas anders aus.“ Lars grinste und zog eine Augenbraue hoch, weil die Stange ein Stückchen tiefer sank und sich Phil unter den letzten fünf Tänzern befand.

„Nee, etwa der schräge Typ in dem Pullunder?“, fragte Christian ungläubig.

„Jawoll.“

„Donnerwetter!“, entfuhr es Christian.

„Jawoll.“

„War an dem Tag Karneval oder warum war er da so angezogen?“

„Mutti-Syndrom. Allerdings arbeiten wir daran“, antwortete Lars.

„Dabei sieht er richtig geil aus.“

Lars warf seinem Freund einen schrägen Blick zu.

„Finger weg“, sagte er warnend.

„Keine Sorge. Ich habe jemand anderen im Auge“, murmelte Christian auf einmal gedankenverloren.

„Ach ja? Und wen?“ Auf diese Frage erhielt Lars keine Antwort. Zwei weitere Tänzer schieden aus. Phil und Dario waren eine Runde weiter und versuchten sich gegen einen schmalen Konkurrenten in Cargohosen durchzusetzen.

„Er macht das zum ersten Mal und ist gleich in der Endrunde. Ich fasse es nicht.“ Lars staunte, als die Cargohose ausschied. Inzwischen feuerte der gesamte Club Dario und Phil in ihrem Endkampf an. Wieder wurde die Stange ein wenig tiefer gelegt. Dario huschte mit der Geschmeidigkeit einer Eidechse hindurch. Phil dagegen tat sich mittlerweile schwer. Erneut wurde die Stange tiefer gesetzt. Lars beobachtete, wie Dario Phil etwas ins Ohr flüsterte und der daraufhin lachen musste.

„Die sehen zusammen richtig gut aus“, hörte er da Christian neben sich murmeln. Rasch warf er seinem Freund einen aufmerksamen Blick zu. Hatte er eben wirklich einen Hauch Eifersucht aus Christians Stimme herausgehört? Dessen Gesicht ließ keine Rückschlüsse darauf erkennen. Andererseits hatte er mit seiner Bemerkung nicht unrecht. Dario und Phil würden ein schönes Pärchen zusammen abgeben.

Phil gehört mir, dachte sich Lars selbstgefällig und beobachtete, wie sich Dario Mühe gab unter der Limbo-Stange hindurchzulaufen, ohne sie zu berühren. Er schaffte es knapp. Phil dagegen scheiterte dieses Mal und riss die Stange herunter. Lachend gratulierte er Dario zu seinem Sieg, der sich jetzt von dem ganzen Club als Rekordhalter feiern ließ und vom Geschäftsführer des *Afrikas* eine Riesenflasche Sekt entgegennahm. Im nächsten Moment gingen Sektschauer auf die johlenden Umstehenden nieder. Phil kämpfte sich derweilen durch die begeisterte Menge zu Lars hindurch.

„Glückwunsch“, gratulierte der und küsste ihn. Sofort wurde Phil ablehnend. Dieses Mal lachte Lars. Mit einer weit ausholenden Geste meinte er: „Die sind alle schwul, Phil. Keine Panik.“

„Tschuldige“, murmelte Phil und wischte sich Schweiß von der Stirn. „Ich muss mich wohl erst daran gewöhnen.“ Gleich darauf strahlte er Lars an. „Das hat wirklich Spaß gemacht.“

„Hast du Durst?“, fragte da Christian. „In diesem Fall sollten wir an unseren Tisch zurückgehen und eine weitere Runde ordern.“

„Ja, gute Idee. Aber ich muss mich erst etwas frisch machen. Wo sind denn hier die Toiletten?“, fragte Phil.

Lars deutete in die ungefähre Richtung und Phil schob sich ein weiteres Mal durch die ausgelassen tanzende Menge.

„Sag mal …“ Christian tippte Lars auf die Schulter, der Phil verträumt hinterher schaute. „Was stimmt denn mit Phil nicht?“
„Hm?“
„Na ja, wenn der sich schon beim Küssen so anstellt?“
Christian ließ die Frage absichtlich offen. Lars stieß ein tiefes Seufzen aus.
„Er hat ein Riesenproblem mit seiner Mutter, die überhaupt keine Ahnung davon hat, dass er gay ist. Also hat er diese Tatsache bis vor Kurzem aller Welt verschwiegen.“
„Und du führst ihn gerade in die Szene ein?“
Lars nickte und sah Christian nachdenklich an. Ihm kam eine Idee.
„Magst du nicht mal mit ihm reden und ihm vielleicht ein paar Tipps geben?“, fragte er, während sie zu ihrem Tisch zurückgingen. Von Christian wusste er, dass der kein besonders tolles Outing gehabt hatte. Aus der Footballmannschaft, in der er jahrelang gespielt hatte, war er rausgeflogen. Seine Kollegen hatten ihn solange gemobbt, bis er es nicht mehr ausgehalten hatte und den Arbeitsplatz wechselte. Sein Bruder sprach nicht mehr mit ihm und kam nur zu Familienfeiern, bei denen Christian nicht anwesend war. Und seine Eltern hofften bis heute, dass ihr Sohn in einer sogenannten Phase steckte, die sich irgendwann einmal von allein geben würde.
„Klar, mache ich gern. Seid ihr eigentlich fest zusammen?“, wollte Christian wissen. Lars nickte mit einem etwas dümmlichen Grinsen im Gesicht.
„Und sein erstes Mal?“
„Mit mir.“ Und Lars war so stolz darauf, wie Christoph Kolumbus, als der Amerika entdeckt hatte. Er winkte einem vorbeilaufenden Massai.
„Gleich“, rief der und sauste zwei Tische weiter. In diesem Moment gesellten sich Dario und Phil wieder zu ihrer Runde und mussten weitere Glückwünsche über sich ergehen

lassen. Phil bekam von Dario die Riesenflasche Sekt mit dem letzten Schluck gereicht, den er austrank. Anschließend behauptete er: „Beim nächsten Mal schlage ich dich."
„Das werden wir ja sehen." Dario legte ihm einen Arm um die Schultern. „Es ist prima, dass ich nun endlich eine richtige Herausforderung habe."
„Was wollt ihr trinken?" Der Angestellte des *Afrika* trat an ihren Tisch und tippte die Bestellungen in seine mobile Kasse ein. Sie orderten, Cola, Bier und Prosecco.
„Kommt sofort, Kinder", sagte der junge Mann und eilte in Richtung Bar.
„Ihr glaubt ja nicht, was sich der irre Jürgen eben geleistet hat", fing Dario zu erzählen an, doch Lars achtete nicht sonderlich auf seine Worte. Christian war inzwischen mit seinem Stuhl näher an Phil herangerückt und hatte ihn in das Lars versprochene Gespräch verwickelt. An Phils plötzlich düsterer Miene merkte Lars gleich, dass ihm das Thema nicht wirklich behagte. Nach einer Weile mischte sich dann auch Muck ein und zwischen den dreien entspann sich eine angeregte Diskussion. Erst nach einer ganzen Weile schlossen sie sich den Gesprächen ihrer Freunde an.
Bald darauf gingen Muck und Nadim tanzen, Dario und Christian folgten wenig später.
„Willst du ebenfalls?", fragte Lars und nickte in Richtung Parkett.
„Hast du Chris gebeten, mit mir zu sprechen?", fragte Phil, anstatt eine Antwort zu geben. Lars nickte.
„Chris hat damals eine Menge mitmachen müssen. Er kommt manchmal ein bisschen langsam rüber, aber er ist eigentlich ganz okay. Ich dachte, er könnte dir ein wenig helfen und ein paar Tipps geben."
Phil nickte nachdenklich. „Woher kennst du ihn? Hast du ihn bei dem Dreh kennengelernt?"

Lars schüttelte den Kopf. „Chris kenne ich seit dem Kindergarten. Dario bereits seit etlichen Jahren aus der Szene. Zum Casting sind wir zusammen hingegangen. Eigentlich mehr aus Jux. Es war schon witzig, dass wir alle drei genommen worden sind. Die anderen …“

„Die anderen? Es gibt bei diesem Film noch andere, die du vögeln durftest?“ Phil klang auf einmal ziemlich empört.

„Drei weitere.“ War Phil etwa eifersüchtig? Wenigstens ein bisschen?

„Nun, der Film heißt ja *Six gun lovers*.“ Ein alberner Titel, das wusste Lars selbst. In Phils empörter Miene zeigte sich die erste Spur von Heiterkeit. Er beugte sich etwas über den Tisch und fragte: „Findest du nicht, dass es Zeit ist, nach Hause zu gehen?“

Sein intensiver Blick verursachte Lars wieder diese Schmetterlinge im Bauch und er schoss derart schnell von seinem Stuhl empor, dass dieser umkippte. Rasch hob Lars den Stuhl auf, während Phil gesitteter aufstand und sich ein Lachen zu verkneifen suchte. Schließlich grinste er doch.

„So eilig?“

„Eiliger“, sagte Lars und hielt den Massai fest, der bislang an ihrem Tisch bedient hatte. „Bernd, ich müsste ganz schnell zahlen.“

Bernd warf nur einen belustigten Blick auf Phil, zog seine mobile Kasse hervor und wollte wissen: „Getrennt oder der ganze Tisch?“

„Ganzer Tisch“, erklärte Lars, denn das würde schneller gehen und sein Konto würde er im nächsten Monat mit seinem Pornoverdienst ausgleichen. Ehe er seine Geldbörse zücken konnte, hielt Phil der Bedienung bereits seine Kreditkarte entgegen.

„Schlag einen Zehner für dich mit drauf.“

Ein freundliches Lächeln belohnte ihn.

„Sehr großzügig. Danke sehr. Dann wünsche ich euch viel Spaß.“ Bernd gab Phil mit einem frechen Zwinkern die Karte zurück und hastete an den nächsten Tisch.
„Ich wollte zahlen“, maulte Lars.
„Lass gut sein, Lars, immerhin weiß ich um dein Geldproblem.“
„Darf ich nicht einmal meinen Angebeteten anständig ausführen?“, knurrte er, packte Phil am Handgelenk und zog ihn in Richtung Garderobe. Dabei winkte er Muck und Nadim, die eng umschlungen tanzten, zum Abschied zu.
„Du kannst mich anständig nach Hause bringen“, flachste Phil mit einem anzüglichen Ton in der Stimme. Dies bewirkte, dass sich Lars ziemlich unhöflich an der Garderobe vordrängte.
„Tschuldigung! Ein Notfall“, erklärte er, als es Beschwerden hagelte.
„Eher Notstand.“ Jemand in der Schlange kicherte. Unter den amüsierten Blicken der Wartenden bekam Lars die Jacken ausgehändigt.
„Danke“, rief er, ehe er sich Phil schnappte und ihn auf die Straße zog.

****

Phils Haut roch verlockend und lud regelrecht zum Küssen ein. Lars presste seine Lippen auf den ungeschützten Nacken und nagte sanft an der zarten Haut. Phil stöhnte auf, als er dabei tief in ihn vorstieß. Mit geschlossenen Augen genoss er die Streicheleinheiten von Lars’ Fingern, die sich um seinen Ständer geschlossen hatten. Allmählich passte er sich Lars’ Bewegungen an, kam ihm langsam entgegen und schob beim Zurückweichen sein Glied gegen Lars’ Handfläche. Bereits im Flur hatte Lars seinen Freund aus den Kleidern geschält und ihn mit zärtlichen Küssen gezwungen, das verflixte Handy auszuschalten. Selbst wenn es un-

wahrscheinlich war, dass Phils Mutti um diese Uhrzeit anrief, wollte Lars dieses Mal jeden Störfaktor von vornherein ausschließen. Aus dem leisen Stöhnen wurde ein kehliges Knurren, ein sicheres Zeichen dafür, dass Phil seinen Höhepunkt beinahe erreicht hatte. Lars packte ihn bei den Hüften, schlug ein etwas heftigeres Tempo an und während sich Phil bereits in seinem Griff aufbäumte, kam es auch ihm. Mit einem seligen Aufkeuchen ließ er sich auf Phil fallen und nagelte ihn unter sich auf der Matratze fest. Das heisere Knurren wurde von den Kissen erstickt. Phil weiterhin fest umarmend rollte sich Lars auf die Seite, damit sein Freund wieder atmen konnte. Zutiefst befriedigt küsste er dessen Ohr, den Hals und biss sanft in Phils Schulter. Der seufzte leise und kuschelte sich enger an Lars heran.
„Schön", murmelte Phil schläfrig und nötigte Lars damit ein Lächeln ab.
„Ja, mit dir ist es richtig schön", sagte Lars. Widerwillig löste er sich von Phil, um das Gummi zu entsorgen. Doch gleich darauf schlüpfte er zurück in die wohlige Wärme unter der Bettdecke. Phils Arme umschlangen ihn wie ein Krake und Lars ließ sich nur zu gerne den Rücken kraulen.
„Hättest du nicht schon ein paar Jahre eher auftauchen können?", murmelte er und leckte über Phils Ohrläppchen.
„Wenn ich gewusst hätte, was mich erwartet, hätte ich mich eher in der Pornobranche umgesehen", brummte Phil und Lars beschwerte sich:
„Das klingt beinahe, als hätte ich dort eine Festanstellung." Er kitzelte Phil. Der krümmte sich lachend zusammen und hätte dabei beinahe sein Knie in Lars' Vergnügungszentrum gerammt. Sofort stellte Lars das Kitzeln ein und amüsierte sich: „Du bist ja richtig kitzlig."
„Du nicht?" Phil japste nach Luft.
„Nicht die Spur. Du kannst es gerne probieren."
„Überhaupt nicht kitzlig? Und wie soll ich mich rächen?", wollte Phil wissen. Lars grinste.

„Durch Sexentzug. Aber so grausam wirst du nicht sein.“
„Natürlich nicht. Ich würde mich ja gleich mit bestrafen.“ Phil rutschte in Lars’ Umarmung zurück.
„Eben“, murmelte der, inzwischen mit schweren Augenlidern.
„Hast du den Wecker gestellt?“, hörte er Phil noch während des Einschlafens fragen. Mit letzter Kraft brummte er eine Zustimmung und im nächsten Moment schlief er tief und fest ein.

Der Wecker riss ihn brutal aus seinen wunderbaren Träumen. Hastig fuhr er auf und stellte das schrill piepsende Ding aus, um Phil nicht weiter zu stören, der sich bloß tiefer in die Decken wühlte und weiterschlief. Er schien ziemlich weckerresistent zu sein. Sich reckend und streckend schlurfte Lars ins Bad und sah sich resigniert im Spiegel an. Vom Gefühl her hatte er gar nicht geschlafen. Vom Anblick her war er bereits seit Tagen wach.
„Hoffentlich kann der Maskenbildner zaubern. Ansonsten dürfen die echt nur meinen Arsch filmen“, murmelte er seinem Spiegelbild zu. „Oder sie ziehen mir eine Ledermaske über und wir schreiben das Drehbuch auf Hardcore um.“
Die Dusche weckte ihn halbwegs, der starke Kaffee unterstützte die Aufwachphase. Während er den Muntermacher trank, warf er einen Blick aus dem Fenster. Ein Sharan fiel ihm auf, der in zweiter Reihe parkte. Der Fahrer schien direkt zu ihm heraufzublicken. Lars ließ die Tasse sinken und zog die Gardine ein Stück beiseite, um besser sehen zu können. Im nächsten Moment wurde der Sharan gestartet und fuhr davon. Lars fuhr sich mit der Hand über das Gesicht. Hatte der Fahrer tatsächlich zu ihm geschaut? Oder hatte er bloß jemanden abgesetzt und gewartet, bis der im Haus war? Er zuckte mit den Schultern und trank seinen

Kaffee aus. Ein Blick auf die Uhr sagte ihm, dass es bereits zehn war. Er würde sich beeilen müssen. Flugs rasierte er sich und suchte sich saubere Kleidung hervor. Danach kramte er rasch einen Zweitschlüssel für seine Wohnung hervor, falls Phil mal eine Runde um den Block drehen und dann wieder rein wollte, und legte ihn mit einer kurzen Notiz, dass er den Schlüssel gerne behalten könne, auf den Küchentisch. Auf den letzten Drücker sauste er aus seiner Wohnung, nicht ohne einen letzten, bedauernden Blick auf den friedlich schlafenden Phil zu werfen.

****

Phil wachte erst eine Stunde später auf. Zuerst rutschte er auf Lars' Seite des Bettes hinüber, kuschelte sich in dessen Kissen und blieb eine Weile einfach nur liegen. Schließlich drückte die Blase und mit einem stummen Fluch machte er sich auf den Weg ins Badezimmer. Pinkeln und Zähneputzen waren rasch erledigt und die Aussicht auf einen Tee – ach nee, hatten sie ja bislang nicht – also auf einen Instantkaffee trieb ihn in die Küche. Den Zettel fand er beinahe sofort auf dem Küchentisch und lächelnd las er ihn sich durch. Mit dem bereitliegenden Kugelschreiber notierte er wie gewünscht seine Handynummer. Wieso hatte er sie Lars nicht längst gegeben? Hinterher schaltete er den Wasserkocher ein und ging zum Duschen erneut ins Bad. Als er fertig angezogen in die Küche zurückkehrte, war das Wasser nur noch lau. Also schaltete er den Wasserkocher ein weiteres Mal ein. Während er Kaffeepulver in seinen Becher schüttete, erinnerte er sich an sein Handy und holte es aus seiner Jackentasche. Danach setzte er sich an den Küchentisch und trank den ersten Schluck Kaffee, während er das Handy einschaltete. Im nächsten Augenblick verdrehte er die Augen. Siebzehn Anrufe seiner Mutter in Abwesenheit. Und beinahe sofort rappelte es los: „It's close to midnight and something evil's lurking in the dark. Under the moonlight, you see a sight that almost stops your heart.“ Michael Jackson gab alles. Seine Mama leider ebenfalls.

„Und der Tag fing so schön entspannt an.“ Er seufzte und nahm widerstrebend das Gespräch an.

„Guten Morgen, Mutter.“ Eine Weile lauschte er dem Redefluss seiner empörten Erzeugerin.

„Es gibt durchaus Momente, da habe ich keine Zeit, um an das Telefon zu gehen, Mutter.“ Erstmalig fand er den Mut zu protestieren. Lars’ selbstbewusste Art schien langsam auf ihn abzufärben.

„Oder muss ich dir auch die Zeiten durchgeben, in denen ich auf dem Klo sitze?“ – „Entschuldige.“ – „Ja, es tut mir leid.“ – „Nein, ich bin nicht krank.“ – „Nein, Mutter, ich habe keine Diarrhoe.“ – „Ach so, eure Ankunftszeiten. Nein, ich habe nicht vergessen, dass ihr am Freitag kommt.“ Das war nicht mal gelogen. Dieser Termin lag ihm wie ein zentnerschwerer Stein im Magen.

„Natürlich hole ich euch am Bahnhof ab. Und ja, ich bin pünktlich. Wann bin ich jemals unpünktlich gewesen?“ – „Ich bin nicht patzig, Mutter, ich …“ Phil brach ab und stöhnte leise. Gleich darauf fuhr er auf: „Ihr wollt *wie* lange bleiben?“ Ihm wurde schlecht, als er auf den Küchenkalender schaute, auf dessen Blatt ein nackter Mann seinen Hintern vor wogenden Wellen irgendwo im sonnigen Süden präsentierte. Dass ihm schlecht wurde, lag allerdings nicht an dem nackten Typen.

Lars’ Hintern gefällt mir besser, fuhr es Phil durch den Sinn.

„Ja, ich bin ganz hin und weg“, murmelte er ins Handy. Sowohl von Lars’ Kehrseite als auch von der Tatsache, dass seine Mutter ihn offenbar mit einem längeren Besuch strafen wollte.

„Ich bin nicht krank, Mut…“ – „In Ordnung, ich werde Zwieback essen. Auf Wiederhören, Mutter.“ Kraftlos sank

Phil auf seinem Stuhl zusammen. Irgendwie war ihm zum Weinen zumute. Drei Wochen! Sie wollte drei oder sogar vier Wochen bleiben. Das hielt er nicht aus. Schon gar nicht, wo er jetzt Lars kannte und die anderen: Muck, Nadim, Chris und Dario. Er hatte zum ersten Mal in seinem Leben Freunde. Und einen Mann, den er liebte.
„Drei Wochen", flüsterte Phil unglücklich. „Ich werfe mich noch vor ihrer Ankunft vor den Zug." Wie sollte er drei Wochen lang ohne Lars überleben?
„Das Büro", murmelte er. „Stimmt. Ich muss ja eigentlich arbeiten. In der Zeit kann ich bei Lars unterkriechen." Lars, der ihm seinen Zweitschlüssel auf Dauer überlassen hatte. Mit dem Finger fuhr Phil über den Notizzettel mit der geschwungenen Handschrift seines Freundes. Dabei fiel ihm ein, dass er Lars' Krimis signieren sollte. Froh, sich ablenken zu können, wanderte er ins Wohnzimmer und zog die fünf Bände aus dem Regal. Mit denen setzte er sich an den etwas wackeligen Schreibtisch, der in einer Zimmerecke hinter einer Lautsprecherbox beinahe ganz verschwand. Eine Stunde lang überlegte sich Phil einige Sprüche, die einerseits liebevoll und andererseits ein bisschen lustig waren. Die einzelnen Widmungen unterschrieb er anschließend mit seinem Pseudonym. Danach räumte er die Bücher in das Regal zurück und schaltete dafür den Rechner an. Wie eigentlich alles in der Wohnung, war auch der Computer ziemlich betagt. Man konnte deutlich sehen, dass Lars auf jeden Komfort verzichtete, um die Schulden, die die aufwändige Pflege seiner Mutter verursacht hatte, abzubezahlen. Da sich Phil nur zu gut kannte, holte er den Wecker aus dem Schlafzimmer – Kammer? – und stellte ihn auf 13:15 Uhr. Viel Zeit hatte er allerdings nicht mehr zum Schreiben. Dennoch öffnete er ein Word-Dokument und begann in kurzen Stichworten den groben Umriss der sechsten Geschichte um Kommissar Oskar Mewes niederzuschreiben. Gekonnt wirbelten seine Finger über die Tas-

tatur. Die Tage, an denen er seinen ersten Band zögerlich mit dem Adlerfinger-Such-System geschrieben hatte, waren zum Glück vorbei. Ideen drängten sich in seinem Kopf zu einem wirren Wust zusammen und Phil versuchte, sie möglichst alle zu notieren.
Als der Wecker viel zu früh klingelte, zuckte er erschrocken zusammen. Wie immer hatte er total abgeschaltet und die Welt um sich herum völlig vergessen. Er nahm sich eine CD von der Spindel auf dem Schreibtisch und brannte das Dokument darauf. Eilig schaltete er den Computer ab und hastete aus der Wohnung.

Lange musste Phil nicht warten, bis Lars regelrecht aus dem Gebäude rannte und beinahe in ihn hineinlief.
„Da bist du ja." Sein Freund strahlte und zog ihn in eine Umarmung, als hätten sie sich seit Wochen nicht gesehen. Dario und Chris, die hinter Lars auftauchten, grinsten und begrüßten Phil mit Handschlag.
„Und?", fragte Phil. „Gibt es einen weiteren Drehtag?"
„Nein. Es ist alles im Kasten. Wir mussten uns enorm anstrengen, weil Lars uns Schläge androhte, falls es länger dauern sollte." Lachend zog Dario seinen Freund auf.
Lars boxte ihm gegen die Schulter und deutete auf Phil. „Ich habe immerhin einen guten Grund, meine Zeit anderweitig zu verbringen, oder?"
Langsam ging Dario einmal um Phil herum und begutachtete ihn dabei, wie ein Metzger ein Schwein betrachten würde.
„He! Sag ja nichts Falsches." Drohend sah Phil den Spanier an.
„Keine Sorge. Von der Bettkante schubsen würde ich dich nicht." Dario lachte und wich einer weiteren Faust von Lars aus.

„Was meinst du, Chris?“, fragte der Spanier nun Christian. „Rudelbumsen mit Lars und Phil?“
Christian schlang von hinten beide Arme um Phil. „Na klar. Gleich? Gehen wir zu mir oder woanders hin?“, fragte Christian vollkommen ernst.
Phil schluckte trocken und warf Lars einen unsicheren Blick zu. Auf einmal war er nicht mehr sicher, ob die Freunde weiterhin spaßten oder nicht.
„Nichts da.“ Mit einem Lachen zog Lars ihn aus Christians Umarmung. „Ihr werdet warten müssen, bis ich Phil entsprechend abgenutzt habe und das wird garantiert einige Zeit in Anspruch nehmen. Meldet euch in zehn Jahren noch einmal. Phil? Du liebe Zeit, Phil, die machen nur Witze.“
„Oh.“
„Sehen wir euch am Wochenende im Tuntenfisch? Irgendeine Band soll dort auftreten“, sagte Christian.
„Geht nicht“, seufzte Phil. „Meine Mutter kommt doch.“
„Ach ja.“ Jetzt fiel es Christian wieder ein. „Ich wünsche dir viel Glück mit ihr.“
Dario sah fragend zwischen den beiden hin und her.
„Ich erkläre es dir später“, sagte Christian, winkte und zog Dario mit sich. Phil sah ihnen düster hinterher.
„Phil?“
„Ich habe schlechte Neuigkeiten“, murmelte Phil.
„Nämlich?“
Phil drehte sich zu Lars um, fuhr sich durch den dunkelblonden Schopf und zupfte nervös an seinem Shirt herum.
„Ich habe mir eine CD von deinem Schreibtisch genommen“, sagte er.
„Ist das die schlechte Nachricht oder ignorierst du meine Frage?“
„Ich habe Hunger.“
„Phil!“

„Himmel, Arsch und Zwirn! Sie will drei oder vier Wochen bleiben.“
„Was? Ich dachte, es geht nur um das Wochenende.“ Auch Lars sah nicht begeistert aus.
„Sehen wir uns dann gar nicht?“, fragte er gleich darauf besorgt.
„Ich dachte, ich schiebe meine Büroarbeit vor und bleibe während meiner Arbeitszeit bei dir“, erklärte Phil.
„Wird sie nicht erst richtig wütend werden, wenn du dich erst unter Vorspiegelung falscher Tatsachen bei mir herumtreibst und ihr bei der passenden Gelegenheit die Wahrheit steckst?“
Verflixt und zugenäht! Lars hatte recht.
„Hätte ich nicht ein Waisenkind sein können?“
„Phil!“ Lars grinste. „So etwas Ungezogenes sagt man doch nicht. Lass uns zu Serkan gehen und einen Döner essen. Und hinterher kaufen wir dir deinen Tee, damit du morgens ein glückliches Gesicht am Frühstückstisch ziehst. Okay?“
„Okay“, brummte Phil und ließ sich von Lars mitziehen.
„Bleibst du wenigstens bis Donnerstag?“, fragte Lars.
„Das wird nicht gehen. Ich werde zu Hause einiges vorbereiten müssen. Einkaufen muss ich ebenfalls noch.“
„Kannst du das nicht übermorgen machen? Ich helfe dir dabei.“
„Also schön. Lieb von dir“, murmelte Phil, der sich nicht wirklich von Lars trennen mochte.
„Wann ist denn mit dem wandelnden Bibelwahnsinn zu rechnen?“, fragte Lars.
„Mutter trudelt bereits kurz vor elf am Bahnhof ein. Sie steht lieber mitten in der Nacht auf, damit sie einen Direktzug nehmen kann. Der liebe Gott hat ihr die Fähigkeit des Umsteigens wohl nicht in die Wiege gelegt.“
„Phil!“, rief Lars erneut. „Bist du das oder ist das Psycho-Phil, der da spricht? Du kannst ja richtig boshaft sein.“

„Ist doch wahr“, knurrte Phil. „Schade, dass kein Routenplaner in der Bibel zu finden ist. Vielleicht heißt es deswegen, dass Gottes Wege unergründlich sind.“

****

Es klingelte an der Wohnungstür.

Und ein weiteres Mal.

Und erneut.

„Da ist wer an der Tür“, brummte es aus den Tiefen der Kissen.

„Ja.“ Und etwas verspätet: „Es nervt.“

Es klingelte hartnäckig.

„Deine Wohnung. Du gehst aufmachen“, brummte es erneut verschlafen.

„Verdammt.“ Lars kroch unter der Decke hervor, zog sich eine der im Flur herumliegenden Shorts an und merkte erst beim Öffnen, dass er Phils Unterwäsche erwischt hatte.

Bruno Banani? Mann, Phil. Du gönnst dir ja wohl sonst nichts. Lars seufzte. Da kam er mit seinem Sechserpack Shorts von Woolworth’s Gabentisch nicht mehr mit. Egal. Er würde die Shorts ohnehin gleich wieder ausziehen.

„Buenos dias.“

Ehe sich Lars versah, marschierte Dario an ihm vorbei und wedelte fröhlich mit einer Tüte vor ihm herum.

„Ich habe Brötchen und Mett mitgebracht. Ihr habt hoffentlich noch nicht gefrüh… Hola!“ Dario hatte Phil zwischen den Decken erspäht und lehnte sich gegen den Türrahmen.

„Maldito! Du gehst an die Tür, wenn sich ein solcher hombre dulce in deinen Federn räkelt?“

„Dario, du hast Sturm geklingelt“, sagte Lars.

„Natürlich.“ Sein Freund grinste.

„Lars, bleibt der etwa?“, fragte Phil, der sich bemühte wach zu werden.

„Er hat Brötchen mitgebracht. Ich kann ihn daher schlecht rauswerfen. Dario, was tust du da?“ Sowohl Lars als auch Phil sahen ihren Überraschungsbesuch befremdlich an.
„Ich ziehe mich aus“, erklärte der wonnig, ließ sich auf die Matratze fallen und zerrte an seinen Socken.
„Warum?“, fragte Lars irritiert. Dario verschwand gerade unter der Decke.
„Lars! Ich habe einen Spanier im Bett“, stellte Phil etwas hilfsbedürftig fest und warf Lars einen flehenden Blick zu. Im nächsten Moment quietschte er los, da Dario ihn zu kitzeln begann. Lars musste unwillkürlich grinsen, als sich Phil vor Lachen auf dem Bett wand. Typisch Dario, derartig über Phil herzufallen, dass der gar nicht erst auf die Idee kam, gegen seine Anwesenheit im Bett zu protestieren. Schlagartig verstummte Phils Gelächter. Stattdessen riss er die Augen auf. Ein schwacher Laut drang ihm über die Lippen. Lars runzelte die Stirn und riss mit einer gewissen Ahnung um den Stand bestimmter Dinge die Decke beiseite.
„Dario!“
Der unterbrach sein Tun, leckte sich über die Lippen und schaute Lars einfach bloß frech an.
„Nicht schimpfen. Mitmachen!“, forderte er Lars auf. „Und her mit dem Gleitgel.“
„Du kannst doch nicht … Und schon gar nicht ohne Phil zu fragen“, empörte sich Lars, wieder einmal zwischen Lachen und Verhauen hin- und hergerissen. Allerdings betraf es dieses Mal Dario. Der zog ein schuldbewusstes Gesicht.
„Phil, mi querido. Was hältst du davon? Ich vögel dich, du vögelst mich und Lars vögelt uns beide?“
Na, du muntere Gesichtsfarbe? Lange nicht gesehen.
„Äh“, antwortete Phil, deutlich am Denken gehindert, da Dario ungeniert seine wachsende Erektion streichelte.

„Dario, schalte mal einen Gang zurück. Phil ist da etwas unerfahren“, brummelte Lars und gesellte sich nun zu ihnen auf die Matratze.
„Unerfahren? Prima, jetzt kann er etwas lernen.“ Dario nahm den Steifen erneut zwischen seine Lippen. Phil keuchte auf. Lars beugte sich über ihn.
„Willst du überhaupt?“, fragte er leise.
Statt einer Antwort schlang Phil seine Arme um Lars’ Nacken und zog ihn zu sich hinunter. Sie küssten einander, während Dario Phil weiter mit der Zunge verwöhnte. Bald stöhnte der an Lars’ Mund auf.
„Prächtig“, murmelte Dario und knabberte sanft mit den Zähnen an Phils Glied. „Wo hast du dich nur die letzten Jahre versteckt, Philly, mein Schöner?“
„In der Kirche“, beantwortete Lars die Frage trocken und deutete mit dem Zeigefinger auf sich.
„Mein Mann!“, erklärte er.
„Wollt ihr jetzt diskutieren oder machen wir weiter?“, erkundigte sich Phil dazwischen.
„Ach, sieh mal an. Da meldet jemand Bedarf an.“ Dario lachte.
„Lars, hast du Gummis?“
Dario sah sie befremdlich an, weil sie beide hilflos lachen mussten. Als Lars ihm die pralle Drogerietüte reichte, stimmte er in das Lachen ein.
„Dios mío, hast du eine Gummifabrik ausgeraubt?“
„So ähnlich.“
Dario hielt eine Packung in die Höhe und betrachtete sie prüfend. „Noppen?“
Lars räusperte sich und Phil zog zweifelnd eine Augenbraue in die Höhe.
„Alles klar. *Billy Boy* ist also mehr nach eurem Geschmack. Na, dann also Billy als Vierter im Bunde. Wo ist das Gleitmittel?“ Dario fischte eine Tube aus der Tüte und öffnete sie.

„Phil, schau nicht so verzagt. Ich beiße nicht." Darios glitschige Finger verschwanden in Phils Spalte und verteilten zärtlich streichelnd das Gel.
„Was ist mit Lars?", seufzte Phil, der sich Darios Fingern entgegen schob und genüsslich die Lider senkte.
„Szene drei", erklärte Lars und rollte sich selbst ein Kondom aus der Billy-Packung über.
„Szene drei?" Dario überlegte kurz und grinste schließlich.
„Hast du Angst zu kurz zu kommen?"
„Jawoll."
Dario zog seine Finger zurück und drückte stattdessen seinen Schwanz langsam in Phils Anus.
„Gib Laut, falls es dir unangenehm wird", sagte er leise zu Phil. Der nickte bloß und umfasste Darios Oberarme. Langsam ging Dario tiefer und stöhnte im nächsten Augenblick selbst auf, da sich Lars hinter ihn in Position gebracht hatte und in ihn eingedrungen war. Die Hände an Darios Hüfte gab Lars langsam den Rhythmus vor. Der ließ sich im sanften Takt in Phil stoßen und schien den doppelten Reiz des Vögelns und Gevögelt werden zu genießen. Seine Finger umfassten Phils Steifen, um ihn zusätzlich zu reizen. Als der leise knurrte, konnte sich Lars ein vergnügtes Lächeln nicht verkneifen. Dario dagegen sah Phil verblüfft an.
„Er kommt gleich." Lars grinste und zog sich zurück. Um seinen Höhepunkt konnte er sich später kümmern. Viel lieber wollte er zusehen, wie Dario allein weitermachte. Mit langen Stößen brachte der Phil zum Höhepunkt und kam eine kleine Weile später. Ein verworrener Blick aus grünblauen Augen traf ihn.
„Dios!" Dario beugte sich vor und küsste Phil.
„Du knurriges Biest, du bist perfekt", brummte er und ließ sich neben ihm auf das Laken fallen. Lars opferte sich und holte eine Mülltüte, in der sie die Kondome entsorgten. Danach drängte er sich zwischen Phil und Dario und zog

beide an sich. Ein wenig wunderte er sich schon, dass sich Phil auf einen Dreier eingelassen hatte. Andererseits hatte der gute Junge einiges nachzuholen. Seine Neugier und die Bereitschaft Neues auszuprobieren waren daher irgendwie verständlich. Und auf jeden Fall aufregend.
„Macht ihr das eigentlich öfters?“, fragte Phil in genau diesem Augenblick.
„Eigentlich nicht“, murmelte Lars.
„Ab und an“, sagte dagegen Dario. Seine Finger glitten spielerisch über Lars’ Brust. „Mit Lars war ich allerdings leider erst beim Pornodreh zum ersten Mal im Bett.“
„Mit Christian auch“, warf Lars da ein.
„Wie kommst du jetzt auf Chris?“
„Er lernt Spanisch“, antwortete Lars und warf Dario einen bezeichnenden Blick zu. Der starrte ihn einen Moment lang an, ehe er lachte.
„Du hast eine zu rege Phantasie. Chris hat selbst gesagt, dass er in Spanien Urlaub machen will. Da lernen vorher viele Leute ein paar Brocken Spanisch, damit sie halbwegs anständig eine Paella bestellen können.“
Lars sah nun Phil an, um dessen Meinung dazu zu hören.
„Ich kenne Christian nicht gut genug, um ein Urteil abzugeben.“ Phil hielt sich lieber heraus.
„Maldito! Hört mir endlich mit Chris auf.“ Eine schwarze Verpackung flog Phil entgegen, der sie geistesgegenwärtig auffing.
„Komm, Phil, schließ Bekanntschaft mit Billy und vögel mich durch.“

Als sie später gemeinsam am Frühstückstisch saßen und Brötchen mit Mett und Zwiebeln belegten, erkundigte sich Lars: „Ist alles in Ordnung, Phil?“
„Natürlich. Warum fragst du?“ Phil blickte ihn aus arglosen Augen an.

„Nun ja …“ Lars wechselte einen raschen Blick mit Dario, der das Mett auf seinem Brötchen akribisch von Rand zu Rand schmierte.
„Es steht nicht jeder gleich auf einen Dreier. Wenn wir dich eben überfahren haben, dann tut es uns leid.“ Er dachte dabei an den Kuss mitten auf der Straße, der Phil so auf die Palme gebracht hatte.
„Also mir tut es nicht leid.“ Das war klar, dass Dario ihm ins Genick sprang. Manchmal hatte er den Eindruck, dass sein langjähriger Freund alles vögelte, was bei seinem Auftauchen nicht sofort auf einen Baum flüchtete. Phils Blick wurde weicher.
„Alles okay, Lars.“
Skeptisch zog Lars eine Augenbraue in die Höhe. War es das wirklich? Oder wechselte Phil gerade wieder seine Persönlichkeit, um ihn nicht zu kränken? Dieses Switchen zwischen schüchtern, forsch, aggressiv und leidenschaftlich verwirrte ihn. Phil schien seine Gedanken zu erraten, denn er legte ihm eine Hand auf den Arm.
„Lars, du bist mein Freund. Ich vertraue dir. Außerdem bin ich durchaus in der Lage etwas abzulehnen.“
„Nicht, wenn ich dir einen Blowjob verpasse“, erklärte Dario mit viel zu viel Selbstbewusstsein.
„Und nach meinem Einblick in euren Pornodreh war ich ohnehin neugierig …“
Ach? Lars wurde hellhörig. Vielleicht sollte er mal Phils sexuelle Phantasien ausloten.
„Sag mal, Phil. Hast du eigentlich Urlaub, oder wieso kannst du soviel Zeit für Lars erübrigen?“ Mit vollem Mund wechselte Dario das Thema.
Phil musste erst einmal kräftig kauen und schlucken, ehe er antworten konnte.
„Ich bin mit meinen Arbeitszeiten ziemlich flexibel“, sagte er ausweichend.
„Selbständig?“

„Er wird dich solange löchern, bis du es ihm sagst", sagte Lars warnend. „Allerdings kann er ein Geheimnis für sich behalten."
Phil zog ein zweifelndes Gesicht. Dario ließ sein Brötchen auf den Teller fallen.
„Dios mío. Sag schon! Bist du ein Auftragskiller?"
„Nicht ganz so dramatisch. Oder hast du mich irgendwo mit einem Geigenkoffer gesehen?"
„Dann vielleicht Maler?"
„Auch falsch." Phi grinste, weil Dario inzwischen ziemlich zappelig wurde.
„Du trainierst gestörte Tiere. Genau! Du bist so etwas wie ein Pferdeflüsterer."
Lars lachte schallend los. „Jawoll! Genau, das ist es. Und wie er immer flüstert: Mach mir den Hengst."
Phil musste ebenfalls lachen, nur Dario saß angesäuert da.
„Ich komme mir langsam vor wie bei *Was bin ich*. Philly, mein Schnuckelchen, hab Erbarmen mit mir armem Neugierigen", bettelte er.
Lars sah Phil fragend an, der in sein Brötchen biss. Phil nickte kauend. Also wandte sich Lars mit einer theatralischen Geste an Dario.
„Darf ich dir Peter Bergmann vorstellen?"
Dario saß ganz still da und sah Lars an, bis seine Worte und deren Bedeutung bei ihm durchgesickert waren. Endlich richtete sich sein Blick auf Phil.
„Peter Bergmann. *Der* Peter Bergmann?"
Lars nickte. Phil grinste weiterhin kauend.
„Okay. Ich bekomme durchaus mit, wenn ich verarscht werde." Dario lehnte sich mit verschränkten Armen in seinem Stuhl zurück.
„Wir verarschen dich nicht. Ich wollte für meinen sechsten Krimi recherchieren und bin deshalb zum Filmset gekommen. Schließlich brauchte ich jemanden, der mir etwas über Homosexuelle beibringt", seufzte Phil.

„Phil“, sagte Lars mahnend, und sein Freund verbesserte sich sofort: „Schwule.“
„Mach dir nichts draus. Er konnte dieses Wort nie leiden. Und jetzt mal Butter bei die Fische. Du bist wirklich Peter Bergmann? Kein Witz?“
„Kein Witz.“ Phil hob die Hand. „Ich schwöre.“
„Auf die Bibel?“, fragte Dario nach.
„Hör mir mit der Bibel auf“, stöhnte Phil. „Wenn es eine Bücherverbrennung geben würde, dann …“
„Phil!“, sagten Lars und Dario gemeinsam.
Entschuldigend wandte sich Lars an den Spanier. „Er hat ein Riesenproblem mit seiner bibelsüchtigen Mutter.“
„Ja, Chris erwähnte da etwas.“ Dario nickte.
„… dann würde ich persönlich das Streichholz daranhalten und wie Rumpelstilzchen um den brennenden Haufen herumtanzen“, beendete Phil scheinbar ungerührt seinen Satz.
„Du wirst im Fegefeuer landen“, sagte Dario.
„Eine Chance, meiner Mutter nie wieder zu begegnen.“ Phil seufzte.
Langsam drehte sich Dario zu Lars um.
„Maldito! Riesenproblem? Das scheint mir ein bisschen untertrieben.“ Er griff nach seiner Teetasse.
„Versteht mich nicht falsch. Ich liebe meine Mutter, schließlich ist sie meine Mutter. Und aus genau diesem Grund bin ich von ihr fortgezogen. In meinem ganzen Leben werde ich es ihr nicht recht machen können, so sehr ich mich auch anstrenge. Ich habe allerdings ein wirkliches Problem damit, nach ihren Ansichten zu leben. Und diese Ansichten kramt sie sich aus der Bibel hervor. Ich hasse die Bibel … ich … Ich glaube, meine Mutter liebt dieses Buch mehr als mich …“ Tränen der Verzweiflung begannen in Phils Augen zu schwimmen.
Lars sprang von seinem Stuhl auf und nahm ihn tröstend in die Arme, während Dario ausnahmsweise sprachlos mit offenem Mund da saß.

2. Kapitel

Woody Allen:
Der Mensch besteht aus zwei Teilen – seinem Gehirn und seinem Körper. Aber der Körper hat mehr Spaß.

Die große Uhr am Bahnhof zeigte 10:45 Uhr. Wie ein unruhiger Tiger lief Lars auf dem Bahnsteig auf und ab. Nachdem er gestern einen etwas angespannten Tag mit Phil verbracht hatte, war ihm der spontane Gedanke gekommen, ebenfalls am Bahnhof aufzuschlagen. Er war am Vortag mit Phil einkaufen gewesen und hatte sich verzweifelt bemüht, seinen Freund wenigstens für wenige Minuten von den Gedanken an seine Mutter abzulenken. Trotzdem wurde Phil immer hibbeliger und panischer, bis er Lars sogar anschrie und sich gleich darauf völlig am Boden zerstört für seinen Ausbruch entschuldigte. Lars hatte keine Ahnung, wie Phil reagieren würde, wenn er ihn hier entdeckte. Doch das würde er sicherlich gleich herausfinden, denn Phil kam soeben auf den Bahnsteig gehetzt. Erleichterung machte sich auf dem sonnengebräunten, sommersprossigen Gesicht breit, als er feststellte, dass der Zug noch nicht eingelaufen war. Plötzlich entdeckte er Lars. Phils Schritt stockte. Einen Augenblick lang zeigte sich Panik in seiner Miene, schließlich eilte er auf Lars zu.
„Was machst du denn hier?", zischte er anstelle einer Begrüßung.
„Ich dachte, ich könnte mit den Koffern helfen", antwortete Lars. Er hätte Phil gerne solange geküsst, bis der sich einigermaßen beruhigt hatte. Angesichts der vielen Leute hier auf dem Bahnhof erschien ihm das als keine besonders gute Idee.
„Ich bin mit dem Auto hier. Lars, bitte geh", flehte Phil. „Wenn meine Mutter uns zusammen sieht und herausfindet, dass wir … Oh, ich mag gar nicht daran denken. Sie

wird einen Weinkrampf bekommen oder schlimmer, einen Herzinfarkt. Ihre Nerven sind ohnehin nicht die besten. Und dann bin ich schuld, dass es ihr schlecht geht …" Sein Blick huschte an Lars vorbei. Der gefürchtete Zug näherte sich.

„Phil, beruhige dich. Stell mich einfach als einen guten Freund vor. Okay?"

„Sie wird dahinter kommen. Sie wird mir ansehen, dass ich dich liebe. Und das, wo sie mir meine Zukünftige vorstellen will. Es wird ihre wunderbaren Pläne über den Haufen werfen. Dabei will sie nur das Beste für mich und ich undankbarer …" Phils aufgeregte Tirade ging in dem Kreischen der Bremsen unter. Lars verstand nur etwas von Scheißidee, nichts-erspart-bleiben und Katastrophe. Als sich die Türen des Zuges öffneten, wurde Phils Gesicht geisterhaft bleich.

„Phil? Geht es dir nicht gut?" Lars begann sich allmählich Sorgen zu machen. Sein Freund war wie ausgewechselt und ein totales Nervenbündel.

„Mir geht es beschissen. Da drüben ist sie." Wie ein zu Tode Verurteilter ging Phil schweren Schrittes auf eine schwarz gekleidete Matrone zu, die einen altmodischen Koffer auf dem Bahnsteig abstellte und … Lars klappte die Kinnlade herunter, als er sah, wie Phils Braut – falls sich Mutti durchsetzte – den Zug verließ. Sie erreichte beinahe seine Größe, hatte wirres, lockiges Haar und eine Brille mit den dicksten Gläsern, die er je gesehen hatte. Ihre Schultern konnten locker mit den seinen mithalten. So wie sie ausschaute, war sie erst gestern mit einem Traktor über die Felder gebrettert und hatte vor dem Schlafengehen auf die Schnelle ein paar Rinder gestemmt.

„Oh shit, Phil!", stöhnte er mitleidig und lief hinter seinem Freund her, der gerade mit steifer Höflichkeit seine Mutter und seine Zukünftige begrüßte.

„Das ist Annemarie“, stellte Mutti in diesem Moment den Trampel vor, der Phil neugierig durch die zentimeterdicken Brillengläser anschaute.
„Ich freue mich, dich endlich kennenzulernen“, kiekste sie mit einer Mäusestimme.
„Ich freue mich auch“, murmelte Phil. Seinem Gesicht nach allerdings auf die Abreise der beiden Damen.
„Und wen haben wir da?“ Dem energischen Tonfall nach hatte Mutti auf einem Kasernenhof gedient. Tapfer streckte ihr Lars die Hand entgegen und richtete dabei den Blick auf einen hölzernen Anhänger, den Mutti um den Hals trug. Ein schlichtes Kreuz war hinein geprägt worden. Annemarie trug den gleichen Anhänger, wie Lars feststellte.
„Lars Erlen. Guten Tag, Frau Ahnert. Ich wollte Phil ein wenig mit den Koffern helfen.“
Zögernd wurde seine Hand geschüttelt.
„Mein Sohn heißt Philemon, Herr Erlen, und nicht Phil. Sind Sie ein Kollege?“
Phil – pardon – Philemon sandte Lars einen warnenden Blick.
„Kein Kollege. Wir haben uns nach Phils Umzug kennengelernt.“ Lars flunkerte ein wenig.
„Etwa im Bibelkreis?“, fragte Mutti sofort eifrig nach. Da sich Annemarie bei Phil einhakte, konnte der Lars keine Zeichen geben. Dafür sah er aus, als würde er gleich ohnmächtig werden. Lars hatte nie ein blasseres Gesicht gesehen.
„Ich fürchte, ich habe mit der Bibel nicht viel am Hut, Frau Ahnert.“ Lars bemühte sich, das Thema abzuhaken und bückte sich nach einem der Koffer. Mutti war schneller und riss das alte Stück an sich.
„Aber Sie gehen doch in die Kirche?“, fragte sie nach und kniff die Augen halb zusammen, um ihn eingehend zu mustern.
„Nein, ich …“

„Ich fürchte, Sie sind kein guter Umgang für meinen Sohn. Guten Tag, Herr Erlen." Mutti drehte Lars rigoros den Rücken zu, um ihn demonstrativ zu ignorieren. Der wusste gar nicht, wie ihm geschah. Hatte ihn Phils Mutti eben wirklich eiskalt abserviert?

„Philemon, wie siehst du denn eigentlich aus? Annemarie muss ja völlig schockiert sein. Wo ist denn der hübsche Pullunder, den ich dir zum Geburtstag geschickt habe? Und diese furchtbare Frisur … Besitzt du keinen Kamm? Mit deinem Erscheinungsbild bringst du mich in Verlegenheit. Ich sehe schon, dass du ohne mich gar nicht zurechtkommst. Aber nun bin ich ja da und kann mich um dich kümmern. Gleich heute Abend werden wir für dein Seelenheil beten."

„Phil", sagte Lars, der nicht glauben mochte, dass Familie Ahnert ihn wie Inventar des Bahnhofs einfach stehenlassen wollte.

„Lars, bitte geh nach Hause", flehte Phil in Annemaries vereinnahmendem Griff.

„Lass den Atheisten, Philemon, und komm endlich", kommandierte Mutti streng. „Du wirst dich deiner guten Manieren entsinnen und deine Mutter sicherlich nicht warten lassen."

„Phil!", sagte Lars lauter und empörter.

Phil wandte sich hölzern ab und trabte wie ein dressierter Pudel seiner Mutter hinterher. Lars stand wie verdonnert am Bahngleis und glaubte sich im falschen Film.

„Gleich erscheint Kurt Felix mit seiner versteckten Kamera, wir lachen alle gemeinsam und dann gehe ich Arm in Arm mit Phil nach Hause", sagte Lars leise vor sich hin. Er wartete zwei, drei Minuten. Kein Kurt Felix. Keine versteckte Kamera. Verdammt! Er war tatsächlich abgeschossen worden.

„Kaffee", murmelte Lars. „Ich brauche einen Kaffee. Und ein paar Koffeintabletten, damit ich aus diesem Traum aufwache. Dringend."

Zum wiederholten Male wählte Lars die Handynummer seines Freundes. Dreimal hatte Phil ihn einfach weggedrückt. Endlich meldete er sich mit einer ziemlich barschen und unterkühlten Stimme.

„Ja?", fragte er kurz angebunden.

„Phil, erklär mir, was da auf dem Bahnhof abgegangen ist", bat Lars.

„Du bist da ungefragt aufgetaucht, das ist passiert. Musstest du unbedingt eine Szene machen? Ich habe Stunden benötigt, um meiner Mutter zu erklären, wie ich an ein derart ungläubiges Subjekt geraten konnte."

Lars schnappte nach Luft. „Welche Szene? Deine Mutti hat mich in den Wind geschossen. Und du hattest nicht einmal den Arsch in der Hose, mich als einen stinknormalen Freund zu verteidigen."

„Wir haben darüber gesprochen", zischte Phils Stimme in sein Ohr.

„Aber nicht darüber, dass ich von nun an dein unsichtbarer Freund bin", beklagte sich Lars. „Du kannst dir doch als erwachsener Mann nicht von deiner Mutti vorschreiben lassen, welche Interessen deine Freunde haben dürfen."

„Stattdessen muss ich mir von dir Vorschriften machen lassen, ja?", schnauzte es.

Lars zog die Brauen zusammen. Sprach er gerade mit Psycho-Phil? Das war gar nicht gut.

„Weißt du was, Lars? Ich habe es satt, dass mir jeder sagt, was ich zu tun und zu lassen habe. Auf so etwas habe ich absolut keinen Bock. Dafür muss ich mir keinen Freund anlachen." Phils Stimme wurde immer aggressiver. Da war eindeutig Psycho-Phil. Kein Zweifel möglich. Lars' Magen krampfte sich zusammen.

„Was soll das denn heißen?", fragte er heiser.

„Dass ich dich nicht brauche", sagte Phil prompt. „Ich bin auch ohne dich prima zurechtgekommen. Ist es dir eigentlich schon einmal aufgefallen, dass du die ganze Zeit versuchst mich umzukrempeln? Wenn du einen Partner Marke Eigenbau benötigst, geh in den Baumarkt und bastel dir einen. Ich habe die Schnauze gestrichen voll, von dir total auf den Kopf gestellt zu werden."

Jetzt musste sich Lars setzen. Hatte er gerade einen Hörfehler oder durfte er seinen Ohren wirklich trauen?

„Phil, nur für den Fall, dass ich zu blöde bin und hier etwas gerade nicht kapiere. Machst du vielleicht gerade Schluss mit mir?", fragte er ungläubig.

„Du hast es erfasst. Adieu, Lars." Mit diesen harschen Worten unterbrach Phil die Verbindung.

Langsam ließ Lars sein Handy sinken. Eine Weile saß er einfach nur da und versuchte zu verstehen, wieso er plötzlich der Ex war. Erst vor Kurzem war er mit Phil zusammengekommen und verliebt wie nie in seinem Leben. Und auf einmal reichten ein paar Stunden in der Gesellschaft von Mutti aus, dass Phil völlig unter ihre Fuchtel geriet, zu einem kleinen, willenlosen Jungen mutierte und mit Lars Schluss machte? Und was kam als nächster Schritt? Die Traumhochzeit mit Annemarie, der Treckerfahrerin? Lars drückte die Wahlwiederholung, doch Phil schien sein Handy abgeschaltet zu haben. Ein sicheres Zeichen dafür, dass er mit Lars nicht mehr sprechen wollte. Und wie er Phil einschätzte, hatte er wahrscheinlich inzwischen ebenfalls einen eigenen Klingelton bekommen. Sicherlich Michael Jacksons *Bad*. Lars erlaubte sich ein freudloses Lachen. Er warf sein Handy quer durch das Zimmer auf das Sofa, schnappte sich seine Jacke und machte sich auf den Weg in den *Oktopus*.

„Hi Lars. So früh heute?“ Paul begrüßte ihn, kaum dass Lars durch die Tür war.
„Bring mir einen doppelten Whiskey, ja?“, sagte Lars und ignorierte Pauls verdattertes Gesicht, denn er hatte eine vertraute Gestalt an einem der Tische entdeckt. Mit hängenden Schultern ging er quer durch den Raum und ließ sich Christian gegenüber auf einen Stuhl fallen. Überrascht schaute sein Freund auf.
„Du hier?“, fragte der, registrierte Lars’ düstere Stimmung und nickte bloß verstehend.
„Phil“, erkannte er ganz richtig. Paul brachte den Whiskey, ehe Lars etwas sagen konnte.
„Wollt ihr was essen?“, fragte Paul unsicher und schaute von einer betrübten Miene zur nächsten.
„Zweimal den Schnitzelteller, Paul“, sagte Christian.
„Ich habe keinen Hunger“, knurrte Lars.
„Natürlich hast du. Ein Mann muss essen. Erst recht, wenn die Stimmung auf dem Nullpunkt ist“, erklärte Christian.
Als Paul sie alleine ließ, prostete Lars seinem Freund mit dem Whiskey zu und kippte ihn mit zwei großen Schlucken hinunter. Christian schürzte die Lippen, kommentierte den Whiskey um diese Uhrzeit aber nicht. Kurze Zeit später brach es frustriert aus Lars heraus: „Seine Mutti ist gerade mal ein paar Stunden da, bringt ihm sogar die zukünftige Mama seiner ebenfalls zukünftigen Kinder als Präsent mit und sofort macht Phil mit mir Schluss.“
„Die zukünftige Mutter seiner zukünftigen Kinder scheint ja ein ganz heißer Feger zu sein, wenn Phil sofort das Ufer wechselt“, murmelte Christian.
„Ich habe sie gesehen, Chris. Die sieht wie ein Rammbock aus. Wie ein benutzter Rammbock, der bereits gegen etliche geschlossene Türen gerumst ist.“

„Oh! Vielleicht benötigt Phil nur ein bisschen Zeit, um wieder einen normalen Blutdruck zu bekommen. Er war schon vor dem Besuch seiner Mutter total durch den Wind." Christian gab sich alle Mühe, um Lars zu trösten.
„Chris, er hat mich richtig angemotzt. Er hat gesagt, dass er mich nicht braucht. Und er hat mir Adieu gesagt. Wonach klingt das für dich?"
„Dass Schluss ist." Christian seufzte. „Tut mir leid, Lars. Wirklich. Du warst ja echt verliebt in Phil."
„Ich *bin* echt verliebt in Phil", korrigierte Lars. Er blinzelte verräterische Feuchtigkeit aus seinen Augen weg. Das wäre noch schöner, wenn er wegen Psycho-Phil in Tränen ausbrechen würde.
„Zweimal Schnitzel", sagte da Paul und stellte die Teller vor ihnen ab. Auf seinem Tablett befanden sich ebenfalls zwei Schokoladenpuddings, die er ebenfalls ablud.
„Ihr seht aus, als hättet ihr Schokolade nötig. Meine Schwester schwört darauf, dass es bei Kummer nichts Besseres gibt. Der geht also aufs Haus."
„Danke, Paul. Das ist echt lieb von dir." Christian griff nach seiner Gabel und begann das Schnitzel zu erstechen. Auf einmal bemerkte Lars, dass es wohl auch Christian nicht besonders gut ging.
„Was ist mit dir?", fragte er deshalb.
Christian machte eine wegwerfende Bewegung. „Meine Wünsche und die Realität haben ein Problem miteinander", brummte er.
„Wie meinen?" Lars schob sich Schnitzel zwischen die Zähne. Das Fleisch war zart, die Rahmsauce mit den Champignons und dem Hauch Wein darin richtig lecker und die Pommes dazu auf den Punkt perfekt.
„Ich bin genauso verliebt wie du." Christian stieß resigniert mit der Gabel gegen seine Pommes. „Ich habe angefangen Spanisch zu lernen und habe meinen Urlaub so gelegt, dass

wir gemeinsam etwas hätten unternehmen können. Ich traue mich bloß nicht, ihm meine Gefühle zu gestehen."

„Dario", sagte Lars mit vollem Mund.

Christian nickte. Sie unterbrachen sich und blickten beide zur Tür, als ein weiterer Gast im *Oktopus* erschien. Es war Pauls Schwester Carola, die ihnen ein kurzes „Hallo" zurief und sich dann zu ihrem Bruder an die Theke gesellte. Christian und Lars murmelten einen Gruß und wandten sich gleich wieder ihrem Gespräch zu.

„Warum hast du Dario nicht einfach gesagt, was du für ihn empfindest?", fragte Lars.

Christian schob seinen Teller von sich. „Sieh mich an, Lars, und sei ehrlich. Ich bin doch ein grober Klotz und passe gar nicht zu Dario. Der gehört in eine ganz andere Liga. Er kann jeden haben, den er will. Selbst Phil und dich."

Hups! Lars vergaß das Kauen.

„Das hat er dir erzählt?", fragte er undeutlich.

Christian nickte. „Ist schon okay. Neulich ihr, morgen jemand anderer."

„Ja, Dario ist ein klein wenig flatterhaft." Lars nickte verhalten.

Sein Freund lächelte.

„Ein klein wenig", wiederholte er leise und ziemlich traurig.

„Und was wirst du nun tun?", fragte Lars.

„Mir jemanden suchen, der sich nicht daran stört, dass ich wie ein Holzklotz rüberkomme, und Dario das Beste wünschen."

„Du bist kein Holzklotz." Lars protestierte. „Dir fehlt bloß ein wenig Schlagfertigkeit. Und vielleicht bist du manchmal etwas zu still. Aber du bist doch ein netter Bär. Also mach dich nicht so runter. Okay?"

„Okay", sagte Christian mit einem leisen Lächeln. Sie griffen zu ihren Puddings und begannen sich mit Schokolade zu trösten.

****

Mit einem Rest Selbstbeherrschung klammerte sich Phil an seinem Waschbecken fest. Nach einer Woche zusammen mit seiner Mutter und Annemarie lagen seine Nerven blank. Viel fehlte nicht mehr und er würde fröhlich singend zu seinem Vorrat an Rasierklingen greifen und sich die Adern aufschlitzen. Zögernd hob er den Blick zum Spiegel. Was er dort sah, hatte mit dem von Muck umgestylten Phil überhaupt nichts mehr zu tun. Dunkle Schatten lagen um seine Augen und sein Mund hatte diesen altvertrauten, verkniffenen Zug zurückbekommen, den er verloren geglaubt hatte, als er von zu Hause ausgezogen war. Er bekam genau wie damals ständig Magenschmerzen und zuckte bei jedem Geräusch schreckhaft zusammen. Wenn seine Mutter wirklich länger blieb, würde er bald auf dem Zahnfleisch kriechen. Oder Amok laufen. Oder gleich in eine Gummizelle gesperrt werden müssen. Allerdings war es viel schlimmer, dass er Lars verloren hatte. Sicher, daran war er selbst schuld. Hatte es sogar absichtlich soweit getrieben. Andererseits hätte er dem auf ihm lastenden Druck, den sowohl seine Mutter als auch indirekt Lars auf ihn ausübten, auf Dauer nicht mehr standhalten können. Permanent wurde er von einer Seite auf die andere gezerrt, weil er die Erwartungen beider einfach nicht erfüllen konnte. Er schob seine Hand in die Hosentasche, worin sich ein Schlüssel befand. Lars' Wohnungsschlüssel. Er würde ihn zurückgeben müssen. Ein Tropfen fiel in das tadellos geschrubbte Waschbecken und zersprang dort. Ein zweiter folgte. Phil biss die Zähne zusammen. Leider half es nicht.

„Philemon? Philemon! Wie lange brauchst du denn? Du solltest für mich einkaufen gehen“, hörte er Mutters keifende Stimme durch die Tür. Hastig wischte sich Phil über die Augen, bürstete sich kurz das dunkelblonde Haar und prüfte rasch den Sitz seiner Krawatte. Noch einmal atmete er tief ein. Sein Spiegelbild sah weiterhin so furchtbar aus, wie kurz zuvor. Mit einem Ruck wandte sich Phil ab und trat aus dem Bad.

Sofort ging seine Mutter auf ihn los. „Ich dachte, du trägst den Pullunder, den ich dir mitgebracht habe."

„Dazu ist es viel zu warm", redete sich Phil heraus und nahm von der verschämt blickenden Annemarie den Einkaufszettel entgegen.

„Bring die festkochenden Kartoffeln mit. Nicht die mehligen", kommandierte seine Mutter. „Und ein paar Blümchen für Annemarie wären ebenfalls ganz nett. Du könntest ihr ruhig zeigen, dass du sie magst."

Phil ersparte sich dazu einen Kommentar. Annemarie kicherte dümmlich, warf ihm einen verstohlenen Blick zu und kehrte an ihren Stickrahmen zurück. Gemeinsam mit seiner Mutter arbeitete sie an einem Altartuch für die Kirchengemeinde, das das letzte Abendmahl zeigen sollte. Auf genau die gleiche Weise hatten sich die Frauen im Mittelalter beschäftigt, fiel es Phil ein. Beinahe fluchtartig verließ er seine Wohnung.

Einkaufen bedeutete für ihn immer ein Stück Freiheit. Früher als Kind war das schon so gewesen und bis heute hatte sich daran nichts geändert. Langsam machte sich Phil auf den Weg zum Supermarkt. Es war ein wunderschöner Tag, obwohl er sich an dem herrlich blauen Himmel nicht erfreuen konnte. Mutters Anwesenheit erschien ihm wie eine düstere Wolke, die ihren Schatten auf alles und jeden warf und ihn hartnäckig mit ihren Regenschauern verfolgte. Phil nahm den Umweg durch den Park, schlurfte über die gepflegten Sandwege und bückte sich schließlich zu einem kleinen, schwanzwedelnden Hund, der ihn mit einem munteren Kläffen umsprang und spielen wollte. Als er sich aufrichtete, schien ihn regelrecht der Schlag zu treffen. Auf einer Bank in der Nähe sah er Lars und Christian sitzen. Eng umschlungen küssten sie sich und schienen die Welt

um sich herum ganz und gar vergessen zu haben. Mit einem völlig hohlen Gefühl stand Phil einfach nur da und blickte zu ihnen hinüber. Sicher, er hatte mit Lars Schluss gemacht. Aber er liebte ihn immer noch. Und nun saß hier Lars und küsste Christian. So schnell konnte sich sein Ex also über ihn hinwegtrösten? Lars musste doch spüren, dass er ihn weiterhin liebte. Oder nicht?
Auf dem Absatz fuhr Phil herum und deutlich schneller als zuvor hastete er den Weg zurück, den er gerade entlang geschlendert war. Blindlings trampelte er durch eine Blumenrabatte, rannte über den angrenzenden Rasen und hielt erst keuchend inne, als er den Supermarkt erreicht hatte. Phil stürmte hinein, ignorierte die festkochenden und die mehligen Kartoffeln und griff sich eine Wodkaflasche aus einem der Regale. Es reichte. Sein Limit war eindeutig erreicht. Er würde sich betrinken – richtig betrinken – und hinterher nach Hause gehen und sein Elend mit den Rasierklingen beenden.
Und wenn ich endlich vor dem Himmelstor stehe, werde ich denen da oben mal erklären, was ich wirklich von ihnen halte, dachte sich Phil.
Zweifelnd blickte er auf das Flaschenetikett. Reichte eine Pulle Wodka aus, um sich zu betrinken? Sicherheitshalber nahm sich Phil zwei weitere Flaschen mit. Er ging zur Kasse, bezahlte und kehrte in den Park zurück. Die Bank, auf der Lars und Christian vorhin geknutscht hatten, war nun verwaist. Genauso verwaist wie sein Herz. Phil ließ sich auf die Bank fallen und öffnete die erste Flasche.
„Prost!“ In Richtung einer wurmsuchenden Amsel hob Phil die Flasche und trank das erste Drittel der klaren Flüssigkeit wie Wasser herunter. Der ungewohnte Wodka brachte ihn zum Husten. Seine Augen begannen zu tränen. Allerdings war er sich nicht sicher, ob dies allein am Alkohol lag. Die Amsel kam vorsichtig näher, erhoffte sich sicherlich ein paar Krümel.

„Bist du Single?", fragte Phil, in dessen schmerzendem Magen sich ein warmes Gefühl ausbreitete. Fragend sah ihn die Amsel aus dunklen Knopfaugen an.
„Selbstverschuldeter Single? Du bist blöd. Genauso blöd wie ich. Blöder Vogel." Offensichtlich wollte sich der Vogel nicht beschimpfen lassen, denn er flog davon. Phil trank einen weiteren Schluck. Ein Rentnerpärchen lief an seiner Bank vorbei und warf Phil missbilligende Blicke zu.
„Haben die noch nie jemanden mit Frust gesehen?", murmelte Phil voller Selbstmitleid. „Die haben einander bestimmt seit wer weiß wie lange." Er trank zwei weitere Schlucke aus der Flasche. Ausgerechnet jetzt klingelte sein Handy. *Thriller!* Phil lachte wild drauf los und ignorierte das Handy mit neu gefundener Heiterkeit. Von wegen Himmelstor! Er würde sich mithilfe seiner Rasierklingen auf den Weg in den Untergrund machen, sich dort in dem warmen, sündigen Pfuhl einen Dreizack besorgen und zurückkehren, um seine Mutter damit zu piesacken. So, wie sie ihn sein ganzes Leben lang gepiesackt hatte. Hey, Philemon, darauf einen Wodka! Was für ein herrlich unbeschwertes Gefühl. Wieso trank er eigentlich nicht öfter etwas? Phil rülpste, kicherte und umarmte seine Flasche. Dauerte es eigentlich lange, bis man betrunken war?
„Phil! Mein Goldstück! Beinahe hätte ich dich in deiner Spießerverkleidung nicht erkannt. Was treibst du denn hier?"
Phil blinzelte, hickste und entdeckte Muck. Der zog ihm die Flasche aus den Händen.
„Besäufst du dich etwa?"
„Willlll… Willlschte wasssch?", nuschelte Phil undeutlich.
Muck starrte ihn verblüfft an und warf die Pulle, die inzwischen nur noch zu einem Drittel gefüllt war, in den Mülleimer neben der Bank.
„Phil, du bist ja völlig hacke." Muck zog eine sorgenvolle Miene, als er zwei weitere Wodkaflaschen in der Einkaufs-

tasche zu Phils Füßen entdeckte. Auch diese beiden Pullen landeten im Mülleimer. Phil hickste wieder.

„Bi… nnnn ich sssschon vvvvollll?“

„Das kann man wohl sagen. Wieso betrinkst du dich hier?“, fragte Muck und versuchte Phil auf die Füße zu ziehen, was überhaupt nicht einfach war. Die Schwerkraft schien sich verzweifelt an Phil zu krallen.

„Llllarsssch hhhhat Chrisss geküüü…“ Phil atmete tief durch und versuchte mithilfe von Mucks Schulter das Schwanken des Weges zu kompensieren.

„… ssssscht“, brachte er den Satz mühsam zu Ende.

„Meines Wissens nach hast du Lars in die Wüste geschickt“, sagte Muck und kam damit gleich auf den Punkt. „Komm, Phil mein Süßer, langsam einen Schritt vor den anderen. Ich bringe dich lieber nach Hause.“

„Hööölllle“, verbesserte ihn Phil mit schwerer Zunge. „Iccccch mmmussssss innnne Hhh… hölle. Drrrrinnnngd.“

Niemals hatte Muck ein schockierteres Gesicht gesehen, als das von Phils Mutter.

„Philemon, was ist mit dir?“, rief sie und trat von der Tür zurück, damit Muck mit ihrem schwankenden Sohn in die Wohnung konnte. Inzwischen schwitzte Muck wie verrückt. Phil, deutlich größer als er, schien mindestens eine Tonne zu wiegen und lehnte sich schwer auf seine Schulter.

„Er ist total betrunken. Wo ist denn sein Schlafzimmer?“, fragte Muck, der seine taumelnde Last einfach nur loswerden wollte.

„Er schläft momentan im Wohnzimmer auf dem Sofa.“ Mutter Ahnert deutete quer durch den Flur.

„Wer sind Sie eigentlich?“, fragte sie gleich darauf barsch.

„Dirk Bach“, murmelte Muck sarkastisch, der Phil halb durch den Flur trug und halb schob.

„Mein Name ist Adil Mrabet und ich rette Betrunkene von Parkbänken“, antwortete er etwas lauter. Er ließ Phil auf das Sofa fallen und zog ihm unter den wachsamen Blicken von seiner Mutter die Schuhe aus. Von irgendwoher tauchte ein Mädchen auf, das wie eine Kreuzung aus einem angehenden Sumoringer im Frühstadium und einem Maulwurf im Endstadium aussah.
„Trunkenheit ist eine Sünde, Frau Ahnert“, kiekste das Mädchen und musterte den hicksenden Phil mit dem gleichen angewiderten Blick, wie dessen Mutter.
„Philemon Ahnert, was hat das zu bedeuten? Und wo sind die Einkäufe? Ich will unverzüglich …“
„Frau Ahnert, lassen Sie ihn bloß seinen Rausch ausschlafen. Ihr Sohn kann Ihnen später Rede und Antwort stehen“, mischte sich Muck ein. Es wunderte ihn ein wenig, dass nicht einmal nach dem Grund für Phils Besäufnis gefragt wurde.
„Raass… klinnnnnnngnn“, lallte Phil vom Sofa her und begann hysterisch zu lachen.
„Phil, komm schon. Leg dich hin und mach die Augen zu, okay?“ Muck bugsierte Phil in die Waagerechte und deckte ihn mit einer Wolldecke zu, die auf einem Sessel lag.
„Wenn Sie einen Rat annehmen wollen, dann stellen Sie einen Eimer neben ihn. Soweit ich weiß, wird ihm schlecht, wenn er soviel getrunken hat.“
„Mmmuugg“, ertönte es kläglich aus der Horizontalen.
„Ja?“ Muck drehte sich zu Phil um.
„Isch hhhab diisch liii…bbb“, lallte der mühsam.
„Ist okay, Goldstück. Ich habe dich ebenfalls lieb. Schlaf jetzt.“
Muck lächelte Mutter Ahnert ins säuerliche Gesicht.
„Ich gehe besser. Auf Wiedersehen.“ Muck sah zu, dass er davon kam. Kaum hatte er dem Wohnzimmer den Rücken gekehrt, da fing das Gekeife an:

„Die Ruchlosen verachten Weisheit und Zucht, Philemon. Wie kannst du mir das antun?“
„Du liebe Zeit, der arme Kerl“, murmelte Muck und schloss leise die Tür hinter sich.

„Er hat gesoffen?“
Muck, der beide Hände um die Tasse mit Kaffee gelegt hatte, nickte.
„Wenn seine Mutter ständig so drauf ist, hätte ich mich auch volllaufen lassen“, sagte er.
Christian und Lars tauschten einen Blick.
„Und was habe ich damit zu tun?“, fragte Lars ratlos.
„Er hat wohl gesehen, wie ihr euch geküsst habt“, erklärte Muck und nahm einen Schluck von dem Kaffee.
„Völlig legal. Phil hat Schluss gemacht.“ Lars ging sofort in die Offensive.
„Ich mache niemandem einen Vorwurf. Ich sage nur, was Fakt ist.“
„Wie ging es ihm denn?“, fragte Christian, der sich gut an sein Gespräch mit Phil über dessen Mutter erinnerte.
„Er war total strunkelig und brabbelte irgendetwas über die Hölle, in die er müsse. Und er war derartig breit, dass ich ihn beinahe habe tragen müssen. Bestimmt zehn Kilo habe ich mir dabei vom Leib geschwitzt.“ Muck strich sich über sein rundes Bäuchlein.
„Wie viel hatte er denn intus?“
„Knapp eine Flasche Wodka. Und er hatte zwei weitere Flaschen dabei.“
„Uff!“ Lars stöhnte. „Bei der Menge hat er sich ganz sicher abgeschossen.“
Muck nickte zustimmend. „Seine Mutter ist total ätzend. Die hat mich angesehen, als wäre ich ein fetter Wurm, der zertreten gehört. Außerdem war da noch Frankensteins

Tochter, die dem armen Phil Trunkenheit als Sünde vorhielt."
„Er ist selbst schuld, wenn er sich dieser Situation weiterhin aussetzt." Lars sprang von seinem Stuhl und knallte seine Tasse in die Spüle. Christian zog bei diesem Ausbruch einen Flunsch, sagte aber lieber nichts.
„Er bräuchte mit Mutti nur mal reinen Tisch machen." Lars ereiferte sich munter weiter.
„Angesichts dieses Drachens käme ich mir wie ein Ritter ohne Asbestanzug und Feuerlöscher vor", sagte Muck und lehnte sich in seinem Stuhl zurück. Lars murmelte einen deftigen Fluch.
„Darf ich offen mit euch sein?", fragte Muck.
Christian nickte und Lars drehte sich fragend zu ihm um.
„Ihr zwei bildet lediglich eine Zweckgemeinschaft, oder? Wenn ich mir euch beide so ansehe, erblicke ich zwei unglücklich verliebte Schwestern, die sich einfach bloß zusammengeschlossen haben und heile Welt spielen. Richtig? Lars, ich finde, du solltest mit Phil über alles reden."
„Ich mache mich für niemanden zum Obst", fauchte Lars. „Nur weil Pullunder-Philemon ein Problem mit Mutti hat."
„Er hat zweimal versucht bei Phil anzurufen und der hat ihn jedes Mal weggedrückt", erklärte Christian gelassener.
„Wenn mich Psycho-Phil am Handy abserviert, renne ich ihm bestimmt nicht nach. Ich komme mir ja wie eine seiner Kontaktanzeigen vor: Anrufen, ficken und Tschüss!", schimpfte Lars.
Muck runzelte die Stirn. Lars war ja richtig stinkig. Christian sah das offensichtlich ebenso. Der stand auf und legte Lars einen Arm um die Schultern.
„Hey, komm mal wieder runter", sagte er mit ruhiger Stimme.
„Ist doch wahr", murrte Lars, seufzte und lehnte sich gegen Christian. „Okay, ich bin von Phil enttäuscht. Trotzdem wünsche ich ihm nichts Böses. Es war nett von dir, Muck,

ihn nach Hause zu bringen. Und so wie ich seine Mutti kennengelernt habe, wird er sich morgen seinen Rausch zurückwünschen. Trotzdem war er es, der sich von mir getrennt hat, Muck. Ich bin für ihn nicht verantwortlich. Wenn er sich nicht selbst von seiner Mutti lösen kann, wird ihm wohl keiner helfen können."
Muck griff nach seiner Tasse, in der der Kaffee inzwischen lau war. Er rief sich Phils Anblick auf der Parkbank vor Augen zurück und schüttelte langsam den Kopf. Irgendwie hatte er den Eindruck, dass es mit Phil kein gutes Ende nehmen würde.

****

„Wer war dieser Mann, Philemon?"
Die Ellenbogen auf den Tisch gestützt, hielt Phil seinen schmerzenden Kopf in den Händen. Dieser Kater wurde ihm leider nicht von Lars' zärtlichen Küssen versüßt.
„Welcher Mann, Mutter?" War es normal, dass sein Schädel derartig dröhnte? Nur kurz blickte er auf, als Annemarie ein Glas mit einem aufgelösten Aspirin vor ihm abstellte. Wenigstens schaffte er ein dankbares Lächeln, obwohl es bestimmt ziemlich kläglich ausfiel.
„Dieser kleine, dicke Asiate", erklärte seine Mutter ungehalten. Verschwommen erinnerte sich Phil an Muck, der ihn nach Hause geschleppt hatte.
„Tunesier, Mutter. Er ist Tunesier. Und ein Freund." Phil griff nach dem Glas und trank einen großen Schluck.
„Er hat dich ein Goldstück genannt", sagte Annemarie von ihrem Platz am Fenster aus. „Und dass er dich lieb hat."
„Richtig, Philemon. Äußere dich bitte dazu", forderte ihn seine Mutter auf.
Phil lächelte schwach, zuckte dann aber zusammen, als Mutters Faust auf den Tisch krachte.

„Philemon! Du hast mich gestern in eine sehr peinliche Situation gebracht. Dabei sollst du deine Mutter ehren ...“
Die Litanei ging weiter und Phil zum einen Ohr hinein und zum anderen hinaus. Er schloss die Augen und suchte nach einem letzten Funken Kraft. Der Drang nach einer Fusion mit seinen Rasierklingen wurde immer größer. Inzwischen sah er bloß nicht mehr sich selbst blutend am Boden liegen. Er musste dringend etwas unternehmen, ehe er ungewollt zum Mörder wurde. Er öffnete die Augen, trank das Glas leer und stellte es behutsam auf den Tisch zurück. Es war Zeit Klartext zu reden.
„Mutter“, sagte er und unterbrach damit den ungehaltenen Redefluss seiner Erzeugerin. „Weißt du eigentlich, warum ich nicht im Büro bin?“
Irritiert sah ihn seine Mutter an. „Du hast gesagt, dass du Urlaub genommen hast. Was soll das jetzt, Philemon? Versuchst du vom Thema abzulenken?“
„Ich arbeite in keinem Büro. Ich bin seit mehreren Jahren Schriftsteller.“
Sowohl seine Erzeugerin als auch Annemarie sahen ihn verwundert an.
„Für welches Bibelmagazin schreibst du denn?“, fragte seine Mutter verunsichert.
„Für keines. Ich hasse die Bibel. Ich schreibe Krimis. Sehr erfolgreich sogar.“
„Philemon!“ Entsetzt fuhr seine Mutter auf, den letzten Teil von Phils Antwort überhörend. Mit einer schroffen Geste unterbrach sie Phil.
„Ich bin noch nicht ganz fertig. Kannst du dich an Lars erinnern? Lars Erlen, der am Bahnhof war?“
Sie nickte.
„Das war mein Freund, Mutter.“
„Ja, das hast du mir bereits erzählt. Und er ist wirklich kein Umgang für dich, mein Sohn.“

„Ich war mit ihm im Bett, Mutter. Wir hatten Sex. Grandiosen Sex. Ich bin nämlich schwul. Entschuldige, ich meinte natürlich homosexuell.“
Endlich war es raus. Phil fühlte sich auf eine boshafte Weise erleichtert. Mutter starrte ihn an. Annemarie starrte ihn an. Mit morbider Faszination beobachtete Phil, wie das Gesicht seiner Mutter dunkelrot anlief. Auf ihrer Stirn schwoll eine dicke Ader. Bekam Sie etwa Hirnbluten? Ohne ein Wort beugte sie sich vor und schlug ihm mit voller Wucht mitten ins Gesicht. Bei dem lauten Knall zuckte dieses Mal Annemarie erschrocken zusammen. Wie versteinert saß Phil auf seinem Stuhl und hörte für einen Augenblick sämtliche Vöglein der näheren Umgebung zwitschern.
„Du … du Sodomit!“, keuchte seine Mutter mit wogendem Busen und kurz vor einem Kollaps.
„Frau Ahnert, ich kann unmöglich einen Sodomiten heiraten“, kiekste Annemarie verstört aus dem Hintergrund. Mit einem Fauchen drehte sich Phil zu ihr um.
„Selbst wenn ich nicht schwul wäre, Annemarie, würde ich dich nicht einmal mit der Kneifzange anfassen wollen. Du bist mir einfach zu geistlos.“
„Philemon“, zischte seine Mutter. „Gleich morgen gehen wir zusammen zum Arzt und dann …“
„Und dann? Bin ich immer noch schwul. Mutter, ich bin nicht krank. Gegen Homosexualität kann mir niemand dreimal täglich eine Pille verschreiben.“
„Wie kannst du mich nur so demütigen?“, heulte seine Mutter auf. Phil verdrehte die Augen.
„Es ist bestimmt nicht zu spät, Philemon. Ein guter Psychiater kann dir sicherlich helfen. Fliehe vor der Sünde wie vor einer Schlange; denn so du ihr zu nahe kommst, sticht sie dich“, lamentierte sie weiter. Wie er diese Sprüche verabscheute.
„Ich habe keinen Knacks in der Schüssel. Ich bin lediglich schwul“, schrie Phil, der die Beherrschung verlor. Er

sprang auf und hämmerte die Faust gegen den Küchenschrank, um sich abzureagieren.
„Warum soll das schlimm sein?", brüllte er.
„Wer als Christ einen homosexuellen Lebensstil praktiziert, der sollte wissen, dass er das Reich Gottes nicht erben wird", erklärte seine Mutter im belehrenden Ton. „Weder Unzüchtige noch Götzendiener, weder Ehebrecher noch Lustknaben, noch Knabenschänder ..."
„Mutter, deine Korinther können mich mal kreuzweise", sagte Phil jetzt gefährlich leise. Empört schaute sie zu ihm auf. Phil hatte nie in diesem Ton mit ihr geredet.
„Wenn dein seliger Vater nur wüsste, was du mir für einen Kummer bereitest."
„Lass Vater aus dem Spiel. Der hatte von deinem Bibelwahn die Schnauze gestrichen voll. Oder was glaubst du, wieso er sich ständig beim Angeln aufgehalten hat? Zum Glück sind Fische stumm und es kam wohl auch niemand über das Wasser gewandelt."
„Philemon, ich erkenne dich wirklich nicht wieder", flüsterte seine Mutter entrüstet.
„Du hast mich überhaupt nie gekannt. Du hast nicht einmal versucht, mich kennenzulernen."
„Und, du Sodomit, was ist mit Gottes Wort: Seid fruchtbar und mehret euch und erfüllet die Erde?"
Phil seufzte. „Ich bin sicher, das schafft Annemarie bestimmt ohne meine Hilfe. Außerdem geht mir das Alte Testament genauso am Arsch vorbei, wie die Korinther. Wusstest du eigentlich, dass es außer der Bibel weitere Bücher gibt? Man findet sie in sogenannten Buchhandlungen." Er fing sich prompt eine weitere Backpfeife ein. Verdammt! Wurde man derartig kräftig, indem man den Rosenkranz betete?
„Ich werde Pater Bichler anrufen und ihn um Rat fragen."
„Und was willst du ihn fragen, Mutter? Ob er die Inquisition ausschicken kann, damit die mich öffentlich auf dem

Scheiterhaufen verbrennt? Zur Abschreckung der Allgemeinheit, insbesondere der schwulen Gemeinde?“
„Das ist vielleicht keine schlechte Idee. Immerhin hat die heilige Inquisition mit den Häretikern und der Blasphemie aufgeräumt. Und auch du handelst mit deinem widernatürlichen Verhalten wider die Kirche. Aber Pater Bichler und meine Glaubensbrüder haben Erfahrung mit solchen Personen. Du wärst nicht der Erste, den wir zu einem besseren Leben bekehren würden.“
„Wenn du dich selbst reden hören würdest …“
„Geh mir aus den Augen, Philemon. Ich kann dich im Moment einfach nicht ertragen“, schluchzte seine Mutter.
Warum fragte eigentlich niemand Phil, ob der seine Mutter ertragen konnte? Nur zu gern machte er sich davon.

****

„Philemon?“ Die Stimme seiner Mutter hatte einen vorsichtigen Tonfall angenommen. Mit finsterer Miene blickte Phil von seinem Monitor auf. Er versuchte in seinem Allerheiligsten ein wenig an seinem sechsten und entscheidendsten Krimi zu arbeiten. Beim Anblick seiner Mutter hätte er allerdings sofort Galle speien können. Seine Hand tastete nach dem Streifen Riopan in seiner Hosentasche, die er wegen seines schmerzenden Magens einnahm. Drei Tage lang hatte seine Mutter verärgert geschmollt, gebetet, ihn mit Vorwürfen überschüttet und darauf gewartet, dass sich Phil wie gewohnt bei ihr und Annemarie für sein ungehöriges Verhalten entschuldigen würde. Doch dieses Mal war Phil nicht zu Kreuze gekrochen. Er hatte auf stur geschaltet und sein Arbeitszimmer nicht mehr verlassen. Sogar in der Nacht hatte er gearbeitet.
„Mutter?“ Phil gab sich kühl und unpersönlich. Im Stillen genoss er ihr fassungsloses Staunen. Bislang hatte sie ihn immer nur als gehorsamen und freundlichen kleinen Phi-

lemon gekannt. Als den braven Sohn, der gesprungen war, sobald sie mit dem kleinen Finger zuckte. Angesichts seines nicht einlenkenden Verhaltens presste sie ihre Lippen so fest aufeinander, dass sie wie ein schmaler Strich in ihrem Gesicht wirkten. Im Widerspruch dazu klang ihre Stimme einschmeichelnd, als sie einen Schritt näher trat.

„Philemon, ich gehe einfach mal davon aus, dass du einen schlechten Tag erwischt hast. Welche böse Versuchung dich zum Trinken verleitet hat, wird sich mir wohl nicht erschließen. Deine unbedachten Worte am nächsten Tag schreibe ich den Nachwirkungen dieses Trinkens zu. Barmherzig und gnädig ist der Herr, geduldig und von großer Güte. Also werde ich dir verzeihen können, Philemon. Aber du musst heute noch zu Dr. Pfannmöller. Ich habe für dich einen Termin um 16:00 Uhr ausgemacht."

„Dr. Pfannmöller?" Irgendwo hatte Phil den Anschluss verpasst.

„Ein Psychiater ganz in der Nähe. Philemon, du musst dringend in ärztliche Behandlung. Je eher desto besser."

Phils Hand glitt in die Hosentasche und seine Finger streichelten verlangend seine Riopan.

„Philemon, du willst bestimmt kein Sodomit bleiben? Du willst sicherlich ein normales Leben führen, nicht wahr?"

„Mutter, das Wort Sodomit hat heutzutage eine andere Bedeutung und die würde dir weitaus weniger gefallen. Und ich werde ganz bestimmt nicht zu diesem Dr. Pfannmöller gehen. Leg dich dort selbst auf die Couch. Obwohl ich die Befürchtung habe, du würdest sie in diesem Fall nicht mehr verlassen."

„Du bist ja vom Teufel besessen. Löse dich von ihm, Philemon. Denn der Herr, dein Gott, ist ein verzehrendes Feuer und ein eifriger Gott." Seine Mutter war von ihm ganz offensichtlich entsetzt.

„Womit wir wieder beim Alten Testament sind." Phil seufzte. Er stand von seinem Schreibtischstuhl aus wei-

chem Nappaleder auf und verschränkte in einer ablehnenden Geste die Arme vor der Brust.
„Ich bin schwul, ich bleibe schwul und ganz sicher bleibe ich ohne psychiatrische Behandlung. Du wirst einfach damit leben müssen, Mutter."
„Muss ich das wirklich?", rief sie. Alles Schmeichelnde war schlagartig aus ihrer Stimme verschwunden. Ihr nunmehr schriller Tonfall war Phil allzu vertraut. Den bekam sie immer, wenn sie kurz vor dem Abticken stand. Früher hatte er in diesen Momenten stets rasch eingelenkt. Heute zuckte er nur mit den Achseln.
„Mach doch, was du willst", murmelte er. Der Blister mit dem Riopan in seiner Hosentasche wurde immer verlockender. Seine Mutter stand ganz still und starrte ihn wütend an.
„Dann", schrillte sie in den höchsten Tönen und einem dramatischen Aufschluchzen, „dann habe ich von heute an keinen Sohn mehr." Mit diesem dramatischen Ausbruch drehte sie ihm den Rücken zu und stapfte aus dem Zimmer. Phil konnte hören, wie sie Annemarie mit schroffen Worten zum Packen aufforderte und gleich darauf telefonisch ein Taxi orderte. Phil zog das Riopan aus der Hosentasche und drückte sich zwei der Kautabletten heraus. Nach einem kurzen Zögern schob er sich eine dritte in den Mund. Himmel, hatte er Magenschmerzen! Sobald seine Mutter mit Annemarie im Taxi saß und abreiste, würde er dem Herrn auf Knien dafür danken.

****

Lars betrat seine Küche.
„Willst du etwas trinken?", rief er in Richtung des Wohnzimmers, wo sich Christian auf dem Sofa lümmelte und die TV-Kanäle durchzappte.
„Hast du für mich ein Bier da?", fragte der zurück.

Lars grunzte eine Zustimmung und holte eine Flasche aus dem Kühlschrank. Er selbst hatte eher Lust auf etwas Warmes und so öffnete er den Hängeschrank, um seinen Instantkaffee hervorzuholen. Dabei stieß er beinahe eine neu angeschaffte Teedose um. Einen Moment lang hielt Lars inne und nach kurzem Zögern griff er nach der Dose. Als er sie öffnete, schlug ihm der Duft von Schwarztee und Toffee entgegen. Ein wehmütiges Lächeln huschte über Lars' Gesicht. Phils Lieblingstee. Er schlug den Deckel auf die Dose und stellte sie in den Schrank zurück. Nach kurzem Überlegen holte er sie erneut hervor und schaltete den Wasserkocher ein. Was sollte es? Der Tee konnte nichts dafür, dass Phil ihm den Laufpass gegeben hatte. Kurz darauf zog ein aromatischer Geruch durch die Küche.

„Lars?"

„Ich bin gleich da", rief er zurück, fischte das Tee-Ei – gleichfalls eine Neuanschaffung – aus seiner Tasse und öffnete schnell die Flasche Bier. Die Getränke trug er ins Wohnzimmer zurück.

„Danke." Christian nahm gleich einen ordentlichen Zug aus der Bierpulle und deutete auf die Tasse.

„Der riecht lecker. Was für ein Tee ist das?", fragte er.

„English Caramel", murmelte Lars und bot Christian die Tasse zum Probieren an. Vorsichtig nippte der an der heißen Flüssigkeit.

„Gut. Freilich ist das Bier besser."

„Mist, ich habe die Chips vergessen." Lars sprang noch einmal auf und kehrte in die Küche zurück, wo mehrere Tüten Chips auf dem Küchentisch lagen. Irgendwann in den letzten Tagen hatte er mit Frustfressen angefangen und sein frisches Obst durch Knabberkram ersetzt.

„Lars! Lars, komm schnell! Phil ist in der Glotze!", schrie Christian auf einmal.

„Phil?" Lars nahm die Beine in die Hand und eilte zurück zum Sofa. Er ließ sich neben Christian fallen und schaute

zum Fernseher hinüber. Tatsächlich war dort Phil zu sehen, der von einer Schar Reporter mit blitzenden Fotoapparaten in irgendeiner Buchhandlung Autogramme gab und Bücher signierte. Sein gekünsteltes Lächeln wirkte eingefroren.
„Phil", sagte Lars ungläubig und ließ die Chipstüte achtlos auf den Couchtisch fallen. Die Fernsehreportage schaltete auf ein Interview mit Phil um:
„Herr Bergmann, Ihr Verleger gab bekannt, dass es einen weiteren Oskar-Mewes-Krimi geben wird. Stimmen die Gerüchte, dass Sie dem beliebten Kommissar eine homosexuelle Orientierung verleihen werden?"
„Das sind nicht nur Gerüchte, sondern es entspricht den Tatsachen", antwortete Phil gefasst.
„Er sieht nicht gut aus", murmelte Christian an Lars' Seite.
Der nickte zustimmend. Phil wirkte müde und überarbeitet. Um seine Mundwinkel lag ein verbitterter Zug, den er vor der Trennung von Lars nicht gehabt hatte. Sein Haar trug er wieder modisch zerzaust, allerdings hatte er seinen Freizeitlook gegen einen anthrazitfarbenen Armani-Anzug mit einem leuchtend blauen Hemd getauscht. Keine Krawatte, wie Lars mit einem leisen Lächeln feststellte.
„Über das Erscheinungsdatum kann ich bislang nichts sagen. Aber es wird mein letzter Oskar-Krimi sein. Dafür wird sich der Leser auf eine besondere Story freuen dürfen", sagte Phil gerade.
„Warum hast du mir nie gesagt, dass Phil dieser Bergmann ist?", fragte Christian.
„Weil es Phils Sache ist, wem er sein Pseudonym verrät. Ich denke, er hätte es dir bestimmt irgendwann gesagt", murmelte Lars.
„Dürfen Ihre Fans erfahren, wie Sie auf die Idee kommen, Ihren Kommissar als Homosexuellen darzustellen?", fragte der Reporter weiter. Jetzt lächelte Phil und blickte dabei genau in die Kamera.

„Das ist eigentlich ganz einfach. Ich bin selbst schwul“, sagte er. Erstaunlicherweise ohne rot zu werden. Und mit demselben Trotz, wie bei seiner ersten Begegnung mit Lars.
„Hat er gerade …?“ Lars keuchte und glaubte, sich verhört zu haben. Auch Christian starrte mit großen Augen auf den Fernseher.
„Er hat. Ich kann es gar nicht glauben, Lars. Oh Mann, was für ein krasses Outing!“
„Dann dürfen wir Sie auf der Büchermesse zusammen mit Ihrem … äh … Freund sehen?“, fragte der Reporter sensationslüstern.
„Nein, ich fürchte … äh … nicht“, antwortete Phil ein wenig sarkastisch und sah den Reporter scharf an, als wollte er diesen herausfordern, irgendeine blöde Bemerkung über Homosexuelle zu machen. Hallo, Psycho-Phil, bitte keinen Ausbruch vor laufender Kamera! Lars sprang auf und schaltete den Fernseher aus, bevor er erleben musste, wie Psycho-Phil sein Gegenüber auseinandernahm.
„Lars? Was tust du denn?“, rief Christian verwundert.
Lars rang nach Worten. Schließlich brach es aus ihm heraus: „Erst traut er sich nicht einmal in den *Oktopus,* weil er dort auf Schwule treffen könnte und nun outet er sich ausgerechnet im Fernsehen?“
„Ja, das ist irre, oder? Ich habe schon von einigen Comingouts gehört. Dieses hier schlägt wirklich alle“, sagte Christian.
„Irre“, murmelte Lars. „Ja, irre trifft es wohl.“
Was ihn dagegen getroffen hatte, war die Frage des Reporters nach Phils Freund. Ach nee, Entschuldigung: nach Peter Bergmanns Freund. Hatte Phil etwa einen anderen? Er hätte sich den Rest der Reportage doch anhören sollen. Nur wenn er ehrlich war, wollte er eigentlich nicht wirklich erfahren, ob Phil einen Neuen hatte. Das würde er mit Sicherheit nicht ertragen. Im Stillen leistete er Christian Ab-

bitte. Er mochte Christian. Trotzdem liebte er Phil. Immer noch. Und von ganzem Herzen.
„Das geht vorbei“, sagte er zu sich.
„Was?“
Lars blickte auf und genau in Christians fragendes Gesicht.
„Ach nichts. Ich habe nur laut gedacht“, murmelte Lars.

Phils Outing hatte sich in seinem kleinen Freundeskreis rasch herumgesprochen. Christian war nach wie vor beeindruckt und selbst Dario fand den Fernsehauftritt ziemlich spektakulär. Muck dagegen dachte an Mutter Ahnert und fragte sich, wie Phil diese gefürchtete Auseinandersetzung ohne jeden Beistand hinter sich gebracht haben mochte. An Lars’ Gesicht konnte Muck erkennen, dass der Freund seine Besorgnis teilte. Lars merkte erst auf, als Paul an ihren Tisch trat.
„Eure Getränke. Mach bitte ein wenig Platz, Nadim. Danke sehr.“ Paul servierte ihnen die Bestellungen und stellte zwei Schälchen mit Erdnüssen dazu. In Gedanken versunken zog Lars sein Bier an sich und folgte mit seinem Finger der Schaumspur, die über das kühle Glas lief. Er schien der Diskussion um Phils Outing und die Tatsache, dass er ein berühmter Schriftsteller war, genauso wenig zuzuhören, wie Muck selbst. Sein langjähriger Freund saß zurückgelehnt in seinem Stuhl und blickte trübsinnig auf sein Bierglas. Zwischen all seinen Freunden wirkte Lars auf einmal ziemlich einsam.
Liebeskummer, dachte sich Muck mitleidig. *Derart traurig sieht man nur aus, wenn man Liebeskummer hat.*
Sein Blick wanderte zu Christian weiter, der die ganze Zeit nur Augen für Dario hatte. Muck seufzte. Warum lief nie etwas so, wie es eigentlich laufen sollte? Er drückte liebevoll Nadims Hand, der ihn daraufhin anlächelte. Nach einer

Weile schien Christian endlich Lars' deprimierte Stimmung zu bemerken.
„Hey, Lars. Ist dir nicht gut?", fragte er mit einem leichten Rippenstoß.
Lars schreckte aus seinen Gedanken auf und rang sich ein Lächeln ab. „Doch, klar, alles okay. Warum fragst du?"
„Du siehst dein Bier lediglich an, anstatt es zu trinken. Möchtest du lieber gehen?"
Das war eine Seite an Christian, die man wirklich zu schätzen wusste. Er war immer um das Wohlergehen seiner Freunde besorgt. Lars schien froh zu sein, gehen zu können, denn er nickte rasch und ließ zu, dass Christian zu Paul an die Theke lief und ihre Getränke bezahlte.
„Wirst du Phil anrufen?", fragte da Muck auf einmal. Schlagartig wurde es still an dem Tisch. Aller Augen richteten sich auf Lars, der etwas umständlich von seinem Stuhl aufstand.
„Ihr wisst doch, dass er meine Anrufe nicht annimmt", brummte Lars.
„Hast du vielleicht etwas dagegen, wenn ich morgen nach Feierabend mal bei ihm vorbeischaue?", wollte Muck wissen.
„Ich würde dich begleiten, wenn dir 19:00 Uhr recht ist. Ich muss ja morgen wieder arbeiten. Der Urlaub ist leider schon vorbei", erklärte Dario wehmütig.
„Ja", sagte Christian, der zu ihrem Tisch zurückkehrte und einen Arm um Lars' Schultern legte. „Meiner ist ebenfalls zu Ende. Und ich habe überhaupt keine Lust aufs Büro."
Muck warf einen fragenden Blick auf Nadim, der daraufhin mit den Schultern zuckte, und nickte Dario schließlich zu.
„Also 19:00 Uhr. Wir treffen uns vor Phils Wohnung. Magst du nicht mitkommen, Lars?"
Der lächelte dünn und wehrte ab.
„Ich habe nicht den Eindruck, dass er mich sehen will. Ihr könnt ihn ja von mir grüßen. Bis denn."

„Tschau“, verabschiedete sich Christian und verließ zusammen mit Lars den *Oktopus*.

Draußen im warmen Sonnenlicht hielt Christian Lars an dessen T-Shirt fest.
„Lars, ich muss dir etwas sagen.“
„Ja? Was gibt es denn?“ Lars blieb stehen und drehte sich zu Christian um.
„Was Muck da neulich gesagt hat … Also dass wir eigentlich nur eine Zweckgemeinschaft bilden …“
„Chris, nun sag, was du sagen willst.“ Lars schenkte ihm ein aufmunterndes Lächeln.
„Ich habe darüber nachgedacht, weißt du? Und ich glaube, Muck hat recht. Du träumst Phil hinterher und ich bin total in Dario verliebt. Wir beide machen uns etwas vor, oder nicht?“ Fragend schauten ihn Christians Augen an. Langsam nickte Lars.
„Ist trotzdem nett mit uns, oder?“, fragte er trotzig.
„Ja, ist es. Ich brauche für eine Beziehung nur ein bisschen mehr, als es nett miteinander zu haben“, versuchte ihm Christian seine Gefühle zu erklären.
„Machst du jetzt auch Schluss mit mir?“ Lars konnte es nicht glauben. Hatte er die Pest oder warum wollte keiner mit ihm zusammen sein?
„Ich kann nicht Schluss machen, wenn wir eigentlich gar nichts Richtiges zwischen uns laufen haben“, sagte Christian. „Wir haben Sex und der ist schön, und wir haben ein wenig mehr Zeit miteinander verbracht, als vorher. Sei ehrlich, Lars, würdest du die letzten Wochen als eine richtige Beziehung bezeichnen?“
Christian hatte recht, aber Lars kam sich dennoch verlassen vor. Das schien zur unschönen Gewohnheit zu werden. Er seufzte und schüttelte den Kopf.

„Wirst du dann endlich mit Dario reden?“, fragte er, doch Christian hörte überhaupt nicht. Er sah an Lars vorbei und ein Lächeln breitete sich in seinem Gesicht aus.
„Na, schau an. Was für ein Timing.“
Lars drehte sich um. Im nächsten Moment machte er große Augen. „Phil?“
Jeans, lässiges T-Shirt, Sonnenbrille, ein ernstes Gesicht. Phil lief auf ihn zu, als müsste er in den Krieg ziehen. Vor Lars blieb er stehen und nahm die Sonnenbrille ab.
Wieder Armani, stellte Lars mit einem kurzen Blick auf die dunklen Gläser fest. *Die trägt er wohl zu seinem schicken anthrazitfarbenen Anzug.*
„Hi Chris“, grüßte Phil ziemlich angespannt.
„Hallo Phil. Schön dich zu sehen.“
„Guten Tag, Philemon.“ Lars wusste selbst nicht, warum er Phil bei seinem verhassten Namen nannte oder warum seine Stimme unterkühlt klang. Eigentlich schlug ihm das Herz gleich viel schneller, weil Phil plötzlich vor ihm stand. Wieso benahm er sich also derartig blöd?
„Ich wollte dir gerne etwas sagen, Lars“, stotterte Phil.
„Ach ja? Nämlich?“
Selbst Christian war von Lars’ Schroffheit überrascht und sah ihn kopfschüttelnd von der Seite aus an.
„Ich wollte mich bei dir entschuldigen, Lars. Am Bahnhof, als meine Mutter eintraf, habe ich mich dir gegenüber völlig unmöglich benommen. Und als wir miteinander telefoniert hatten, war ich ein richtiger Arsch. Es tut mir ehrlich leid.“
„Ach?“ In einer überheblichen Geste zog Lars eine Augenbraue in die Höhe. Altbekannte Röte kroch in Phils Wangen empor.
„Entschuldigt, ich wollte euch nicht stören.“ Er fuhr herum und eilte ohne ein weiteres Wort die Straße hinunter.
„Lars, bist du eigentlich total bekloppt?“, zischte Christian und gab Lars einen unsanften Stoß in den Rücken. „Geh ihm nach. Sofort!“

Wie ein Automat setzte sich Lars in Bewegung.
„Lars!“, kommandierte Christian im energischen Ton. Folgsam begann Lars zu laufen.

****

Er hatte es getan. Er hatte sich bei Lars entschuldigt. Dass der auf seinen Anblick hin keine Luftsprünge getan hatte, war für Phil allzu verständlich. Immerhin hatte er ihm hässliche Dinge an den Kopf geworfen. Außerdem war Lars mittlerweile mit Christian zusammen. Mit Christian!
Weil ich Schluss gemacht habe. Rasch setzte sich Phil die Sonnenbrille auf. Es musste schließlich niemand sehen, dass er gerade ziemlich mit den Tränen zu kämpfen hatte.
„Phil!“ Das war Lars’ Stimme. Phil warf einen kurzen Blick über die Schulter. Lars folgte ihm. Oh nein! Ausgerechnet wenn er kurz vor dem Heulen stand. Sich derartig vor Lars zu blamieren, das war das Allerletzte, was er brauchte. Er beschleunigte seinen Schritt.
„Phil, warte!“
Doch Phil lief zwischen zwei geparkten Wagen hindurch und quer über die Straße.
„Phil!“, brüllte Lars jetzt.
Phil unterdrückte einen Fluch und den Wunsch sich nochmals zu ihm umzudrehen. Wieso war Lars so hartnäckig hinter ihm her? Vor seinen Augen verschwamm alles und er blinzelte heftig, um die aufsteigenden Tränen zu unterdrücken.

Als Phil über die Straße hastete, begann Lars zu rennen. Sah der Idiot denn das Auto nicht?
„Phil!“, brüllte er. „Phil, bleib stehen!“
Hinter Lars stimmte Christian erschrocken in den Schrei mit ein. Dann krachte es. Phil prallte erst auf die Motor-

haube und knallte dem Fahrer gleich darauf mitten in die Windschutzscheibe, die auf einmal ein spinnennetzartiges Muster an Sprüngen zeigte. Bremsen kreischten, eine Sonnenbrille klirrte auf den Asphalt und Phil wurde in einem bizarren Wirbel aus Armen und Beinen zurück auf die Straße geschleudert, wo er sich mehrfach überschlug. Rücklings blieb er liegen. Reglos.

„Phil! Phil … PHIL!“, hörte sich Lars selbst schreien. Er warf sich neben Phil auf den Boden. Einen Moment lang zögerte er ihn anzufassen. Da war überall Blut und er konnte Phil leise röcheln hören. Nur nebenbei bemerkte Lars, wie bestürzte Passanten sie umringten und die Fahrerin des Wagens vor Schreck weinend ausstieg. Behutsam hob er Phils Kopf in seinen Schoß. Beinahe hätte er ihn fallengelassen, als ihm ein Teil von Phils Gesicht entgegenzurutschen schien. Die umstehenden Leute schrien entsetzt auf und Christian, der neben Lars hockte, begann bei dem hässlichen Anblick zu würgen.

„Oh Scheiße!“, murmelte Lars schockiert und klappte den blutigen Fleischfetzen, der einmal Phils Wange gewesen war, wieder an seinen Platz zurück. Ein verwirrter Blick aus grünblauen Augen traf ihn.

„Phil, halte durch.“ Lars schaute sich panisch um.

„Ruft einen Krankenwagen“, schrie er die Umstehenden an. „Nun macht schon.“

Christian riss sein Handy aus der Hosentasche und wählte den Notruf.

„Ich konnte nicht mehr bremsen“, schluchzte die Fahrerin. Lars drehte sich zu ihr um. Carola? Was machte denn Carola hier? Auch Paul tauchte aus der Kneipe auf, Muck, Dario und Nadim mit blassen Gesichtern hinter sich. Wenig später trat er mit dem Verbandskasten aus Carolas Wagen an Lars’ Seite und zerrte ein Vliesstoff-Tuch heraus. Lars nahm es ihm ab und presste es auf Phils blutendes Gesicht.

Der sah ihn zwar an, schien aber gar nicht mitzubekommen, was gerade geschah.
„Phil, hörst du mich? Es kommt Hilfe. Gleich ist jemand für dich da. Phil? Phil, sprich mit mir."
Eine blutige Blase zerplatzte auf Phils Lippen.
„Paul, er ist mir genau ins Auto gelaufen." Carola weinte, konnte sich überhaupt nicht beruhigen und warf sich ihrem Bruder an den Hals. Lars bekam Angst, denn Phil schaute ihn seltsam an. Irgendwie glasig.
„Phil, kannst du mich verstehen?"
Die grünblauen Augen wurden trübe.
„Neinneinneinnein! Phil, bleib bei mir! Phil!"

Nach Lars' Empfinden warteten sie mindestens fünf Stunden auf den Rettungswagen. Jemand zog ihn von Phil fort und drückte ihm dessen Geldbörse in die Hand, die ebenfalls auf der Straße gelegen hatte. Geistesabwesend steckte Lars sie ein. Still beobachtete er, wie die Sanitäter Phil erst einen Venenzugang legten und ihm irgendetwas spritzten. Endlich bugsierten sie ihn auf eine Schaufeltrage und schafften ihn auf diese Weise in den Rettungswagen. Lars stolperte wie betäubt hinter ihnen her. Auf keinen Fall würde er Phil alleine lassen. Einer der Sanitäter sprach ihn an. Er konnte sehen, dass der Mann seine Lippen bewegten, allerdings verstand er nicht ein Wort. Es kam ihm vor, als wäre er taub geworden. Schließlich begann Christian auf den Mann einzureden und deutete mehrmals auf Phil. Mit einem ungeduldigen Winken bedeutete man Lars in den Rettungswagen einzusteigen. Eilig kam er der Aufforderung nach und wurde sofort in eine Ecke auf einen klappbaren Sitz geschoben, wo er den Sanitätern aus dem Weg war. Mit Blaulicht setzte sich der Rettungswagen in Bewegung. Phils Vitalfunktionen wurden überprüft, eine offene Fraktur an seinem Bein versorgt und sein blutiges Gesicht steril

abgedeckt. Lars' Magen krampfte sich zusammen. Phil sah schrecklich aus, wie er da bewegungslos auf der Trage lag.
„Geht es Ihnen gut?"
Lars blickte auf. Einer der Sanitäter schaute ihn freundlich an und wartete geduldig, bis Lars seine Gedanken sortiert hatte.
„Sind Sie ein Freund?", fragte er mitfühlend.
Langsam nickte Lars. „Wird er …" Er musste sich räuspern.
„Bestimmt wird er wieder in Ordnung kommen", sagte der Sanitäter in dem Versuch ihn zu beruhigen.
„Durch das viele Blut sieht es immer gleich viel schlimmer aus. Es dauert nicht mehr lange und wir sind am Krankenhaus. Die Notaufnahme ist bereits informiert und ein Arzt wird sich unverzüglich um ihn kümmern."
Lars nickte erneut und ein bisschen erleichterter. Dafür stiegen Schuldgefühle in ihm hoch. Wenn er einfach auf Phils Entschuldigung eingegangen wäre und ihn in den Arm genommen hätte, dann wäre Phil nicht davongelaufen. Aber nein, Lars musste ihn noch arrogant von oben herab behandeln. Dabei sollte er eigentlich inzwischen wissen, wie empfindlich Phil reagieren konnte.

Der Krankenwagen hielt vor der Notaufnahme. Die Tür wurde aufgerissen und im nächsten Moment war Phil auf den Weg in den OP. Wie ferngesteuert folgte ihm Lars und erst eine Krankenschwester hielt ihn vor dem OP-Saal auf.
„Wenn Sie mögen, können Sie hier vorne warten", sagte sie zu ihm.
Also nahm Lars auf einem der harten Stühle Platz, die in einer strengen Reihe an der Wand standen. Kurz darauf kam eine weitere Krankenschwester, die eine Schale mit Phils privatem Eigentum trug.
„Sind Sie ein Freund von dem Patienten?", fragte sie Lars.

„Ja, das bin ich. Wie geht es Phil?“
„Das kann ich im Augenblick leider nicht sagen. Er wird eben gerade untersucht und muss gleich geröntgt werden. Können Sie mir vielleicht bei seinen persönlichen Angaben helfen?“
Die nächsten zehn Minuten füllte Lars mit der Krankenschwester einen Personalbogen aus. Beim Geburtsdatum musste er passen, bis ihm Phils Geldbörse einfiel. Er holte sie hervor und fand darin wie erwartet Phils Personalausweis. Die Telefonnummer von Mutter Ahnert suchte er anschließend aus dem Handy hervor, damit Mutti von dem Unfall informiert werden konnte. Danach ließ die Krankenschwester Lars mit seiner Angst und seinen Gedanken allein. Wie würde Phils Mutter reagieren? Hockte sie weiterhin mit dieser Annemarie in Phils Wohnung oder waren sie bereits abgereist? Würde sie hierher kommen? Sicherlich. Welche Mutter ließ ihren verunglückten Sohn in einer solchen Situation allein im Krankenhaus? Vermutlich würde Phil sie gar nicht sehen wollen. Nicht ohne Grund hatte Mutter Ahnert ausgerechnet *Thriller* als Klingelton. Neugierig ging Lars die Kontakte in Phils Handy durch. Welchen Ton hatte Phil ihm verpasst? War es tatsächlich *Bad* von Michael Jackson, wie er es sich ausgemalt hatte? Lars fand seinen Eintrag und drückte auf die entsprechende Taste.
„Words don’t come easy to me. How can I find a way to make you see I love you? Words don’t come easy.”
Lars musste schlucken. Wieso tat Phil eigentlich nie das, was man von ihm erwartete?
„Well, I’m just a music man. Melodies are so far my best friend. But my words are coming out wrong …”
Lars klappte das Handy zu und drückte es an sich. Ihm war auf einmal zum Heulen zumute. Außerdem machte es ihn ganz verrückt hier herumzusitzen und nichts tun zu können. Wenn er Phil wenigstens sehen könnte. Oder wenn ihm ein Arzt versichern würde, dass Phil in Ordnung käme.

Als er Schritte hörte, sah Lars auf. Seine Freunde waren dem Rettungswagen mit dem Auto gefolgt und kamen nun gelaufen. Dario ließ sich neben Lars auf einen Stuhl fallen und schlang überraschenderweise einmal vollkommen sprachlos die Arme um ihn. Jetzt war es mit Lars' Beherrschung vorbei. Verzweifelt begann er zu schluchzen. Er war so dicht hinter Phil gewesen und hatte ihn doch nicht aufhalten können. Christian ging vor ihm in die Hocke und Muck streichelte ihm von der anderen Seite den Rücken. Nadim war am Schwesternzimmer stehen geblieben und erkundigte sich dort nach Phils Zustand. Mit niedergeschlagener Miene gesellte er sich kurz darauf zu den Freunden.

„Sie wissen nichts Genaues. Im Moment versuchen sie seine Mutter ans Telefon zu bekommen." Er ließ sich neben Muck auf einen Sitz plumpsen und kramte in seiner Hosentasche nach einem Paket Taschentücher, das er an Lars weiterreichte.

„Maldito! Er wird wieder gesund. Er *muss* wieder gesund werden", erklärte Dario. Der sonst so fröhliche Spanier sah jedoch auch ziemlich besorgt aus.

Lars beruhigte sich langsam und wischte sich mit einem Papiertaschentuch über die Augen.

„Himmel! Ich habe die ganze Zeit dieses Geräusch im Ohr, wie er auf die Motorhaube geschlagen ist", murmelte Christian bedrückt. Lars nickte.

„Warum ist er bloß weggelaufen?", seufzte er.

„Nun, wenn er dich zusammen mit Christian getroffen hat, liegt die Sache klar auf der Hand", sagte Muck. „Er war eifersüchtig."

„Dabei sind wir nicht einmal zusammen", sagte Christian leise und lehnte die Stirn gegen Lars' Knie.

„Seid ihr nicht?", fragte Dario verwundert. „Ich dachte, ihr seid schon eine ganze Weile ein Paar."

„Ich liebe Phil", murmelte Lars.

„Und ich liebe dich", sagte Christian und sah nun Dario an. Dem blieb der Mund offen stehen. „Mich?"
Alle nickten.
„Und ihr wusstet das? Ihr alle? Dios mío, wieso erfahre ich davon als Letzter?" Dario sah empört in die Runde.
„Ich habe mich nicht getraut, dir das zu sagen", brummelte Christian.
„Warum denn nicht? Ich beiße doch nicht."
„Ich wollte mir halt keinen Korb holen."
„Vielleicht hättest du das gar nicht."
Jetzt schauten alle überrascht Dario an. Der lehnte sich auf seinem Stuhl zurück und genoss die verblüfften Blicke.
„Was willst du denn damit sagen?", fragte Christian heiser.
„Dios! Manchmal bist du wirklich schwer von Begriff." Dario beugte sich vor, packte Christian am Kragen und küsste ihn.
„Maldito, Chris! Ich bin total vernarrt in dich. Aber ich dachte bislang, du würdest mich lediglich als Freund mögen", erklärte er gleich darauf etwas atemlos.
„Na, wenigstens etwas, was sich zum Guten wendet", murmelte Nadim.
Sie wurden auf eine Krankenschwester aufmerksam, die auf sie zukam.
„Herr Erlen?"
Lars fuhr auf und schubste dabei beinahe Christian um, der sich auf einen freien Stuhl neben Dario rettete.
„Das bin ich. Gibt es etwas Neues von Phil?"
„Tut mir leid, bislang nicht. Aber ich habe gerade mit Frau Ahnert gesprochen." Die Krankenschwester wirkte irgendwie peinlich berührt.
„Wird sie hierher kommen?", wollte Lars wissen.
„Nein. Sie sagte mir, sie wolle keinen Kontakt mehr mit ihrem Sohn haben."
Die Freunde fuhren entrüstet auf.
„Die ist ja völlig bekloppt", rief Nadim.

„Da gibt es noch etwas“, fuhr die Krankenschwester fort und sah Lars prüfend an. „Sie möchte nicht, dass Sie ihrem Sohn zu nahe kommen. Ich soll dafür sorgen, dass Sie das Krankenhaus verlassen.“

„Was?“, rief Dario erbost.

Lars sank stumm auf seinen Stuhl zurück. Er konnte kaum glauben, was er da hörte.

„Hat Frau Ahnert überhaupt das Recht dazu?“, fragte Muck.

„Zumindest dürfen wir Herrn Erlen nicht zu ihrem Sohn lassen und ihm keine Auskünfte über seinen Zustand oder die Art seiner Verletzungen geben“, erklärte die Schwester.

„Das kann sie nicht machen“, entfuhr es Lars kläglich. Bittend sah er die Krankenschwester an, während sich seine Freunde in einer Flut von Beschimpfungen ihrer Empörung Luft machten.

„Ich fürchte, sie kann. Frau Ahnert erschien mir ein wenig … nun ja, erregt zu sein“, sagte die Krankenschwester.

„Sie ist wütend, weil sich Phil vor Kurzem als schwul geoutet hat. Ich bin sein Freund und offensichtlich damit Zielobjekt ihres Hasses“, erklärte Lars.

„Es tut mir wirklich leid, Herr Erlen. Ich kann Ihnen nur sagen, dass Herr Ahnert soeben operiert wird. Für weitere Auskünfte muss seine Mutter den Arzt von der Schweigepflicht entbinden.“

Schlagartig kehrte Stille ein.

„Wenn Frau Ahnert Ihr Einverständnis gibt, dann sagen Sie mir, wie es Phil geht? Und ich darf ihn besuchen?“

Die Krankenschwester nickte bestätigend.

„Was hast du vor, Lars?“, fragte Christian.

Lars zückte Phils Handy.

„Ich rufe sie an.“ Fest entschlossen klappte er das Handy auf.

„Hier dürfen Sie nicht telefonieren“, sagte die Schwester im mahnenden Ton. „Kommen Sie mit ins Stationszimmer.

Sie können von dort aus Ihr Glück bei Frau Ahnert versuchen."

****

Viermal wählte Lars Mutter Ahnerts Telefonnummer, ehe sie abhob.
„Frau Ahnert. Guten Tag. Ich bin Lars Erlen und …"
Die Krankenschwester sah Lars fragend an, als der einen ungezogenen Fluch knurrte.
„Sie hat aufgelegt." Hartnäckig wählte er erneut.
„Frau Ahnert, ich rufe solange an, bis Sie mir …" Lars wählte nochmals.
„… zuhören. Hören Sie mir zu, verdammt!" – „Ihre Bibelzitate sind mir wurscht, Frau Ahnert. Es geht hier um Phil. Ich werde Sie solange anrufen, bis Sie der Krankenschwester hier neben mir sagen, dass man mich zu Phil lassen soll." – „Frau Ahnert, ich komme gerne persönlich bei Ihnen vorbei und erzähle Ihrem Bibelkreis, wie Sie sich aufführen." – „Was heißt hier Sodomit? Ihr Sohn ist doch kein Schaf." – „Was? Was soll das bedeuten, wir sollen beide des Todes sterben? Weil wir Sex miteinander hatten?" – „Frau Ahnert, ich habe keine Ahnung vom dritten Buch Moses. Ich bin der Antichrist, schon vergessen?" Lars verdrehte die Augen, atmete einmal tief durch, zählte langsam bis zehn und wählte.
„Frau Ahnert, soviel ich weiß, ist Jesus für unsere Sünden am Kreuz gestorben. Heißt das nicht, dass er den Sündern vergeben hat? Können Sie nicht auch ein kleines bisschen Großmut zeigen? Ich flehe Sie an, lassen Sie mich zu Phil. Bitte." Lars schwieg eine Weile und bettelte schließlich ein weiteres Mal: „Bitte, Frau Ahnert."
Danach gab er den Hörer an die aufmerksame Krankenschwester weiter.
„Sie will Sie sprechen", sagte er.

„Schwester Rosie am Apparat.“ Die Krankenschwester hörte eine Weile zu, nickte dabei ab und an und sagte nach einem Moment: „Ich werde eine entsprechende Notiz in der Patientenakte hinterlegen, Frau Ahnert. Nein, er wird Sie nicht mehr anrufen. Das verspreche ich Ihnen. Auf Wiederhören.“ Sie legte auf und schaute den zappelnden Lars an.
„So, Herr Erlen.“
„Bitte, bitte, bitte“, bettelte Lars.
„Sie haben die Vollmacht.“ Die Schwester lächelte, als Lars erleichtert aufstöhnte. „Aber Sie müssen versprechen, Frau Ahnert niemals wieder anzurufen.“
„Diesen Drachen? Ich schwöre! Sofort! Und sogar auf die Bibel! Was ist denn nun mit Phil?“
„Ich habe bislang keine Meldung aus dem OP, Herr Erlen. Setzen Sie sich dort hinten in den Aufenthaltsraum. Sobald der Arzt mit der OP fertig ist, schicke ich ihn zu Ihnen, okay? Das kann allerdings eine Weile dauern.“
„Okay“, sagte Lars. „Vielen Dank übrigens.“
Die Schwester lächelte ihm aufmunternd zu.

Nach vier langen Stunden des Wartens erschien ein Arzt in dem Aufenthaltsraum. Sofort sprangen die Freunde auf und umringten ihn.
„Ist alles gut gelaufen?“
„Wie geht es ihm?“
„Wann können wir zu ihm?“
„Wieso dauerte das so lange?“
Der Arzt hob Ruhe heischend die Hände.
„Du liebe Güte. Nicht alle durcheinander.“ Er deutete einladend auf die Sitzecke. Aufgeregt setzten sich die Freunde und schauten den Arzt fragend an.
„Mein Name ist Hartmann. Ich habe Herrn Ahnert soeben operiert“, stellte er sich zunächst vor.

„Wie geht es Phil?“, fragte Lars.
„Nun, die OP hat er ganz gut überstanden. Freilich wird er eine Weile brauchen, bis er sich von dem Unfall erholt hat.“
„Und wie schlimm ist es?“, wollte Dario wissen.
„Sein Gesicht?“, fügte Lars bang hinzu und Christian zog bei der Erinnerung daran eine Grimasse.
„Mit seinem Gesicht habe ich mir besondere Mühe gegeben. Er wird eine Narbe behalten, obgleich ich zuversichtlich bin, dass sie nach etwa einem Jahr kaum mehr auffallen wird. Herr Ahnert hat weiterhin eine Rippenserienfraktur und eine sogenannte stabile Beckenfraktur erlitten. Betroffen ist dabei nur der vordere Beckenring, der hintere ist stabil. Das ist in der Regel eine Sache von zwei bis drei Wochen, wenn er Bettruhe einhält. Dazu kommt aber die offene Unterschenkelfraktur, die durch die Stoßstange des Wagens entstanden ist. Der Unterschenkel ist jetzt gerichtet und die Wunde vernäht. Diese Verletzung wird schätzungsweise zwei Monate zum Verheilen benötigen. Die restlichen Blessuren sind nicht ganz so schlimm: Hautabschürfungen, Schnittwunden und einige Platzwunden am Kopf. Ich muss allerdings von einem Schädel-Hirn-Trauma ersten Grades, also von einer Gehirnerschütterung ausgehen. Eine Computertomographie blieb jedoch ohne Befund.“
„Das klingt eigentlich ganz gut, oder?“, fragte Muck ein wenig zögernd. „Ich meine für einen Autounfall dieses Ausmaßes.“
„Durch die Schnittwunden und Abschürfungen an den Armen und dem vielen Blut im Gesicht sah Herr Ahnert durchaus ziemlich schlimm aus“, sagte Dr. Hartmann. „Aber er scheint einen Schutzengel gehabt zu haben.“
„Wann können wir zu ihm?“, fragte Lars.
„Ich schlage vor, Sie gehen jetzt alle nach Hause und ruhen sich aus. Ihr Freund muss erst aus der Narkose aufwachen

und sich ein wenig erholen. Besuchen Sie ihn morgen. Ach, Herr Erlen. Sie könnten Herrn Ahnert ein paar persönliche Sachen mitbringen, wenn Sie mögen. Schwester Rosie gibt Ihnen seinen Wohnungsschlüssel heraus, wenn Sie den Erhalt quittieren. Seine Mutter hat offenbar bestätigt, dass Sie der Freund von Herrn Ahnert sind."
„Ja, das mache ich. Danke, Dr. Hartmann." Lars seufzte erleichtert auf und der Arzt ließ sie allein.
„Maldito, das ist wie Vater werden." Dario ließ Christians Hand los, die er vor Aufregung so fest gedrückt hatte, dass Christian gequält seine gequetschten Finger betrachtete. Muck erhob sich.
„Ich rufe kurz bei Paul an, damit der seine Schwester beruhigen kann. Die arme Carola. Dass Phil ausgerechnet ihr ins Auto laufen musste. Lars, sobald du morgen mit Phil gesprochen hast, schickst du mir eine SMS, klar?"
„Uns natürlich auch. Und wir schauen dann nach Feierabend vorbei", sagte Christian und Dario nickte zustimmend.
„Geht klar. Hoffentlich ist er bald wieder auf den Beinen", seufzte Lars, der sich inzwischen etwas besser fühlte.

****

Lars betrat Phils Wohnung, als wäre sie ein Heiligtum. Vorsichtig zog er die Tür hinter sich zu und schaute sich um. Er fand drei Zimmer in schokoladenbraunen und bordeauxfarbenen Tönen vor. Die Designermöbel waren geradlinig und von schlichter Eleganz. Nach Lars' Meinung hätten es ruhig ein paar mehr sein können, denn die Zimmer wirkten ein wenig spartanisch eingerichtet. Die Küche war ein Traum in Bordeaux und Edelstahl und derartig auf Hochglanz poliert, dass sich Lars in den Schränken problemlos spiegeln konnte. Das Badezimmer haute ihn ganz aus den Socken. Auf einem nussfarbenen Parkettboden, der

sich durch die ganze Wohnung zog, stand mitten im Raum eine weiße, rechteckige Badewanne. Zusätzlich nahm eine riesige Dusche eine großzügige Ecke des Badezimmers ein. Selbst das Bad war ein einziges Designerprodukt.
„Und ich habe Phil mein Wohnklo zugemutet“, stöhnte Lars. „Zusammen mit der Abstellkammer, die mein Schlafzimmer darstellt. Wie peinlich.“
Die Tür zum vierten Zimmer war zu. Lars drückte probehalber auf die Klinke. Abgeschlossen war nicht, also stieß Lars die Tür auf. Überrascht schaute er sich um. Dieses Zimmer von nahezu dreißig Quadratmetern passte gar nicht zu den übrigen stilvollen Räumen. Vor hohen Fenstern hingen grüne Vorhänge, die die Sonne hindurch ließen und den Raum in ein frühlingshaft anmutendes Licht tauchten. Ein großer, schwerer Schreibtisch lenkte den Blick auf sich und auf ihm stand Phils Computer. Auf dem Nussholzparkett lag ein bunter Flickenteppich. Ein lindgrüner Ohrensessel mit einem dazu passenden Hocker befand sich vor einer Wand voller Bücherregale. Lars entdeckte dort Shakespeare, Arthur Conan Doyle und Ernest Hemingway. Natürlich fehlten Mark Twain, Edgar Allan Poe und Agatha Christie ebenfalls nicht. Nun näherte er sich dem aufgeräumten Schreibtisch. Ein Stapel Notizen lag unter einer Schneekugel. Er nahm sie hoch und ließ Flocken über Bambi und Klopfer niederrieseln, die dort im ewigen Schnee festsaßen. Schließlich widmete er seine Aufmerksamkeit einem kleinen Aquarium, das neben dem Computer stand. Lars warf einen Blick hinein und zog verblüfft eine Augenbraue in die Höhe. Der erwartete Goldfisch blieb aus. Stattdessen tummelten sich mehrere feuerrote Garnelen in dem Becken.
„Philemon Ahnert, du bist immer für eine Überraschung gut.“ Lars ließ sich in den bequemen Schreibtischstuhl sinken. Dieses Zimmer gefiel ihm ausgesprochen gut. Hier also brütete Phil seine Krimis aus. Hier war das Reich der

Kreativität. Dieser Raum passte viel besser zu Phil, als die übrigen modern eingerichteten Zimmer.
Ein Klingeln an der Tür schreckte ihn auf. Lars sprang aus dem Stuhl, als hätte er dort verbotenerweise gesessen. Er öffnete die Wohnungstür und fand sich einer hübschen Brünetten gegenüber.
„Hallo“, sagte die Frau unsicher. „Ich dachte, Herr Ahnert wäre zu Hause.“
„Herr Ahnert hatte einen Unfall. Er ist im Krankenhaus“, erwiderte Lars. Die Frau wurde bleich.
„Was? Das ist ja schrecklich.“ Sie atmete tief ein und streckte Lars höflich die Hand entgegen. „Ich bin Mel. Melanie Burkhardt. Ich wohne nebenan. Phil passt ab und an auf meine beiden Rangen auf.“
„Lars Erlen. Ich bin ein Freund von Phil“, stellte sich Lars vor.
„Magst du nicht mit rüber kommen und mir bei einem Kaffee erzählen, was passiert ist?“
Lars zögerte erst, dann gab er sich einen Ruck.
„Ja gern. Ich möchte nur erst ein paar Sachen für Phil zusammensuchen.“
„Okay. Einfach klingeln. Ich setze schon mal den Kaffee auf.“

Wenig später saß Lars bei Kaffee und Keksen Melanie und ihren beiden Kindern gegenüber. Die vierjährige Miriam nagte wie ein Mäuschen an einem Keks, während der sechsjährige Benjamin Lars neugierig nach Phil fragte.
„Phil ist von einem Auto angefahren worden“, sagte Lars. „Jetzt ist er im Krankenhaus. Er musste operiert werden.“
„Muss er lange im Krankenhaus bleiben?“, wollte Benjamin wissen.
„Eine kleine Weile bestimmt“, antwortete Lars.

„Darf ich in der Zwischenzeit die Garnelen füttern?", fragte Benjamin aufgeregt seine Mutter.
„Sicher darfst du." Melanie zerwuschelte ihm die Haare.
„Ich habe einen Schlüssel zu Phils Wohnung und kümmere mich im Gegenzug zum Babysitting um die Garnelen und die Post, wenn Phil beruflich unterwegs ist. Ab und an gibt er Signierstunden, Lesungen oder fährt zu seinem Verleger nach Berlin. Solche Dinge eben", erklärte sie und sah Lars besorgt an. „Ist er schwer verletzt?"
Lars erzählte ihr, was der Arzt berichtet hatte und dass die schlimmste Verletzung wohl die Unterschenkelfraktur war.
„Er hätte tot sein können." Melanie war ziemlich betroffen.
„Hat Onkel Phil nicht aufgepasst, als er über die Straße gegangen ist?", fragte die kleine Miriam.
„Ich fürchte nicht", sagte Lars. Und fühlte sich schuldig, da er die Ursache für Phils Unaufmerksamkeit gewesen war.
„Ich habe dich noch nie zusammen mit Phil gesehen", sagte Melanie ausgerechnet in diesen Moment.
„Wir haben uns erst vor Kurzem kennengelernt", murmelte er. Wie viel hatte Phil seiner Nachbarin erzählt?
„Also bist du der Grund, weshalb er sich mit seiner furchtbaren Mutter in der Wolle hatte? Sein schwuler Freund?"
Leise korrigierte Lars: „Sein schwuler Ex-Freund."
„Mama, was ist schwul?"
„Wenn Onkel Phil einen Mann heiratet", erklärte Benjamin seiner Schwester neunmalklug.
Lars sah die Kinder ein wenig entgeistert an, während sich Melanie ein Lachen verkniff.
„Aber Mama, ich wollte Onkel Phil heiraten, wenn ich groß bin", jammerte die Kleine und warf ihren Keks ärgerlich auf den Tisch.
„Sieht so aus, als gäbe es einen Konkurrenzkampf um Phil." Melanie grinste in Lars' Richtung.
„Ja, ich fürchte auch." Lars erwiderte das Lächeln mit einem schrägen Blick auf die schmollende Miriam.

****

An der Information fragte Lars nach der Station, auf die man Phil nach seinem Aufenthalt in der Notaufnahme verlegt hatte. Die dicke Frau hinter dem Tresen ging aufmerksam die Daten auf ihrem Monitor durch und sagte zu seiner Überraschung:

„Intensiv Eins. Hier den Gang runter, mit dem Fahrstuhl in den ersten Stock und gleich rechts. Die Zimmernummer erfahren Sie im Stationsbüro."

„Intensiv?" Lars erschrak. „Wieso denn Intensiv?"

„Na, das dürfen Sie mich nicht fragen", sagte die Dicke patzig.

„Wieso denn nicht? Auf Ihrem Schild steht schließlich Information", gab Lars im gleichen Ton zurück. Doch dann schnappte er sich die für Phil gepackte Tasche und eilte den gezeigten Gang entlang. Auf den Fahrstuhl zu warten, dauerte ihm zu lange. Also rannte er durch das Treppenhaus und prallte einen Augenblick später gegen eine verschlossene Tür.

„Autsch!" Irritiert blickte er auf das große Schild über der Tür: *Intensiv 1*. Erneut versuchte er die Tür zu öffnen.

„Wieso schließen die hier ab?", schimpfte er und entdeckte gleich darauf eine Klingel, die er ausgiebig nutzte. Eine Krankenschwester erschien und öffnete ihm.

„Phil Ahnert?", fragte er sofort.

„Ja, der ist hier. Halt! Moment mal! Sie können nicht einfach zu ihm durchrennen." Die Schwester hielt Lars fest, als er unter ihrem Arm durch die Tür schlüpfen wollte. „Wer sind Sie denn überhaupt?"

„Lars Erlen, der Freund von Phil", antwortete Lars ungeduldig. „Was ist denn mit ihm? Wieso ist er auf der Intensiv?"

„Sind Sie der von der Mutter Bevollmächtigte?"

Lars nickte nur.
„Anna, kannst du mal die Sieben übernehmen?" Die Schwester drückte einer Kollegin eine Nierenschale in die Hand und zog Lars mit sich in das Schwesternzimmer. Elke stand auf ihrem Namensschild am Kittel. Sie drückte Lars auf einen Stuhl.
„Wir haben Herrn Ahnert in der Nacht auf unsere Station bekommen. Er ist nach seiner OP nicht aus der Narkose aufgewacht", erklärte Schwester Elke.
„Aber Dr. Hartmann sagte gestern, es sei alles gut verlaufen."
„Danach sah es zunächst aus. Zumal die Computertomographie ohne Befund war. Heute Nacht hat Dr. Hartmann ein weiteres CT angeordnet und es wurde ein Hirnödem aufgrund des Schädel-Hirn-Traumas festgestellt, das wir im Moment intravenös mit Glycerin behandeln."
Lars schwirrte der Kopf.
„Was genau bedeutet das?", fragte er nach.
„Herr Ahnert hat ein schweres Schädel-Hirn-Trauma erlitten, das heißt, er erreicht augenblicklich nur drei Punkte auf der sogenannten GCS, der Glasgow-Coma-Scale …"
„Koma?" Erst jetzt begriff Lars wirklich. „Sie wollen mir sagen, dass Phil im Koma liegt?"
Schwester Elke nickte.
„Es tut mir leid. Wir haben bereits seine Nervenbahnen auf ihre Durchlässigkeit hin überprüft und konnten glücklicherweise keine Störungen feststellen. Außerdem wurde zusätzlich ein EEG durchgeführt. Wenn das Glycerin anschlägt, sollte es ihm bald besser gehen."
„Und wenn nicht?", fragte Lars schwach.
„Im schlimmsten Fall wird eine Kraniektomie durchgeführt."
„Das bedeutet in einfachen Worten was?"

„Die Entfernung eines Teils des Schädeldaches, um dem Hirndruck entgegenzuwirken, der durch das Ödem entsteht. Die Knochenplatte wird später wieder eingesetzt."
„Scheiße", flüsterte Lars.
Schwester Elke ließ ihm Zeit, um das Gehörte zu verdauen und sich ein wenig zu fassen.
„Ich habe heute Morgen bei seiner Mutter angerufen und sie über die Diagnose in Kenntnis gesetzt. Sie will mit ihrem Sohn nichts mehr zu tun haben und möchte keine weiteren Anrufe mehr erhalten. Wissen Sie, an wen sich das Krankenhaus zwecks Informationen noch wenden kann? An seinen Vater vielleicht?"
„Sein Vater ist bereits verstorben. Ich glaube, weitere Verwandte hat Phil nicht."
„Dürfen wir uns in diesem Fall an Sie wenden, Herr Erlen?"
„Ja, natürlich." Konfus fuhr sich Lars mit beiden Händen durch den Schopf.
„Kann ich zu ihm?"
Die Schwester lächelte ihn aufmunternd an.
„Selbstverständlich. Lassen Sie sich nicht von den vielen Maschinen abschrecken. Reden Sie mit ihm, berühren Sie ihn. Viele Komapatienten bekommen solche Reize trotz ihres Zustandes mit. Dann folgen Sie mir mal."

Trotz der Warnung von Schwester Elke musste Lars doch schlucken, als er Phil endlich sah. Ein Verband bedeckte das halbe Gesicht. Die andere Hälfte war verquollen und zerschrammt und schillerte in allen Farben. Dieses Farbspektrum wurde von der braunen Jodflüssigkeit unterstützt, die während der OP reichlich benutzt wurde. Seine Arme, die auf der Bettdecke lagen, waren von zahlreichen Schürfwunden und Schnitten entstellt. Ein vor sich hin tropfender Infusionsschlauch führte zu einer Armvene und versorgte

Phil mit dem Glycerin. Elektroden auf seiner Brust verbanden ihn mit einem EKG, um seine Herztätigkeit zu überwachen und um seinen anderen Arm befand sich eine Manschette, die in regelmäßigen Abständen seinen Blutdruck maß. Der gesamte Computeraufbau wirkte erschreckend, auch wenn es Lars klar war, dass dies alles Phils Wohl diente. Er zog sich einen Stuhl an das Bett und setzte sich. Abgesehen von der ganzen Technik sah Phil aus, als ob er lediglich schlafen würde.
„Es tut mir leid", sagte Lars leise. „Wenn ich mich nicht so dämlich verhalten hätte, wäre das alles nicht passiert." Behutsam nahm er Phils Hand in die seine. Sie fühlte sich kühl an.
„Ich habe dein Outing im Fernsehen mitbekommen. Das war wirklich ganz großes Kino, Phil. Dein Oskar Mewes hätte das nicht besser hinbekommen. Ehrlich nicht. Und es würde mich brennend interessieren, wie du es deiner Mutti beigebracht hast. Sie war gestern am Telefon nicht gerade gut auf mich zu sprechen. Unser Sex sei ein Gräuel – genau mit diesen Worten hat sie sich ausgedrückt – und es würde eine Blutschuld auf uns lasten, die mit dem Tod zu bestrafen sei. Das hat sie tatsächlich zu mir gesagt. Phil, deine Mutti ist total bekloppt. Die gehört in die Klapse. Sie glaubt allen Ernstes, dass dein Unfall eine Strafe Gottes sei und dass du jetzt leiden müsstest, um dich von deinen Sünden reinzuwaschen." Lars schüttelte fassungslos den Kopf.
„Und gestern ist mir deine Nachbarin über den Weg gelaufen. Mel ist so nett und kümmert sich um deine Garnelen. Benjamin hat mich aufgeklärt, dass es Red Cherry Garnelen sind. Phil, man hält sich Meerschweinchen oder Goldfische als Haustiere. Aber Garnelen? Manchmal bist du ziemlich speziell, hm?"
Phil gab keine Antwort. Es erklang nur ein zischendes Geräusch, als sich die Blutdruckmanschette aufpumpte.

„Es tut mir leid“, murmelte Lars erneut. Seine Finger streichelten Phils Hand.
„Könnten wir nicht einfach neu anfangen? Die Uhr zurückdrehen und alles besser machen? Obwohl es ganz gut zwischen uns gelaufen ist, bis deine Mutti auftauchte.“
Unwillkürlich musste Lars lächeln. Zuerst lernte er Phil als braven Spießer mit Seitenscheitel und Pullunder kennen, der ihm im *Café Infernal* mit einem Glas Kräutertee gegenübersaß. Anschließend fand er sich einem Phil gegenüber, der mit nacktem Oberkörper und einer hautengen Lederhose Limbo gegen Dario tanzte. Und heute war es ein Phil, der mit Elektroden und Schläuchen versehen reglos vor ihm lag. Das Lächeln verging ihm. Mit einem tiefen Atemzug lehnte er sich in dem Stuhl zurück und versuchte zu begreifen, dass Phil aller Wahrscheinlichkeit nach nicht in der nächsten halben Stunde aufwachen würde. Dies war kein schlechter Film. Hier fand man keine Scheinwerfer und keine Kamera. Die Krankenschwestern waren keine Statisten, es gab keine Set-Runner, die Kaffee brachten und mit blöden Bemerkungen um sich warfen. Kein Drehbuchschreiber und kein Regisseur. Das hier war echt. Total wirklich. Keine Fiktion. Das wahre Leben versehen mit dem strengen Geruch von Sterilium. Phil lag im Koma und würde vielleicht erst in etlichen Tagen oder Wochen aufzuwachen. Und aufwachen würde er wieder. Ganz sicher. Er musste einfach! Die Vorstellung, dass Phil in diesem Bett starb, war einfach unvorstellbar. Bestimmt hätte es ihm Schwester Elke gesagt, wenn sein Zustand lebensbedrohlich gewesen wäre. Oder nicht? Lars zog Phils Hand auf sein Knie und legte die eigene Hand über die kalten Finger. Das monotone Piepsen des EKGs und das leise Zischen der Blutdruckmanschette kamen ihm nach einer Weile wie Horrormusik vor. Sein Blick wurde regelrecht von dem Monitor gefesselt, auf dem Phils Sinusrhythmus, Sauerstoffsättigung und Blutdruck angezeigt wurden. Lars

Nach einigen Tagen war Lars auf der Intensivstation eine vertraute Gestalt. Jeden Morgen bezog er seinen Platz neben Phils Bett. Von Anfang an bestand er darauf, Phil täglich selbst zu waschen und wegen drohender Druckstellen, die durch das ständige Liegen entstehen konnten, einzucremen und zu massieren. Da er damals seine Mutter gepflegt hatte, kannte er sich mit den notwendigen Handgriffen noch bestens aus. Auf diese Weise konnte er den Schwestern etwas Arbeit abnehmen und kam sich nicht völlig nutzlos vor. Eine weitere Computertomografie zeigte, dass das Hirnödem dank des Glycerins zurückgegangen war. Eine Schädelöffnung war daher zu Lars' größter Erleichterung nicht notwendig. Trotzdem wachte Phil nicht auf.

Eine Krankengymnastin führte mit Phil verschiedene Übungen zur Muskelerhaltung durch. Bald übernahm Lars diese Aufgabe und zog sie akribisch mehrmals täglich durch. Am späten Abend wurde er regelrecht aus dem Krankenhaus geworfen. Geknickt schlich er nach Hause, lag stundenlang in seinem Bett wach und fragte sich, wann er wieder Phils Stimme hören würde.

Gebannt verfolgte er, wie Dr. Hartmann die Fäden in Phils Gesicht zog und eine weitere Woche später die Fäden an Phils Unterschenkel. Als ein Pfleger erschien, um Phil zu rasieren, wehrte Lars ab. Er wusste nicht, wie Phil auf die Narbe in seinem Gesicht reagieren würde. Ein Bart würde ihn so verändern, dass er die Verletzung vielleicht als das kleinere Übel akzeptieren würde.

Die zahlreichen Verletzungen heilten sauber ab. Zuerst verschwanden die Hämatome, danach die Schürfwunden und Schnittverletzungen. Die Frakturen brauchten etwas länger, doch es gab wenigstens keine Komplikationen.

Es folgte ein weiterer Nackenschlag: Lars' Vermieter meldete Eigenbedarf an und kündigte ihm die winzige Wohnung. Muck bot ihm an, die wenigen Möbel, die Lars behalten wollte, in seinem Keller unter dem Szeneladen einzulagern. Dieses Angebot nahm Lars gerne an, lehnte es dagegen ab, bei Muck und Nadim einzuziehen und auch bei Christian und Dario wollte er nicht das fünfte Rad am Wagen spielen. Daher übernachtete er erst einmal in Phils Wohnung, kroch nach seiner Rückkehr aus dem Krankenhaus unter dessen Satinbettwäsche und hielt das Kissen in den Armen, auf das Phil üblicherweise sein müdes Haupt bettete.

Er bekam weiteren Kontakt zu Phils Nachbarin Melanie und deren Kindern, die ihn nach einer Weile zum Onkel beförderten. Als Muck ihn bald darauf erinnerte, dass er bereits am nächsten Tag seinen Job als Rechtsanwaltsgehilfe antreten sollte, griff Lars, ohne zu zögern, zum Telefon und sagte die Stelle ab. Anschließend bekam er beim Jobcenter, als er Hartz IV beantragen wollte, eine dreimonatige Zahlsperre. Selbstverschuldete Arbeitslosigkeit lautete die Begründung. Damit war Lars nun ohne Wohnung und ohne Geld. Nur seine Freunde hielten ihn aufrecht und unterstützten ihn so gut sie es vermochten. Eines Abends klagte er Mel sein Leid.

„Wenn wenigstens Phil aufwachen würde. Aber nein, er liegt da und schläft einfach weiter. Und ohne ihn fühle ich mich völlig antriebslos.“ Lars schaute traurig in sein Bier, das Melanie ihm hingestellt hatte.

„Dabei verbringst du jeden Tag an seiner Seite und liest ihm vor“, sagte Melanie.

„Morgen wollte ich es mal mit Musik versuchen. Ich habe bloß überhaupt keine Ahnung, was er gerne hört. Michael Jackson kann es jedenfalls nicht sein.“ Er erzählte Melanie von dem Klingelton speziell für Mutter Ahnert, was sie zum Lachen brachte.

„Dafür scheint er ein Faible für *Words* zu haben. Du weißt schon: Words, don’t come easy to me.” Melanie sang den Refrain an und Lars horchte auf. Das war ja der für ihn re-

servierte Klingelton auf Phils Handy. Daran hatte er gar nicht mehr gedacht.
„Nachdem seine schreckliche Mutter abgereist war, lief dieses Lied beinahe Tag und Nacht in seiner Wohnung."
Lars strahlte. „Melanie, du bist ne Wucht."
Genau diesen Song würde er Phil am nächsten Tag vorspielen.

Bevor Lars am frühen Morgen mit den Gymnastikübungen loslegte, schaltete er den mitgebrachten CD-Player an. Gefühlvoll begann F. R. David zu singen. Einen Moment lang beobachtete er gespannt Phils Gesicht, doch es tat sich nichts. Nur das EKG piepste munter weiter. Inzwischen hörte Lars das Gepiepse gar nicht mehr, er hatte sich allmählich daran gewöhnt. Er fing an, Phils Beine langsam zu beugen und zu strecken. Zu der Musik machte es beinahe Spaß.
„This is just a simple song. That I've made for you on my own." Lars sang leise mit und winkte Schwester Elke zu, die ihre Nase neugierig zur Tür hereinstreckte.
„Das Lied habe ich ewig nicht mehr gehört", sagte sie in der Tür lehnend und summte eine Weile mit.
„Die Idee mit der Musik finde ich richtig gut. Aber nicht lauter stellen, okay?"
„Okay." Lars nickte. Natürlich würde er aus der Intensivstation keine Disco machen. Er setzte die Übungen mit Phil fort und nahm anschließend in seinem mittlerweile persönlichen Stuhl Platz. Den CD-Player schaltete er aus und zog stattdessen ein Notizbuch aus seiner Tasche.
„Das habe ich in deinem Bücherregal gefunden, Phil. Hattest du dich irgendwann an Gedichten versucht? Ich muss gestehen, dass ich ein wenig neugierig darauf bin. Lass uns einfach mal sehen …" Lars schlug das Buch auf. Phils Handschrift war gut lesbar.

„Wenn der Atem des Drachen
Die Welt in weiße Schleier hüllt
Schimmern Schuppen durch die Bäume

Die weißen Schleier ersticken jeden Laut
Vernichten Worte, erdrücken Gedanken
Senken die Welt in tödliche Stille

Kriechen wie zäher Seim durch deine Erinnerungen
Ein Hauch, so kalt und so heiß wie Eis
Verschlucken die Schritte, die zaghaften

Wiegst du dich in den scharfen Klauen
Und träumst du von deinen Sünden
Sind deine Träume die Träume des Drachen

Denn alles ist nur ein Traum
Du und ich und jedermann
Wir werden erwachen, wenn der Atem des Drachen erstirbt."

„Hey, Lars. Was liest du da?" Muck erschien in dem Zimmer, trat an Phils Seite und begrüßte den Reglosen im Bett: „Hallo Phil. Geht es dir gut? Sieht ganz so aus, als wärst du weiterhin auf deinem Traumtrip."

„Ich habe ein Notizbuch von Phil gefunden. Er scheint sich an ein paar Gedichten versucht zu haben."

„Und du liest sie ihm jetzt vor?" Muck setzte sich auf die Bettkante und nahm Phils Hand in die seine.

„Dieses Piepsen geht einem ja irre auf die Nerven", brummte er gleich darauf. „Ich werde mich nie daran gewöhnen."

„Du darfst nur nicht darauf achten. Dann erträgt man es."

„Und wie sieht es aus?", fragte Muck.

„Unverändert.“ Lars lächelte tapfer. Er freute sich, dass seine Freunde während der langen Wochen täglich nach Phils Zustand fragten und selbst so oft sie konnten vorbeikamen.
„Sein Geburtstag rückt näher. Dario ist fest entschlossen, ihn zusammen mit Phil zu feiern“, sagte Muck.
„Hast du gehört, Phil? Wenn du bis dahin nicht aufgewacht bist, hetze ich Dario auf dich.“ Lars stieß Phil sanft an.
„Lies ruhig noch etwas.“ Muck sah Lars auffordernd an. Der schlug das Notizbuch wieder auf und blätterte eine Seite weiter.

„Im Meeresrauschen des Waldes
Und im Singen der Fischlein hoch in den Wipfeln
Krönt bunter Blütenschmuck die Wogen
Säuselt plätschernd der Bäume grünes Laub

Delfingleich springen Eichhörnchen
Auf der Jagd nach der Muschel nussigem Kern
An den Haien der Baumkrone vorbei
Von moosiger Klippe zu Klippe

Der grün belaubte Ozean murmelt friedlich sein Lied
Zum Zwitschern der Vögel in den Korallen
Wenn sie flügelschlagend durchs Meer gleiten
Auf der Suche nach einem Nest im wässrigen Grund.“

Einen Augenblick lang schwiegen sie.
Schließlich sagte Lars: „So etwas schreibt man, wenn man auf Drogen ist, oder?“
Muck war anderer Meinung. „Ich fand das sehr schön.“
„Ich bitte dich, Muck. Fische und Bäume …“
Der Tunesier grinste bloß. „Vergiss nicht, dass unter Wasser Korallen und Seeanemonen wachsen. Daher passt es schon irgendwie.“
„Bis zu dem Moment, wo die Eichhörnchen auftauchen.“

„Mir gefällt es trotzdem. Und Nadim bestimmt ebenfalls. Der mag solche Gedichte. Er findet sie tiefsinnig und kann sich stundenlang damit beschäftigen, derartige Verse zu interpretieren. Vielleicht leiht Phil ihm das Buch einmal aus, wenn er aus Schlummerland zurück ist."
„Schwester Elke meinte gestern, dass man das Koma mit Urlaub vergleichen kann. Man reist an seinen persönlichen Traumstrand und relaxt dort. Und manchen Reisenden gefällt es in ihrem Urlaub derartig gut, dass sie einfach dableiben wollen."
„Warum nicht? Wenn die Animation gut ist." Muck zuckte mit den Achseln.
„Ich bin mir nicht sicher, ob sie mir die Wahrheit sagt. Manchmal glaube ich, Schwester Elke will mich lediglich beruhigen. Vielleicht ist das Koma für Phil ganz furchtbar und er kommt da aus eigener Kraft nicht heraus."
„So friedlich, wie Phil aussieht, wird die Urlaubstheorie schon stimmen. Und es gibt auf dieser Welt durchaus ein, zwei Plätze, von denen man nie wieder weg möchte."
„Ach Muck. Immer nur Liegestuhl und Strand ist doch auf die Dauer langweilig", sagte Lars.
„Phil scheint es jedenfalls zu mögen. Vielleicht hat er sich in den Animateur verguckt."
„Was hätte der, was ich nicht habe?", knurrte Lars.
„Keinen Christian an seiner Seite", erklärte Muck trocken, woraufhin Lars seufzte.
„Chris ist mit Dario zusammen."
„Ja, sicher. Aber dieses Kapitel hat unser Goldstück ja verpasst. Dafür hat er die Folge *Küsse auf der Parkbank* live miterleben dürfen. Und da ich ihn danach in der Gesellschaft von gleich drei Flaschen Wodka angetroffen habe, muss ich davon ausgehen, dass er diese Folge überhaupt nicht mochte."
Jetzt wurde Lars ärgerlich. „Dann hätte er vielleicht vorher sein Kabelfernsehen nicht kündigen sollen."

„Wir alle treffen einmal im Leben eine Entscheidung, die wir hinterher bitter bereuen", sagte Muck leise.
„Und welchen Fehler hast du gemacht?", fragte Lars.
„Ich habe keinen gemacht. Deswegen ist mein Leben so perfekt. Ich habe einen gut laufenden Laden, prima Freunde und einen Mann, der den Boden unter meinen Füßen küsst. Außerdem habe ich eine Traumfigur. Da kannst du jede Erbse fragen."
Lars musste lachen. Mucks kugelrunder Bauch war seine wunde Stelle. Leider aß er viel zu gerne, als dass er diesen Bauch jemals loswerden würde.
„Na ja, wenn ich halt nicht in die Höhe wachse, gehe ich eben in die Breite. Das klappt prima, oder?" Muck grinste.
Lars dagegen wurde ernst. „Also für mich bist du ziemlich groß. Riesengroß, um genau zu sein."
„Hör auf, sentimental zu werden. Na los. Um es mit Heinz Erhardts Worten zu sagen: Noch'n Gedicht!"
Folgsam beugte sich Lars erneut über das Notizbuch.

Er hatte das Buch mit den Gedichten Muck mitgegeben, der es unbedingt Nadim zeigen wollte. Auch wenn sich Lars mit Poesie nicht auskannte, gefielen ihm die Verse. Nicht nur, weil sie von Phil stammten, sondern weil sie etwas in seinem Innersten berührten. Etwas, das er nicht so richtig zu fassen bekam. Inzwischen lief erneut *Words*, während sich Lars in eine Zeitschrift vertiefte. Ab und an las er eine Passage laut vor, äußerte sich dazu und führte in Phils Namen Pro und Kontra-Diskussionen mit sich selbst. Später geriet Lars an die Horoskope und suchte für Phil den Eintrag für das Sternzeichen Skorpion heraus.
„Der Skorpion ist das Tierkreiszeichen mit den tiefsten Abgründen. Er ist oft verschlossen, geheimnisvoll, eifersüchtig und leidenschaftlich. Diese Eigenschaften gelten bei ihm ebenfalls zwischen den Laken", las er vor. „Wie der

Fisch das Wasser, so benötigt der Skorpion die körperliche Liebe. Sex ist ihm sehr wichtig und wenn er liebt und begehrt, kann er gar nicht genug davon haben. Zudem hat er die Eifersucht erfunden. Allerdings nicht, weil sie ihm großen Spaß macht, sondern weil er allzu leidenschaftlich ist."
Lars grinste und schaute über die Zeitschrift hinweg auf Phil.

„Phil, da kannte dich je… Phil?"

Die grünblauen Augen standen offen. In der Eile den CD-Player abzustellen, rutschte Lars die Zeitschrift aus den Händen. Automatisch fing er sie auf. Als er dann erneut Phil anblickte, waren dessen Augen wieder geschlossen. Regungslos lag er in seinem Bett.

„Phil?" Lars beugte sich über seinen Freund und musterte ihn prüfend. Danach warf er einen unsicheren Blick auf den Monitor, doch da konnte er keine Veränderungen in der Anzeige entdecken. Nicht dass er sich mit dem piepsenden Ding auskannte …

„Phil? Kannst du mich hören?"

Keine Antwort. Lars fuhr herum und hastete in das Stationsbüro. Schwester Elke las gerade in einer Patientenakte, blickte aber auf, als Lars ins Büro stürmte.

„Er hatte die Augen offen", rief Lars aufgeregt. „Elke, kommen Sie schnell. Er hatte die Augen offen!"

Die Krankenschwester ließ alles stehen und liegen und lief Lars hinterher, der bereits auf den Weg zurück zu Phils Zimmer war. Gemeinsam beugten sie sich über den Patienten. Schwester Elke beobachtete eine Weile die Monitoranzeige, ehe sie sich mit einem fragenden Blick an Lars wandte: „Sind Sie wirklich sicher oder war es nicht einfach nur Wunschdenken?"

Diese Frage verunsicherte Lars ein wenig. Natürlich wünschte er sich von ganzem Herzen, dass Phil aufwachte. Hatte er sich aus diesem Grund eben eingebildet, dass Phil die Lider gehoben hatte?

„Nein“, sagte er leise. „Ich habe es ganz deutlich gesehen.“
Schwester Elke berührte ihn leicht am Arm.
„Manche Koma-Patienten zeigen ab und an ein Verhalten, als würden sie aufwachen. Augen öffnen, leises Murmeln oder eine leichte Bewegung. Ich möchte nicht, dass Sie sich Hoffnung machen und nachher vielleicht enttäuscht sind.“
Lars nickte langsam.
„Okay“, sagte er. „Ich habe verstanden.“ Mit dem Gefühl, eine kalte Dusche verpasst bekommen zu haben, setzte er sich.
„Lars, seien Sie nicht traurig.“ Schwester Elke legte ihm einen Arm um die Schultern. „Sie waren bislang so tapfer, Lars. Lassen Sie sich jetzt bitte nicht wegen meiner Bemerkung hängen.“
Lars seufzte.
„Sie haben ja recht“, murmelte er. „Ich kann mich bloß immer noch nicht mit seinem Zustand abfinden.“
„Und genau das wird Ihrem Freund bestimmt helfen. Ich gebe auf jeden Fall Dr. Hartmann über Ihre Beobachtung Bescheid.“
„Also glauben Sie mir?“, fragte Lars und sah zu Schwester Elke auf.
Die nickte lächelnd. „Natürlich. Warum denn nicht?“

Dr. Hartmann kam wenig später. Er zog Phils Lider in die Höhe und kontrollierte den Pupillenreflex mithilfe einer kleinen Taschenlampe. Lars hatte Mühe, ein ungeduldiges Zappeln zu unterdrücken, während der Arzt Phil weiter untersuchte.
„Und?“, fragte er, als sich Dr. Hartmann ihm zuwandte.
„Sie sind sich ganz sicher?“, wollte der Arzt wissen.
„Ja, das bin ich. Ich habe es mir wirklich nicht eingebildet.“
„In diesem Fall würde ich diese kurze Reaktion für ein gutes Zeichen halten. Das muss allerdings nicht heißen, dass

Herr Ahnert in den nächsten Stunden oder Tagen aufwachen wird. Vielleicht müssen wir weitere Monate abwarten, ehe er eine zweite Reaktion von sich gibt."

„Monate?" Lars schluckte.

„Herr Erlen …"

„Ich weiß, ich weiß. Ich muss Geduld haben. Aber das fällt mir schwer. Er fehlt mir."

„Das verstehe ich", sagte Dr. Hartmann. „Lassen Sie ruhig die Musik laufen. Das wäre mein Vorschlag. Vielleicht war es die Musik, die ihn zu dieser Reaktion veranlasst hat. Und reden Sie weiter mit ihm. Ich finde, Sie haben in den letzten Wochen hervorragende Arbeit geleistet. Nicht viele Angehörige haben ein solches Durchhaltevermögen wie Sie, Herr Erlen. Auf eine solche Freundschaft kann Herr Ahnert wirklich stolz sein."

„Danke."

„Ich werde später ein weiteres Mal nach ihm sehen. Vielleicht ändern sich seine Werte bis dahin." Mit einem freundlichen Nicken ließ der Arzt Lars und Phil alleine. Lars baute sich mit verschränkten Armen vor Phils Bett auf.

„Hör mir gut zu, Philemon Ahnert. Ich weiß, was ich gesehen habe. Und ich verlange jetzt von dir, endlich aus deinem Schneckenhaus herauszukommen und dich dieser Welt zu stellen. Du kannst dich nicht ewig verkriechen, denn sonst sehe ich mich gezwungen, dir einmal kräftig in den Arsch zu treten. Hast du das verstanden?" Lars starrte Phil einen Moment lang knurrig an, bevor seine Miene weicher wurde. Er ging um das Bett herum, um sich auf der Bettkante niederzulassen. Die Hände stützte er rechts und links von Phil in die Matratze und schaute ihm nach irgendeiner Regung suchend ins Gesicht.

„Phil", sagte er leiser. „Phil, ich liebe dich. Komm zurück zu mir, ja?"

Er beugte sich vor und küsste ihn. Phils Vollbart kitzelte ihn im Gesicht. Lars lächelte und zog sich auf seinen Stuhl zurück.
„Du siehst wie eine Kreuzung aus Dornröschen und Alm-Öhi aus." Das Lächeln verging ihm, als ihm bewusst wurde, wie sehr sich Phil verändert hatte. Der Vollbart, der die Narbe auf seiner Wange verdeckte, und die eingefallenen Wangen veränderten Phils Gesicht in das eines Fremden.
Hoffentlich ist er nach dem Aufwachen nicht tatsächlich ein Fremder, fuhr es Lars durch den Kopf. *Man hört viel zu oft, dass sich Patienten mit einem Schädel-Hirn-Trauma später an nichts mehr erinnern.*
Schnell verdrängte er diesen Gedanken. Warum sollte er gleich das Schlimmste annehmen? Er schaltete den CD-Player ein und hörte sich wohl zum hundertsten Male *Words* an. Schließlich nahm er die Zeitschrift auf.
„Wo waren wir denn stehen geblieben, Phil? Beim leidenschaftlichen Skorpion, nicht wahr? Und – welch Überraschung – der ideale Partner für einen Skorpion ist der Steinbock. Na, da danke ich dem Storch, dass er mich genau am 05. Januar abgeliefert hat. Mehr Steinbock kannst du nicht bekommen. Du siehst also, dass wir das ideale Paar wären. Allerdings müsstest du dazu ein bisschen mehr tun, als einfach herumzuliegen." Lars rollte die Zeitschrift zusammen und legte sie in seinen Schoß. Nachdenklich sah er Phil an, während *Words* in die nächste Runde ging. Zwei weitere Stunden saß er still und grübelnd da, während die Musik lief und das EKG piepste, bis Schwester Elke die Sondennahrung brachte.
„Mahlzeit, Herr Ahnert. Heute gibt es erneut leckere Astronautennahrung." Routiniert spritzte sie die flüssige Kost in die Magensonde und spülte diese anschließend durch.
„Wie sieht es aus, Herr Erlen? Haben Sie Lust auf einen Kaffee, während unser Patient hier in Ruhe verdaut?"

Lars hatte sogar zwei Kaffee mit den zurzeit drei diensthabenden Krankenschwestern getrunken und sich ein wenig mit ihnen unterhalten. Danach trieb ihn eine innere Unruhe in Phils Zimmer zurück. Vorher machte er einen kurzen Umweg über die Toilette.
Im Zimmer nebenan schien ein neuer Patient eingeliefert worden zu sein. Fremde Leute standen mit bedrückten Gesichtern auf dem freudlosen Flur herum und beachteten Lars kaum, der langsam zu Phil zurückging. Er warf einen Blick auf die Uhr. Nicht mehr lange und die resolute Nachtschwester würde ihn wie üblich nach Hause schicken.
Auf einmal fühlte er sich beobachtet. Er schaute zur Tür hinüber, doch da stand niemand. Langsam drehte er sich zum Bett um. Grünblaue Augen waren eindeutig auf ihn gerichtet.
„Phil!“ Lars’ Stimme kippte. Langsam trat er an das Bett. Phils Blick blieb weiterhin auf ihn gerichtet.
„Lars“, krächzte der mit heiserem Hals. In dem Versuch sich zu orientieren, sah sich Phil um. „Wo …“
„Im Krankenhaus, Phil. Du hattest einen Unfall.“ Himmel! Phil war wach! Und er sprach! Lars war es zum Tanzen zumute. Mühsam streckte Phil ihm eine Hand entgegen, die Lars rasch ergriff und vorsichtig drückte.
„… so müde …“, seufzte Phil kratzig.
Lars kamen die Tränen. „Verdammt, Phil! Wenn du jetzt einschläfst, hau ich dir eine runter. Ich schwöre.“

****

Die Schwestern hatten Lars beinahe gewaltsam aus dem Krankenhaus werfen müssen. Per SMS orderte er Dario und Christian unverzüglich zu Muck und klingelte wenig später an der Wohnungstür der beiden Tunesier Sturm. Nadim öffnete und schaute Lars erschrocken an.

„Ist etwas mit Phil?“, fragte er gleich.
„Ich habe Chris und Dario hierher bestellt. Wenn du ein bisschen Geduld hast, brauche ich nicht alles zweimal erzählen.“
„Lars, Schätzchen, was ist los?“ Muck tauchte aus der Küche auf. „Gibt es Neuigkeiten?“
Es klingelte an der Tür und Nadim ließ Dario und Christian herein.
„Maldito! Was ist passiert?“, rief Dario und schoss sogleich auf Lars los. Der sah seine Freunde der Reihe nach an und genoss die gespannten Blicke.
Endlich sagte er: „Phil ist aufgewacht!“
Eine Sekunde lang herrschte fassungsloses Schweigen. Dann jubelten alle zugleich los und fielen einander in die Arme. Muck rannte ihn die Küche zurück. Ein Korken knallte, gleich darauf ein zweiter.
„Champagner!“, kreischte Muck ausgelassen und hopste mit den beiden Flaschen im Arm durch die Küche. „Schatz, hol die Gläser!“
Nadim grinste. „So sieht das aus, wenn die Kullererbse einen Koller bekommt.“
Sie füllten die Gläser mit dem prickelnden Champagner und stießen miteinander an.
„Und? Hat er etwas gesagt?“, fragte Christian aufgeregt.
„Er sagte, dass er müde wäre“, antwortete Lars und sie brachen in weiteres Gelächter aus.
„Und weiter?“ Dario schenkte sich nach.
„Dr. Hartmann kam sofort angaloppiert, warf mich raus und wollte Phil gleich diversen Untersuchungen aussetzen. Vor 08:00 Uhr darf ich mich dort nicht sehen lassen.“ Lars lehnte sich gegen Mucks Schulter.
„Wie soll ich nur die Zeit bis morgen überstehen?“, seufzte er.
„Indem du reichlich Champagner trinkst.“ Muck füllte sein Glas auf.

„Ich musste mich derartig zurückhalten, um ihm nicht augenblicklich eine Kante ans Ohr zu quatschen. Dabei habe ich ihm dringend so vieles zu sagen."
„Das kann ich mir vorstellen. Und nicht nur zu sagen." Dario grinste, woraufhin ihm Christian strafend in die Rippen stieß.
„Lass den armen Phil erst einmal aus dem Bett heraus."
„Warum denn? Lars schubst ihn ohnehin gleich wieder hinein", sagte Dario mit einem wirklich unschuldigen Augenaufschlag.
„Du bist unmöglich." Nadim schüttelte den Kopf.
Lars trank seinen Champagner und genoss die gegenseitigen freundschaftlichen Sticheleien.
„Ich bin überhaupt nicht unmöglich. Ich durfte Philly immerhin schon einmal genießen. Und ich sage euch, dass ihm lediglich ein Stempel mit der Inschrift *Made for loving* fehlt."
„Nett, dass du meinem Freund dein Gütesiegel aufdrückst", sagte Lars, obwohl die Beschwerde nicht ganz ernst gemeint war.
Mit sanfter Stimme erinnerte ihn Christian: „Im Augenblick bist du bloß der Ex-Freund."
Lars seufzte. Christian hatte ja recht.
„Der Zustand wird nicht lange anhalten." Muck warf Lars einen aufmunternden Blick zu. „Denn Darios *Made for loving* war ziemlich empört über die Tatsache, dass du Christian die Zunge in den Hals gesteckt hast."
Sie kicherten. Nur Lars und Christian sahen etwas verlegen aus.
„Trotzdem kannst du nicht abstreiten, dass du so schnell wie möglich mit Philly ins Bett willst", sagte Dario nun zu Lars.
„Ich will, dass er möglichst schnell aus dem Krankenhaus kommt. Zunächst muss er sich mit den Unfallfolgen vertraut machen. Anschließend muss ich ihm stecken, dass ich

bei ihm eingezogen bin. Nicht jeder möchte einen arbeitslosen Schmarotzer in seiner Wohnung haben."
„Du bist wegen ihm ohne Job. Außerdem bekommst du bald dein Arbeitslosengeld", sagte Nadim.
„Ja, allerdings erst im Dezember. Bis dahin sind es weitere eineinhalb Monate." Lars sah seine Freunde dankbar an. „Ohne eure Hilfe hätte ich echt verschissen."
„Dafür sind Freunde schließlich da." Muck hob sein Champagnerglas.
„Auf die Freundschaft", sagte er. Mit klirrenden Gläsern stießen sie erneut miteinander an. Dieses Mal feierlicher.
„Auf die Freundschaft."

3. Kapitel

Woody Allen:
Sagen Sie nichts gegen Masturbation – es ist Sex mit jemandem, den man wirklich liebt.

Zum ersten Mal klopfte Lars an Zimmertür Fünf, bevor er öffnete. Phil lag in seinem Bett. Bewegungslos. Die Augen geschlossen. Ein paar Sekunden lang hatte Lars das Gefühl, den gestrigen Tag geträumt zu haben. Vorsichtig näherte er sich dem Bett und plötzlich hob Phil die Lider. Ein leises Lächeln erschien in seinem Gesicht, als er Lars erkannte. Der atmete erleichtert auf.
„Hallo Phil. Wie geht es dir?“
„Ganz gut, glaube ich.“ Phils Stimme klang rau und kratzig und er sprach ein wenig schleppend. Aber es war Phil, der mit ihm sprach. Lars zog seinen Stuhl ans Bett heran und setzte sich. Gestern hatte er so viel sagen wollen. Dagegen fiel ihm heute nichts mehr ein.
„Der Arzt sagte, dass du die ganze Zeit an meiner Seite warst und sie dich abends beinahe gewaltsam nach Hause schicken mussten“, krächzte Phil.
„Ich konnte dich auf keinen Fall alleine hier lassen. Die Gefahr, dass ein hübscher Pfleger Lust auf Doktorspielchen bekommt, war mir einfach zu groß.“
Phil grinste. „Das hätte dich gestört? Obwohl du mit Chris zusammen bist?“ Es hatte wie ein flapsiger Einwurf klingen sollen, dennoch spürte Lars, dass Phil die Frage ernst meinte.
„Ich bin nicht mit Chris zusammen, Phil. Wir haben einander nur getröstet. Chris hat sich inzwischen Dario geangelt. Das hat er übrigens deinem Unfall zu verdanken. Wieso bist du wie ein blindes Huhn über die Straße gerannt, Philemon Ahnert?“

„Vielleicht wollte ich ja Dario und Chris zusammenbringen und habe das alles geplant. Damit du frei bist." Phils Stimme versagte und er versuchte, nach einem Schnabelbecher mit Tee zu angeln, der neben ihm stand. Lars half ihm und Phil trank langsam. Konzentriert schluckte er.
„Das fällt mir alles richtig schwer", murmelte er. „Kaum zu glauben, dass mir drei Monate komplett fehlen. Mir kommt es eher vor, als hätte ich gerade eine Nacht lang geschlafen."
Mit dem Teebecher in der Hand setzte sich Lars.
„Phil, ich muss dir etwas gestehen."
Neugierig schaute ihn Phil an.
„Ich bin bei dir eingezogen."
Phil runzelte die Stirn. „Was?"
„Ich bin bei dir eingezogen, Phil. Ich habe in deinem Bettchen geschlafen, von deinem Tellerchen gegessen …"
„… und sicher auch aus meinem Becherchen getrunken. Ich kenne die Geschichte. Und gleich hältst du mich für Schneewittchen."
„Nun ... Die böse Mutti war ja vorher bei dir und du hast mindestens genauso lange wie Schneewittchen geschlafen."
„Und jetzt willst du mein Märchenprinz sein? Du hast nicht einmal ein Pferd", sagte Phil.
„Ich habe ein Fahrrad", sagte Lars bierernst.
Phil sah ihn rätselhaft an. „Warum hast du mich dann nicht wachgeküsst?"
„Das habe ich versucht. Es scheint jedoch nur bei Dornröschen zu funktionieren und nicht bei Schneewittchen", antwortete Lars. Phil zupfte sich an seinem Bart.
„Obwohl du im Moment eher wie einer der sieben Zwerge aussiehst und nicht gerade wie das Schneewittchen", fügte Lars hinzu. Das brachte das Lächeln in Phils Gesicht zurück.
„Ich würde gerne dein Märchenprinz sein, Phil. Das heißt, wenn du mich noch willst. Allerdings kann ich dir außer

meinem Drahtesel im Moment nicht gerade viel bieten. Nicht mal eine eigene Wohnung kann ich vorweisen."
Phil sah ihn still an.
„Phil?", fragte Lars zaghaft.
„Hm."
Beinahe hätte Lars gelacht. Da war es wieder: Phils Unvermögen ganze Sätze zu bilden, die Lars inhaltlich verstehen konnte.
„Heißt das nun ja oder nein oder vielleicht?"
„Hör endlich auf zu reden, Lars, und küss mich endlich", krächzte Phil heiser.

Die nächsten Tage wurden für Phil ziemlich anstrengend. Eine medizinische Untersuchung folgte der anderen. Er wurde in eine Reha-Maßnahme gesteckt und bekam Besuch von Logopäden, Ergotherapeuten, Neuropsychologen und der Krankengymnastin. Er sollte Muskeln aufbauen und das Schlucken üben, damit der PEG-Zugang in absehbarer Zeit entfernt werden und er seine Mahlzeiten kauend einnehmen konnte. Schon nach wenigen Tagen wurde Phil kratzbürstig, sobald er einen weißen Kittel zu Gesicht bekam. Ihm ging alles auf die Nerven und daher war er kurz davor, die Mitarbeit zu verweigern. Seine Freunde, die weiterhin ständige Besucher auf seiner Station waren, ermahnten ihn, Geduld zu haben.
Lars brachte es auf den Punkt: „Je besser du mitmachst desto eher kann ich dich nach Hause bringen."
Also verkniff sich Phil weitere Proteste und gab sein Bestes, obwohl wenn es ihm nicht immer leicht fiel. Dagegen wehrte er sich hartnäckig den Vollbart zu entfernen. Als Lars bemerkte, wie Phils Hand ab und an tastend zu der langen Narbe in seinem Gesicht fuhr, packte er den Rasierer achselzuckend in die Tasche zurück. Offensichtlich brauchte sein Freund Zeit, um sich an den Schmiss zu ge-

wöhnen. Aber im Nachhinein fragte er sich, ob er Phil mit der Entscheidung, ihm einen Bart wachsen zu lassen, einen Gefallen getan hatte.
Wenn Phil einmal nicht zu irgendwelchen Untersuchungen unterwegs war, vertrieben ihm seine Freunde mit Anekdoten über ihre Arbeit und Stippvisiten im *Afrika* oder im *Oktopus* die Zeit. Sogar Paul und seine Schwester Carola schauten mehrmals vorbei. Carola entschuldigte sich lang und breit und ständig von Tränen unterbrochen dafür, dass sie Phil angefahren hatte und für seinen Zustand verantwortlich war. Obwohl Phil sie jedes Mal von jeglicher Schuld freisprach – schließlich war er ohne zu schauen einfach über die Straße gerannt –, schien Carola das schlechte Gewissen zu plagen. Phil freute sich über die Besuche seiner Freunde und er würde es nie zugeben, aber sie strengten ihn ein bisschen an.

****

Weitab vom Krankenhaus klingelte in einer gutbürgerlichen Stube ein Telefon.
„Frau Ahnert? Ich bin es. Ich habe überraschende Nachrichten. Ihr Sohn ist aus dem Koma erwacht. Er ist munter und es ist nur eine Frage der Zeit, bis er aus dem Krankenhaus entlassen wird." – „Nein, ich komme nicht an ihn heran. Sein Freund Lars ist die ganze Zeit bei ihm. Inzwischen wohnt er sogar bei Philemon." – „Ja, genau, Erlen mit Nachnamen." – „Ich weiß. Es ist widerwärtig." – „Die Polizei hat das Verfahren inzwischen eingestellt. Die Ermittlungen haben ergeben, dass Philemon den Unfall selbst verschuldet hat. Er hat dies den Beamten gegenüber zugegeben. Was werden Sie nun unternehmen?" – „Ja, das ist eine gute Idee, Frau Ahnert. Unsere Leute werden sich seiner annehmen."

****

An Phils Geburtstag gab es gleich mehrere Überraschungen. Seine Freunde erschienen mit Luftballons, Sahnetorte und Kindersekt. Doch anstatt sie wie bisher im Bett zu empfangen, saß Phil dieses Mal auf einem Stuhl am Fenster, wohin er sich ganz allein mit mehr Sturheit als wirklicher Fitness geschleppt hatte. Erst nachdem Lars gehörig mit ihm geschimpft hatte, bekam Phil einen Kuss und ein eckiges Paket gereicht, das in buntes Papier eingeschlagen war.

„Ein Geschenk?“, fragte Phil erfreut und legte das schwere Paket auf seinen Knien ab.

„Keine Angst, es ist kein Pullunder.“

Phil grinste schief und rüttelte vorsichtig an dem Geschenk. Er konnte einfach nicht erraten, was es war.

„Wir haben zusammengelegt und Nadims Connections spielen lassen, um etwas Anständiges zu bekommen“, erklärte Muck, der ein riesiges Stück Torte auf seinem Teller balancierte. „Nun pack endlich aus.“

Behutsam begann Phil an einem Stückchen Tesafilm herumzufriemeln.

„Dios mío, Philly.“ Dario stöhnte ungeduldig. „Eigentlich wollte ich noch heute sehen, ob du dich freust.“

„Nun mach schon“, quengelte Christian.

„Ihr meint, ich soll es einfach aufreißen?“, fragte Phil belustigt nach.

„Phil!“, erklang es im Chor.

Lachend zerfetzte Phil das bunte Papier. Mit einem Mal blieb ihm das Lachen im Hals stecken.

„Ihr seid ja verrückt“, flüsterte er überwältigt. Seine Finger strichen über das Notebook, als müsste er sich vergewissern, dass es tatsächlich existierte.

„Mit dem Notebook kannst du hier an deinem Buch weiterarbeiten. Und später nimmst du es mit in den Park, ge-

nießt den letzten Sonnenschein und kannst in der frischen Luft schreiben“, sagte Nadim. „Die Software habe ich dir bereits darauf gespielt.“
„Ihr seid ja völlig verrückt“, sagte Phil wieder.
„Du freust dich?“, wollte Muck wissen.
„Wie ein Schneekönig.“ Phil streckte die Arme aus und umarmte einen nach dem anderen.
„Dafür erhält jeder von uns ein signiertes Exemplar deines sechsten Bandes, klar?“, sagte Christian.
„Sonnenklar. Du liebes Lieschen, ich bin hin und weg. Endlich kann ich mich hier richtig beschäftigen.“
„Sag ruhig, wenn ich dich langweile.“ Lars gab sich gespielt beleidigt und fing sich einen Rippenstoß von Phil ein.
„Du weißt, dass ich dir dankbar bin.“ Auf einmal schien Phil etwas einzufallen. Mit schmalen Augen sah er Lars an. „Sag mal, solltest du nicht eigentlich längst einen Job bei einem Rechtsanwalt angetreten haben?“
„Das hast du dir gemerkt?“, fragte Lars kleinlaut.
„Natürlich habe ich mir das gemerkt. Was ist denn mit dem Job?“
„Ich habe ihn abgesagt“, sagte Lars in die plötzliche Stille hinein.
„Abgesagt? Oh nein, Lars! Wegen mir?“
„Wie sollte ich denn arbeiten, während du im Koma liegst?“, murmelte Lars.
„Und bis Ende November bekommt Lars nicht mal einen Cent vom Arbeitsamt. Solche Schweine sind das.“ Dario musste zu Lars’ Leidwesen dessen finanziellen Engpass ausplaudern. Phils Blick wurde strafend.
„Wird also Zeit, dass du nach Hause kommst. Dein Kühlschrank ist nämlich verflixt leer“, brummelte Lars verlegen. „Du wirst mich zukünftig durchfüttern müssen.“
„Die Wohnung wurde gekündigt und dein Job ist futsch? Und ihr unterstützt diesen Schwachkopf?“ Phil schaute die Freunde finster an. Muck nickte vergnügt.

„Wir und diese Melanie, deine Nachbarin.“ Er schob sich Torte nach.
„Ja, Mel versorgt mich täglich mit einer warmen Mahlzeit. Alles, was sich Benjamin und Miriam vom Munde absparen, bekommt der arme Onkel Lars serviert“, sagte Lars scherzend und mit einem verlegenen Lächeln. „Ich musste auf jeden Fall hier sein, um dir vorzulesen und dir Musik vorzuspielen.“
„Und nebenbei hat er deine Windeln gewechselt, deine Muskeln bewegt, dich gewaschen, die Bettwäsche gewechselt …“, erzählte Dario seelenruhig.
„Meine Win…“ Phil verstummte und lief feuerrot an.
Lars warf Dario einen bösen Blick zu. „Petze!“
„Möchte jemand ein weiteres Stück Torte?“, fragte Muck munter dazwischen.
„Darüber reden wir später“, sagte Phil drohend und Lars warf ergeben die Arme in die Luft.
„Ich habe übrigens gute Nachrichten“, erklärte Phil schließlich. „Morgen soll das PEG gezogen werden und wenn alles gut verläuft, werde ich in einer Woche entlassen.“
„Bereits in einer Woche?“ Nadim freute sich. „Das müssen wir feiern. Wir machen eine richtig große Party.“
Zu seiner Enttäuschung winkte Phil ab.
„Lass uns bitte mit der Party ein bisschen warten, Nadim. Ich glaube, so weit bin ich nicht. Ich muss täglich zur Reha und werde im Augenblick viel zu schnell müde. Aber ich freue mich furchtbar auf meine eigenen vier Wände.“
Bis auf Lars nahmen diese Nachricht alle begeistert auf.
„Also sollte ich mich wohl schleunigst nach einer eigenen Bleibe umsehen, hm?“, sagte er.
Phil sah ihn befremdlich an. „Und wie willst du die bezahlen? Zumal du sicherlich eine Kaution hinterlegen musst?“
„Lars kann bei uns wohnen“, sagte Muck. „Das Angebot haben wir dir schon mal gemacht und das steht weiterhin.“

„Oder du kommst zu mir." Dario breitete einladend die Arme aus. „Ich habe ein Herz für Obdachlose."
„Ich suche gegen Kost und Logis einen Pfleger", sagte da Phil. „Jemanden, der mir Tee serviert und mich mit Keksen füttert."
„Und das Bettchen wärmt." Christian feixte.
„Ich kann bei dir bleiben?", fragte Lars erleichtert.
„Na klar. Warum denn nicht? Da du ohnehin bereits bei mir wohnst, wäre es blöd, wenn du dir ein neues Quartier suchen müsstest. Außerdem fände ich es wirklich prima." Phil brach verlegen ab, zuckte mit den Schultern und sah Lars auffordernd an.
„Ja, ich würde es auch prima finden", gestand der und küsste Phil dankbar. „Du wirst es nicht bereuen."
„Vielleicht wirst du es sein, der unsere Wohngemeinschaft bereut." Phil grinste. „Ich stelle Ansprüche."
„Ich gebe mir Mühe, sie zu erfüllen."
„Warum klingt das bei euch so anzüglich?", erkundigte sich Christian und schenkte Sekt nach.
„Weil es anzüglich ist", erklärte Muck, der ziemlich zufrieden aussah. Endlich schien alles so zu laufen, wie er es sich für seine Freunde gewünscht hatte.

****

„Onkel Phil! Onkel Phil!" Die zwei Kleinen von Melanie umtanzten Phil freudig, wobei der Blumenstrauß, den Miriam in den kleinen Händen hielt, deutlich litt. Phil ging in die Hocke und umarmte die beiden mit einem Lachen.
„Mit dem Bart siehst du wie der Räuber Hotzenplotz aus", sagte Miriam und reichte Phil die Blumen.
„Danke, Miri. Die sind wunderschön." Phil roch an dem bunten Strauß.
„Und ich habe deine Garnelen gefüttert." Benjamin strahlte ihn an, woraufhin ihm Phil den Schopf zerwuschelte.

„Darauf habe ich gehofft. Diese überaus wichtige Aufgabe kann man schließlich nicht Lars überlassen. Dafür braucht es einen richtigen Mann.“
„Soso“, kommentierte Lars bloß.
„Willkommen zu Hause.“ Melanie umarmte Phil herzlich. „Und du kommst genau richtig, um in der nächsten Woche auf die Zwerge aufzupassen. Glaubst du, du schaffst das bereits alleine?“
Phil sah sie irritiert an. „Wieso alleine? Lars ist bei mir.“
„Bin ich nicht.“ Lars grinste ihn fröhlich an. „Ab nächster Woche habe ich einen Aushilfsjob in der Bibliothek. Den hat Mel mir vermittelt. Von zwei bis sechs wirst du auf mich verzichten müssen.“
„Das ist ja toll. Na ja, ich meine den Job, nicht dass ich auf dich verzichten muss.“ Phil freute sich wirklich. Zufrieden schaute er sich in seiner Wohnung um.
„Mann, wie ich meine Bude vermisst habe. Keine Weißkittel, kein Gestank nach Sterilium und keine ätzenden Untersuchungen mehr.“
„Ich fand die Pflegenachthemden ganz nett“, sagte Lars boshaft. Phil warf ihm einen finsteren Blick zu, und Melanie fing ihre Kinder ein.
„Kommt, ihr Zwerge. Das war das Zeichen, dass die beiden alleine sein wollen.“
Phils spürte, wie er rot wurde und dass Lars ihn amüsiert beobachtete. Die kleine Miriam umarmte ihn und küsste eine der bärtigen Wangen.
„Wenn ich dich später heiraten soll, Onkel Phil, dann aber nur ohne Bart. Der kratzt. Und du siehst hässlich damit aus.“
„Miri.“ Melanie sah betreten drein. Dagegen war sich ihre Tochter keiner Schuld bewusst.
„Onkel Lars sagt das auch“, erklärte sie.
Überrascht sah Phil seinen Freund an, der angestrengt in eine andere Richtung blickte.

„Sorry“, formten Melanies Lippen, und Lars zuckte mit den Achseln.
„Kindermund tut Wahrheit kund. Solange es nicht Psycho-Phil ist, der mir deswegen die Leviten liest …“
Melanie lachte ein bisschen verlegen, und Phil winkte ihr und den Kindern zum Abschied zu. Endlich klappte die Wohnungstür zu und wenn man vom Krankenhaus einmal absah, war er mit Lars zum ersten Mal seit dem Tag vor Mutters Besuch völlig allein. Mit plötzlicher Unsicherheit sah Phil seinen Freund an und legte den Blumenstrauß auf den Küchentisch.
„Phil, willst du tatsächlich, dass ich weiterhin bei dir wohne?“, fragte Lars auf einmal.
Überrascht blickte Phil auf. „Ja, natürlich.“
„Gut. Ich war mir nicht wirklich sicher. Du hattest mir da einiges an den Kopf geworfen.“
„Tut mir leid“, murmelte Phil und setzte sich auf einen Stuhl. Längeres Stehen ermüdete ihn immer noch sehr.
„Weißt du, was ich nicht wirklich begriffen habe? Warum du erst mit mir Schluss machst und dich hinterher im Park besäufst.“ Auf eine Erklärung wartend schaute Lars ihn an.
Phil seufzte leise. Also hatte Muck im Freundeskreis geplaudert. Wenn Lars herausfand, dass er damals eine gefährliche Freundschaft mit seinen Rasierklingen geschlossen hatte, würde er ihn postwendend zurück ins Krankenhaus bringen. Jedoch nicht in die Notaufnahme oder die Neurologie, sondern direkt in die Psychiatrie. Die Frage war bloß, wie schnell er da wieder heraus wäre. Allerdings hatte Lars ein Recht auf eine Erklärung, das sah selbst Phil ein.
„Ich wollte ja gar nicht“, murmelte er.
„Was? Dich von mir trennen oder dich besaufen? Sag mal, Phil, geht das etwa erneut los? Wieso kannst du keinen Satz vernünftig zu Ende bringen? Bitte, das macht mich wirklich

verrückt, wenn ich mir dauernd zusammenreimen muss, was du meinen könntest."

„Ich wollte nicht mit dir Schluss machen. Es war nur … Himmel! Mutter zerrte an meinem einen Arm und du am anderen. Ich konnte das auf diese Art nicht mehr mitmachen."

„Und da hast du dich für deine Mutti entschieden."

„Habe ich nicht. Ich habe ihr ja gesagt, dass ich hom… schwul bin. Du kannst dir nicht annähernd vorstellen, was ich mir alles habe anhören dürfen." Phil schüttelte den Kopf, als er an den Wutausbruch seiner Mutter dachte.

„Ich kann es mir denken. Ich habe mir am Telefon einiges sagen lassen müssen. Phil, sie erklärte, dass unsere Beziehung mit dem Tode zu bestrafen sei. Glaubst du, sie meint das ernst?"

Phil schaute ihn überrascht an. „Was willst du damit sagen? Dass mich meine Mutter umbringen will? Verdammt, Lars, sie mag ein wenig irre sein und an das glauben, was ihre heißgeliebte Bibel und ihr Buch Moses sagen, bloß deshalb läuft sie noch lange nicht mordend durch die Gegend."

Lars zog sich einen Stuhl heran.

„Sie hat mir echt Angst eingejagt", sagte er.

„Nimm es nicht persönlich, Lars. Mutter will halt das Beste für mich." Phils Finger strichen nervös über die Narbe unter seinem Bart. Über den Bart, den sein Freund überhaupt nicht leiden konnte, der aber die hässliche Entstellung in seinem Gesicht verbarg.

„Hast du Schmerzen?", fragte Lars besorgt. Wie ertappt zog Phil die Hand weg und schüttelte den Kopf.

„Phil, ich liebe dich. Dass ich etwas mit Christian angefangen habe, lag daran, dass ich mich mit jemandem trösten wollte, nachdem du mich abserviert hast. Und Chris war in Dario verliebt und hat sich nicht getraut, ihm das zu sagen. Eigentlich wollte ich mit dir zusammen sein. Deshalb habe

ich anfangs dauernd bei dir angerufen. Wärst du mal an dein Handy gegangen, hätte ich dir das erklären können."
Phil nickte zögernd. Natürlich glaubte er, dass Lars ihn liebte. Warum sonst sollte er monatelang an seinem Krankenhausbett gesessen haben?
„Ich dachte, du hättest *Bad* für mich eingespeichert", sagte Lars plötzlich.
„*Bad?* Ich kann Michael Jackson unmöglich für alle Probleme in meinem Leben verantwortlich machen."
„Warum gerade *Words?*"
Phil fehlten die Worte.
„Philemon?"
„Oh, ich hasse diesen Namen, Lars. Genauso sehr, wie ich dich liebe."
Na endlich hatte er es ausgesprochen. Schwer war das gar nicht gewesen. Lars sprang erleichtert auf und zog ihn von seinem Stuhl.
„Du kannst dir gar nicht vorstellen, wie sehr ich auf diesen Satz gewartet habe." Er küsste Phil herzhaft. „Und da Melanie uns freundlicherweise allein gelassen hat, kann ich dir ja verraten, dass ich eine gewisse Tüte aus meiner alten Wohnung mitgebracht habe."

Langsam zogen sie einander aus, streichelten dabei jeden entblößten Zentimeter Haut und erkundeten ihre Körper ganz neu. Phil, der vor seinem Unfall bereits ziemlich schlank gewesen war, hatte während seines Klinikaufenthaltes weitere Kilo abgenommen. Im Augenblick wirkte er etwas fragil, was die geröteten Narben auf seiner Haut unterstrichen. Lars küsste jede einzelne Rippe, die gebrochen gewesen war und strich mit den Lippen sanft über die Innenseite von Phils Schenkeln, ehe er leicht hineinbiss.
„Ich habe dich zum Fressen gern", murmelte er und küsste die vor ihm liegenden Hoden, ehe er sich Phils Erektion

widmete. Phil schloss die Augen, gab sich ganz dem Genuss hin und seufzte wohlig. Als Lars mit der Zunge freche Kreise zog, spürte er den spannungsgeladenen Schauer, der Phil überlief.

„Genauso habe ich mir häusliche Pflege vorgestellt." Phil keuchte, als Lars forscher wurde und an dem hitzigen Glied abwechselnd saugte und leckte. Viel zu schnell spritzte Phil mit einem knurrenden Laut ab. Lars grinste vergnügt. Dieses leidenschaftliche Knurren hatte er wirklich vermisst. Er wischte sich mit dem Handrücken über die Lippen, denen Phils leicht salziger Geschmack anhaftete, und schob sich höher, um an einem kieselharten Nippel zu knabbern. Plötzlich begegnete er Phils erschrockenem Blick.

„Was ist?", fragte Lars.

„Wir haben den Regenmantel vergessen und ich … Tut mir leid", sagte Phil zerknirscht.

Lars atmete erleichtert auf. Er hatte bereits geglaubt, einen Fehler gemacht zu haben.

„Kein Problem, Phil. Ich habe dir doch eben bloß einen geblasen. Für mich ist das übrigens mittlerweile okay. Du bist gesund und mein Test hat inzwischen dasselbe ergeben. Wenn du magst, können wir beide gerne auf die Dinger verzichten."

„Du hast einen Test gemacht?"

„Das erschien mir sicherer. Und ich war ohnehin jeden Tag im Krankenhaus."

„Okay", sagte Phil.

„Wirklich?"

Phil nickte und ließ sich von Lars sanft küssen.

„Wirklich", brummte Phil.

Sein Bart kitzelte. Irgendwie konnte sich Lars tatsächlich nicht daran gewöhnen. Und Phil zeigte keine Anstalten, sich davon trennen zu wollen. Eigentlich hatte er Phil gar nicht so eitel eingeschätzt oder war da noch etwas anderes? Am liebsten hätte Lars einfach gefragt, allerdings wusste er

ja inzwischen, wie empfindsam sein Freund auf manche Themen reagierte. Also würde er lieber die Klappe halten. Eine Tube Gleitgel tauchte in seinem Gesichtsfeld auf.
„Bist du eingeschlafen oder hast du keine Lust mehr?“, fragte Phil mit einem frechen Lächeln. Lars schnappte sich das Gleitgel aus Phils Fingern.
„Und ob ich Lust habe.“
Gleich darauf keuchte Phil beinahe erschrocken auf.
„Nicht so schnell“, beschwerte er sich mit einem schwachen Lächeln. „Es ist schon eine Weile her.“
Lars hauchte Verzeihung heischend zarte Küsse auf Phils Nase – zum Glück war diese wenigstens unbehaart – und ging nun deutlich zärtlicher vor. Himmel aber auch! Wie er es genoss, mit Phil zu vögeln. Ihn in den Armen zu halten, sich in ihm zu bewegen und dabei zu spüren, wie Phils Erregung von Augenblick zu Augenblick anstieg. Wie er knurrend seinen Höhepunkt erreichte und sich dabei an Lars festklammerte. Aneinander gekuschelt tauschten sie lange Zeit weitere Küsse und streichelten sich.
„Stört dich der Bart?“, fragte Phil auf einmal.
Lars beschloss ehrlich zu sein. „Ja. Er macht dich alt und lässt dich fremd erscheinen.“ Da Phil jetzt schwieg, stützte sich Lars auf die Ellenbogen und schaute ihm ins Gesicht.
„Warum hast du gefragt?“, wollte er wissen.
Unwillkürlich fuhr Phils Hand zu der Narbe in seinem Gesicht. Lars fing die Hand ab und küsste jeden einzelnen Finger.
„Sie ist hässlich“, flüsterte Phil kläglich.
„Hässlich war dein aufgeschlitztes Gesicht, Phil. Diese Narbe kann mich lediglich daran erinnern, wie viel Glück du gehabt hast. Außerdem sagte Dr. Hartmann, dass sie nach einer Weile etwas verblassen wird.“
„Du findest sie nicht schrecklich?“, fragte Phil.
„Der Bart ist hässlich. Die Narbe dagegen ist ein Glückszeichen deines Schutzengels. Nein, sie ist nicht schrecklich,

unästhetisch oder was immer du dir einbildest. Komm mit ins Bad, Phil, und wir rasieren dieses Gestrüpp ab, okay?"
„Gleich?"
„Jawoll. Oder glaubst du, ich stehe auf den Alm-Öhi? Und wenn der Bart ab ist, vögeln wir gleich ein zweites Mal. Also was sagst du?"
Phil lächelte mit Tränen in den Augen. „Runter mit dem Gestrüpp."

Mit sanften Strichen glitt der Nassrasierer über Phils Wange. Der hielt den Blick auf Lars' konzentriertes Gesicht geheftet, studierte die Mimik und das muntere Lächeln des selbsternannten Barbiers. Prüfend hielt Lars in seinem Tun inne.
„Eine Hälfte haben wir. Jetzt kommt die andere Seite dran." Er grinste. „Das sieht vielleicht gerade aus. Die eine Seite Alm-Öhi, die andere mein lang vermisster Phil." Lars küsste die glattrasierte Wange.
„Das fühlt sich gleich ganz anders an", sagte er zufrieden und verteilte den Rasierschaum großzügig auf der anderen Wange.
„Ich kann selbst weitermachen", murmelte Phil, der ein wenig um seine Narbe fürchtete. Ein Finger legte sich auf seine Lippen.
„Ich bin ganz vorsichtig. Versprochen." Akribisch machte sich Lars an die Arbeit. „Es ist wirklich faszinierend, wie du nach und nach unter diesen blonden Borsten zum Vorschein kommst. Und so wird aus Chuck Norris wieder Phil Ahnert." Lars lächelte zufrieden.
„Was hast du gegen Chuck Norris?", brummte Phil, drehte dennoch auf einen Wink hin folgsam den Kopf.
„Eigentlich nichts. Das Problem ist nur, dass der gute Chucky weder schwul noch mein Typ ist." Lars beugte sich vor und schabte vorsichtig die Härchen in Narbennähe ab.

Unwillkürlich verkrampfte sich Phil ein wenig. Doch Lars ging wirklich behutsam zu Werke und beendete gleich darauf sorgfältig seine Arbeit.
„Okay, Phil, einmal abspülen, bitte."
Phil erhob sich von seinem Stuhl und trat an das Waschbecken. Er spülte sich die Schaumreste aus dem Gesicht und schaute anschließend ein wenig zaghaft in den Spiegel. Die Narbe hob sich rot von seiner Haut ab und zog sich von der Schläfe bis beinahe zum Kinn hinunter. Zum Glück sie sah nicht ganz so schlimm aus, wie er befürchtet hatte. Fragend wandte er sich zu Lars um.
„Viel besser", sagte der. „Ich werde zukünftig nicht mehr mit einem Werwolf ins Bett gehen." Nachdenklich wog er die Dose mit dem Rasierschaum in den Händen und ließ seinen Blick bedeutungsvoll an Phil herabgleiten.
„Lars?" Eine dumpfe Ahnung beschlich Phil. Lars begann die Dose zu schütteln.
„Ins Licht stellen und Beine breit!", kommandierte er.
„Das ist nicht dein Ernst!" Zurückweichen ging nicht, denn hinter Phil hing das Waschbecken. Lars gab sich eine ordentliche Portion Schaum auf die Hand und kniete vor Phil nieder.
„Ich komme gerade auf den Geschmack, was glatte Haut angeht. Halt still, Phil, zier dich nicht."
„Es wird Winter. Ich werde frieren", protestierte der. Im nächsten Augenblick zuckte er zusammen. Der Rasierschaum war an seinen empfindlichen Körperteilen ziemlich kalt.
„Keine Sorge. Ich werde dich warmhalten." Die scharfe Klinge machte sich bereits an die Arbeit.
„Schneid mir bloß nix ab", murmelte Phil ergeben und sah skeptisch auf Lars' Arbeit herab.
„Scharf, sanft und sicher. Wirbt Wilkinson nicht immer damit?", fragte Lars und ließ die Klinge über Phils Hoden gleiten.

„Sanft und sicher klingt gut. Es ist das *scharf,* was mir ein wenig Angst macht."
„Und trotzdem wirst du dabei spitz?" Lars grinste und Phil blickte angestrengt in eine andere Richtung.
„Wenn du dauernd rot anläufst, solltest du für Rotbäckchen-Saft Werbung machen." Lars schien an der Rasiererei Vergnügen zu finden, und Phil musste zugeben, dass er diese Rasur weitaus mehr genoss, als die vorangegangene. Sorgfältig entfernte Lars das letzte goldene Härchen und ließ es sich nicht nehmen, die wenigen Spuren Rasierschaum selbst mit etwas Toilettenpapier abzutupfen. Ehe sich Phil versah, schlossen sich Lars' Lippen um sein Glied, während seine Hände Phils nunmehr nackte Hoden streichelten. Phil stöhnte leise und stützte sich rücklings mit den Händen auf das Waschbecken. Wenn das Rasieren immer auf diese Weise endete, konnte Lars seinetwegen jeden Tag an ihm herumschaben und Stoppeln entfernen. Genießerisch schloss er die Augen.
In diesem Augenblick schellte es an der Tür. Phil stöhnte erneut, dieses Mal allerdings nicht vor Lust.
„Wieso werden wir eigentlich immer gestört?", fragte Lars nörgelnd. Er sprang auf die Füße und warf sich einen Bademantel über.
„Bleib da stehen. Ich bin gleich zurück. Falls es die Zeugen Jehovas sind, gib es richtig Ärger", sagte er, bevor er an die Tür eilte, wo es ein weiteres Mal klingelte.
Phil seufzte und blickte an sich herab. Ohne Schambehaarung wirkte sein Glied größer. Vorsichtig berührte er die glatte Haut. Lars war auch rasiert, aber Phil hatte sich bislang keine Gedanken darüber gemacht, ob es seinem Freund an ihm ebenfalls gefallen würde. Er horchte auf, als aus dem Flur ein erstickter Laut ertönte und ein leises Poltern erklang.

„Lars?“, fragte er. Redete man nicht normalerweise mit jemandem, der an der Tür stand? Im Moment war es seltsam still.
„Lars?“ Phil ging zur Badezimmertür. Die schlug ihm plötzlich mitten ins Gesicht. Mit einem Aufschrei riss Phil die Hände hoch und taumelte zurück. Schmerzenstränen schossen ihm in die Augen und seine Nase tat auf einmal verdammt weh. Zwei fremde Männer drangen wie ein Sturmkommando in das Bad und drängten ihn an die Wand zurück. Im ersten Moment war Phil viel zu verdattert, um reagieren zu können. Und dann war es für eine Reaktion bereits zu spät. Grob wurde er gegen die Wand gestoßen. Schniefend zog er Rotz und Blut die Nase hoch, während er erschrocken die Fremden anstarrte und die Tränen wegzwinkerte. Drei weitere Männer brachten Lars ins Bad geschleppt. Sie hatten ihm die Arme auf den Rücken verdreht und er blinzelte, als hätte er eins aufs Auge bekommen. Er warf Phil einen alarmierten Blick zu.
„Was für widerwärtige Säue“, knurrte einer der Fremden, der die Freunde kurz musterte und Phil schließlich einen schroffen Wink gab.
„Mitkommen und anziehen.“
„Was soll das?“, fragte Phil und schrie gleich darauf auf, als er sich eine gewaltige Ohrfeige einfing.
„Du sollst dir etwas anziehen, du perverses Arschloch“, bekam er zu hören und wurde an Lars vorbei in Richtung Tür geschubst.

Allmählich tat Lars’ Schulter höllisch weh, denn die beiden Kerle hielten ihn weiterhin eisern fest. Er war an der Wohnungstür von den Fremden regelrecht attackiert und sofort festgehalten worden. Im ersten Schreck hatte er nicht einmal versucht, sich zu wehren. Als der Schock nachließ, fühlte er einfach bloß Angst. Angst und eine gehörige Portion Wut. Und dass sein Auge langsam anschwoll. Lars konnte das Klappen von Schranktüren hören, als Phil sich etwas zum Anziehen heraussuchte. Er probierte die Hände der beiden Fremden abzuschütteln, die ihm schmerzhaft die Arme verdrehten, doch daraufhin verstärkten sich deren Griffe.

„Au! Das tut weh! Verratet ihr mir mal, was diese Vorstellung hier soll?“, fauchte er, den letzten Rest Mut zusammenraffend.

„Maul halten“, wurde ihm geantwortet. „Du willst bestimmt nicht, dass deinem kleinen Schwuchtelfreund etwas passiert, oder?“

Natürlich wollte Lars das nicht, deshalb hielt er gehorsam den Mund. Stattdessen lauschte er auf die Geräusche außerhalb des Badezimmers. Phil schien sich fertig angezogen zu haben. Irgendetwas ging klirrend zu Bruch, als er eine zaghafte Frage stellte und Phil verstummte rasch. Dafür erklangen gleich darauf Schritte im Flur, die zur Wohnungstür führten.

„Nachdem uns dein Schätzchen nicht mehr stören kann, kommen wir zu dir“, sagte einer der Fremden zu Lars.

„Wo bringt ihr Phil hin?“, fragte er und versuchte sich erneut erfolglos zu befreien. Heftig wurde er gegen die Badewanne geschleudert, wo er sich die Knie stieß. Einer der drei Männer drehte das Wasser an. Wie hypnotisiert starrte Lars auf den Wasserstrahl. Unaufhaltsam füllte sich die Wanne.

„Was habt ihr vor?“ Mittlerweile ging ihm der Arsch auf Grundeis und seine Furcht wuchs.

„Wir haben gar nichts vor. Aber du bist des Lebens plötzlich überdrüssig geworden“, erklärte einer der Männer, dessen kühler Blick Lars zum Frösteln brachte.

„Ihr seid ja verrückt“, flüsterte der. Schon wurde er auf die Knie gedrückt und jemand stellte das Wasser ab. Die beiden Helfer des Sprechers zogen seine Arme hinter seinem

Rücken weiter auseinander. Eine Hand legte sich in Lars' Nacken und ehe er sich versah, wurde sein Gesicht unter Wasser gepresst. Jetzt hatte er keine Angst mehr, jetzt war er panisch. Wild schlug er um sich und bekam tatsächlich eine Hand frei. Seine Finger verhakten sich irgendwo und er riss sie mit einem Ruck los. Einen Augenblick später wurde seine hysterisch fuchtelnde Hand eingefangen und im nächsten Moment spürte er einen heftigen Schmerz erst am linken und unmittelbar darauf am rechten Handgelenk. Als er schreien wollte, drang ihm Wasser in den Hals, was seine Panik vergrößerte. Inzwischen schlug sein Herz so heftig, dass er das Gefühl bekam, sein Brustkasten würde zerspringen. Plötzlich trieben dunkle Wolken im Wasser. Lars ging die Luft aus. Er versuchte zu atmen, schluckte mehr Wasser und der Griff in seinem Nacken zwang seinen Kopf tiefer in die Wanne. Nackte Todesangst beherrschte ihn. Luftblasen blubberten an seinen Wangen vorbei. Seine Lunge brannte, in seinen Ohren rauschte es und vor seinen Augen begann alles trübe zu werden. Wie durch ein Wunder war er schlagartig frei. Prustend und keuchend, qualvoll nach Atem ringend und blutspritzend tauchte Lars auf, um gleich darauf auf dem Fußboden zusammenzubrechen. Er würgte, hustete krampfhaft und spuckte Wasser und Galle. Wütende Schreie drangen an sein Ohr und er erkannte benommen Christians Stimme, die lauthals nach ihm und Phil rief. Von seinen Handgelenken lief in einem stetigen Strom Blut. Es klebte bereits auf der Badewanne, den Fliesen und sickerte in seinen Bademantel, wo es große Flecken hinterließ. Wasser rann aus seinen strähnigen Haaren und vermengte sich mit dem Blut am Boden, wo eine runde, kleine Holzscheibe lag. Wie im Tran griff er danach und verteilte dabei noch mehr Blut auf den Fliesen. Dann kniete Christian schreckensbleich neben ihm und riss seine Hände in die Höhe.

„Lars?“, schrie Christian ihn an, als wäre er taub. „Lars? Wo ist Phil?“
Lars konnte nicht antworten. Er rang noch immer nach Luft.
„Maldito!“, erscholl eine zweite entsetzte Stimme. Dario griff rasch nach den Handtüchern, die am Waschbecken hingen, und wickelte sie schmerzhaft fest um Lars’ Handgelenke.
„Hast du Phil gefunden?“, fragte Christian seinen Freund. Der schüttelte den Kopf.
„Hol den Wagen, Chris. Wir müssen Lars ins Krankenhaus bringen. Venga, venga!“
Christian sprang auf und rannte aus der Wohnung.
„Die Tür stand offen, das kam uns komisch vor. Und als wir gerufen haben, wurden wir von diesen Kerlen einfach überrannt. Steh auf, Lars. Komm hoch.“ Dario zog Lars energisch auf dessen zittrige Beine.
„Beeil dich, amigo. Die haben dir die Pulsadern aufgeschnitten. Zum Glück quer und nicht längs, diese Dilettanten. Estos idiotas estúpidos.“
Inzwischen zitterte Lars so sehr, dass Dario ihn kurzerhand mit sich schleifte. Sie erreichten die Straße in dem Moment, in dem Christian mit seinem Citroen vorfuhr. Dario riss die Tür auf, schob Lars auf die Rückbank und ließ sich gleich darauf selbst auf den Sitz fallen.
„Fahr endlich!“, schnauzte er Christian nervös an. Der trat das Gaspedal durch und mit quietschenden Reifen schoss der Wagen vorwärts.

****

Verängstigt hockte Phil zwischen zwei finster dreinblickenden Männern in einem roten Sharan. Der links von ihm hatte Blutspritzer im Gesicht, der rechts wischte sich soeben seine blutfleckigen Hände mit einem Taschentuch

ab. Phil wagte nicht nach Lars zu fragen. Er hatte Angst, dass seine Entführer ihn umgebracht hatten, und wollte sich lieber an die Hoffnung klammern, dass sich Lars genauso wie er selbst eine Backpfeife eingefangen hatte. Seine eigene Nase schmerzte, sobald er sie berührte.
„Wo fahren wir hin?", wollte er wissen und zog schon in Erwartung einer weiteren Ohrfeige den Kopf ein.
„In die St. Elisabeth-Kirche", antwortete der Mann rechts von ihm überraschend.
„In die Kirche?" Phil schaute verblüfft von seinen verkrampften Händen auf.
„Ja, Pater Bichler will dich sprechen."
„Pater …" Phil wurde es zunächst ganz kalt. Schließlich überlief ihn ein Hitzeschauer, der jegliche Angst fortbrannte.
„Hat euch etwa meine Mutter geschickt?", fragte er ins Blaue hinein und spürte, wie die Wut ungebremst in ihm emporkroch.
„Frau Ahnert hat sich hilfesuchend an Pater Bichler gewandt. Und der ist extra wegen dir Arschficker hierher gekommen. Du solltest deiner Mutter dankbar sein."
Dankbar? Der Kerl hatte sie ja wohl nicht mehr alle!
„Anhalten! Sofort anhalten! Ich glaube es nicht. Ihr dämlichen Spinner!" Der von Lars gefürchtete Psycho-Phil bekam unversehens die Oberherrschaft. Mit einem Mal ging sein unbeherrschtes Gebrüll in ein dumpfes Keuchen über.
„Hör mal, du schwule Sau, wir können auch anders", sagte der Mann links neben Phil, der ihm unerwartet die Faust in den Magen gerammt hatte.
„Dass wir dich bisher mit Samthandschuhen angefasst haben, liegt allein an unserem Respekt gegenüber deiner Mutter. Allerdings ist es kaum zu glauben, dass du Wichser ihr Sohn sein sollst. Also verhalte dich still und sei artig, damit dir nichts passiert. Okay?"

„Okay“, stöhnte Phil, der sich vor Schmerz krümmte. „Okay, ich hab’s kapiert.“
Eine Weile fuhren sie schweigend weiter.
„Was ist mit Lars?“, fragte er dann doch. Seine Gedanken kreisten ohnehin dauernd um seinen Freund.
„Dein Schwanzlutscher? Der konnte es einfach nicht mehr ertragen, dass du ihn verlassen hast“, antwortete der Typ rechts von ihm. Von den vorderen Sitzen erklang leises, belustigtes Gelächter.
„Und das soll heißen?“, fragte Phil vorsichtig nach, obwohl er ahnte, dass die Antwort ihm nicht gefallen würde.
„Dass sich der Sodomit in der Badewanne umgebracht hat.“
„Und da Selbstmord eine Sünde ist, wird er wohl kaum in den Himmel kommen, Philemon“, säuselte der linke Schläger in Phils Ohr. Der sank in dem Sitz zusammen. Lars hatte keine Backpfeife erhalten. Diese elenden Hunde hatten ihn tatsächlich umgebracht. Gütiger Himmel! In seiner Wohnung lag eine Leiche. Und diese Leiche war sein Freund. Zittrig atmete Phil einmal tief ein, um die wachsende Panik zu bekämpfen. Was tat man eigentlich, wenn man mit fünf Mördern in einem Auto saß?

Lars’ nackte Zehen ragten senkrecht zur Decke auf, als der Arzt in der Notaufnahme seine Handgelenke nähte. Die mit einer Rasierklinge durchgeführten Schnitte hatten zwar seine Adern durchtrennt, aber glücklicherweise die Sehnen unverletzt gelassen.
„Ein Schönheitsmakel, mehr nicht“, hatte der Arzt zu seiner Beruhigung gesagt. Jetzt starrte Lars in das blendfreie Licht der Lampe, die über ihm aufragte.
„Gleich haben Sie es überstanden, Herr Erlen“, erklärte der Arzt freundlich.

In Lars' Ohren klang das, als würde er eingeschläfert werden und stünde im nächsten Moment den Engelein gegenüber.

Und genau das wäre beinahe passiert, flüsterte eine fiese Stimme in seinem Innersten. *Wären Christian und Dario nicht zufällig vorbeigekommen.*

„Die letzten zwei Stiche. Halten Sie durch?"

Lars nickte schwach. Der Schock saß ihm ganz schön in den Knochen. Er konnte kaum glauben, dass ihn jemand hatte töten wollen.

„Okay, das war's." Der Arzt half ihm sich aufzusetzen. „Alles in Ordnung? Oder ist Ihnen schwindlig?"

„Nein, es geht schon." Lars sah zu, wie der Arzt schneeweiße Verbände um beide Handgelenke wickelte.

„Sind Sie gegen Tetanus geimpft?", lautete die nächste Frage. Langsam konnte Lars seinen Freund verstehen: Weißkittel konnten tatsächlich nerven. Er zuckte ahnungslos mit den Schultern.

„Wenn Sie es nicht wissen, gebe ich Ihnen lieber eine zur Prophylaxe." Eine Spritze wurde aufgezogen und im nächsten Moment in Lars' Oberarm versenkt.

„Herr Erlen, ich würde Sie gerne zur Beobachtung über Nacht hierbehalten", erklärte der Arzt, während er seine Instrumente forträumte und schreckte Lars damit aus seiner Lethargie auf.

„Kommt nicht infrage", sagte er abwehrend. Überrascht drehte sich der Arzt zu ihm um.

„Ich muss mit der Polizei sprechen", fügte Lars lahm hinzu.

„Sie können genauso gut hier mit der Kripo reden."

„Nee, vielen Dank. Von Krankenhäusern habe ich erst einmal genug." Lars zog den Bademantel fester um sich. Ihm war kalt. Der Mantel sah zwar eher wie eine Schlachterschürze aus, allerdings hatte er nichts anderes zum Anziehen.

Besser, als nackt herumzulaufen, dachte sich Lars. Er rutschte vorsichtig von dem Behandlungstisch herunter. Die Fäden an seinen frisch genähten Handgelenken spannten unangenehm, sodass er das Gesicht verzog. Auf jeden Fall war es angenehmer, als tot zu sein. Er schlang die Arme um sich, um ein verräterisches Zittern zu verbergen und schenkte dem Arzt, der ihn aufmerksam beobachtete, ein halbherziges Lächeln.

„Nehmen Sie ruhig etwas ein, wenn das Lokalanästhetikum nachlässt und Sie Schmerzen bekommen. Wollen Sie nicht doch lieber über Nacht hierbleiben? Ich erkläre das gerne der Polizei."

Lars schüttelte den Kopf.

„Herr Erlen, Sie haben einen Schock. Ehrlich gesagt, würde ich sie ungern unbeobachtet wissen."

„Meine Freunde warten draußen. Ich kann bestimmt über Nacht bei ihnen bleiben. Ich bekomme das hin. Wirklich." Er versuchte überzeugend auszusehen. Der Arzt seufzte und gab auf.

„Also schön. Dann würde ich Ihnen gerne noch etwas zum Beruhigen spritzen und ein leichtes Schlafmittel werde ich Ihnen auch mitgeben. In Ordnung?"

Eine weitere Nadel fand ihren Weg in seinen Arm. Willenlos ließ Lars es sich gefallen und nahm mit einem schwachen Lächeln eine Tablettenschachtel entgegen, die er in die Tasche seines Bademantels versenkte.

„Gute Besserung, Herr Erlen."

„Ja, danke. Auf Wiedersehen. Oder vielleicht lieber nicht." Auf nackten Füßen tappte er zur Tür und trat auf den Flur der Notaufnahme hinaus, wo Christian und Dario bereits mit zwei Polizisten sprachen. Ein wenig verloren blieb Lars in seinem blutverschmierten Bademantel stehen, bis Christian ihn bemerkte. Das Gespräch unterbrechend sprang er auf und eilte an seine Seite.

„Lars, wie geht es dir? Ist soweit alles klar?“ Er berührte mit den Fingerspitzen vorsichtig das Veilchen, das einer der Entführer mitten auf Lars’ Auge gepflanzt hatte. Lars verzog das Gesicht und versuchte sich erneut an einem Lächeln, als er die Besorgnis seiner beiden Freunde bemerkte. Es wurde nur eine Grimasse daraus.
„Herr Erlen? Ich bin Kommissar Krause. Und dies ist mein Kollege, Herr Wegener.“ Einer der Polizisten trat auf ihn zu und streckte die Hand aus. Als sein Blick auf Lars’ leuchtende Verbände fiel, senkte er die Hand gleich wieder und räusperte sich.
„Herr Wöhler und Herr Ferre sagten mir, dass man Sie überfallen hat und Ihr Freund dabei entführt wurde. Ist das richtig?“ Er musterte Lars’ blutigen Bademantel.
Lars nickte schlicht.
„Ich möchte Sie bitten, mit mir auf die Wache zu kommen“, sagte der Kommissar, während sein Kollege dastand, als würde er sich langweilen. Sogleich schüttelte Lars den Kopf.
„Ich will erst einmal nach Hause und mir etwas anziehen. Ob Sie es glauben oder nicht, aber diese Garderobe trage ich üblicherweise nicht den ganzen Tag. Ich bin barfuß, meine Eier schwingen unter diesem Mantel frei herum und es ist arschkalt.“ Herausfordernd sah er Krause und Wegener an. Die beiden hielten seinem Blick problemlos stand. Okay, die Kommissare waren sicherlich ganz andere Typen gewohnt.
„Also gut. Ein kleiner Abstecher zu Ihnen nach Hause“, lenkte Krause nach einem kurzen Blickwechsel mit seinem Partner ein. „Dann können wir uns den Tatort schon mal kurz ansehen.“

Aus dem Schrank suchte sich Lars Jeans, Sweatshirt, Shorts und Socken hervor. Den blutigen Bademantel stopfte er in eine Tüte. Dabei fiel etwas aus der Bademanteltasche. Lars hob den kleinen Gegenstand auf. Die runde Holzscheibe, die er im Bad bei der Wanne gefunden hatte, war ihm völlig entfallen. Einen Moment lang starrte er sie an, dann stopfte er sie in die Tasche seiner Jeans. Bekleidet mit einer Boxershorts eilte er mit seinem Kleiderbündel und der Tüte zum Badezimmer, wo Krause und Wegener an der Tür standen und einen Blick auf das Schlachtfeld warfen. Dort tobte sich bereits ein ganzer Trupp der Spurensicherung aus. Nummerntafeln standen am Boden und auf der Wanne, es wurde fotografiert und gepinselt. Die angetrockneten Blutspritzer fielen auf dem nussfarbenen Parkettboden kaum auf. Dagegen war die weiße Wanne völlig verschmiert und das Wasser darin rostig verfärbt.

„Darf ich mal?" Das war eine rhetorische Frage und Lars versuchte sich an den Kommissaren vorbeizudrängeln.

„Das geht nicht, Herr Erlen. Das ist ein Tatort", ergriff Wegener erstmalig das Wort.

„Das interessiert meine Blase nicht. Außerdem will ich mich waschen." Lars schaltete auf störrisch.

„Wir müssen Sie zuvor fotografieren. Mit dem Blut und allem", wandte Krause ein.

„Das wurde bereits im Krankenhaus gemacht. Holen Sie sich die Bilder von dort. Zum Teufel! Wollen wir hier endlos diskutieren oder lassen Sie mich schnell machen, damit wir Phil suchen können?" Lars wurde lauter.

Krause zog eine Augenbraue empor.

„Sie können da nicht rein und der Spurensicherung mögliche Beweise vernichten. Auf dem Revier können Sie sich säubern und auf die Toilette können Sie dort auch."

Lars hörte ihm kaum zu. Er starrte ins Bad. Hier hatte er ermordet werden sollen. Hier hatte er um sein Leben gekämpft. Er konnte noch immer diese unerbittliche Hand in seinem Nacken spüren, die seinen Kopf unter Wasser gedrückt hatte. Allein der Gedanke verursachte ihm eine

Gänsehaut und erneute Beklemmungen. Unwiderstehlich wurde sein Blick von der Wanne angezogen. Seine Hilflosigkeit kam ihm in den Sinn, als die drei Kerle ihn festgehalten hatten. Lars verschränkte die Arme vor der Brust, zog die Schultern hoch und versuchte ein erneutes Zittern zu unterdrücken. Inzwischen wusste er Atemluft wirklich zu schätzen.

„Herr Erlen?" Krause berührte ihn am Arm. „Ist alles okay mit Ihnen?"

„Mein Freund ist entführt worden. Man hat mir die Pulsadern aufgeschnitten und versucht, mich zu ertränken. Natürlich ist alles in Ordnung."

„Entschuldigen Sie, das war eine blöde Frage." Krause gab sich friedlich und nahm ihm die Tüte mit dem Bademantel ab.

„Vergessen Sie's", lenkte Lars erschöpft ein. „Ich bin eben etwas empfindlich. Sie haben es ja nicht so gemeint. Lassen Sie mich nur schnell meine Sachen anziehen. Anschließend können wir von mir aus gehen."

Im Treppenhaus begegneten sie Melanie, die ihn angesichts der fremden Männer an seiner Seite fragend ansah. Im nächsten Moment bemerkte sie Lars' Verbände und fasste erschrocken nach seinem Arm.

„Was ist denn mit dir passiert?"

„Wir sind überfallen worden, Mel. Das hier sind Kommissar Krause und Kommissar Wegener. Ich muss mit ihnen auf die Wache und meine Aussage machen. Würdest du bitte nachher die Wohnung abschließen, wenn die Polizei dort fertig ist?"

„Die Spurensicherung arbeitet gerade im Bad", erklärte Krause und fragte Melanie: „Und Sie sind wer?"

„Melanie Burkhardt. Ich wohne gleich eine Tür weiter."

„Haben Sie von dem Überfall etwas mitbekommen?"

Melanie schüttelte den Kopf.
„Ich habe meine Kinder zur Oma gebracht und war danach den ganzen Tag unterwegs. Von einem Überfall höre ich eben zum ersten Mal. Lars, wo ist denn Phil?“
„Entführt“, sagte er mit bröckelnder Stimme und war auf einmal den Tränen ziemlich nah. Melanie sah ihn schockiert an.
„Entführt? Wer, um alles in der Welt, sollte denn Phil entführen? Und warum?“
Darauf wusste Lars keine Antwort. Krause legte ihm einen Arm um die Schultern und zog ihn überraschend sanft in Richtung Ausgang.
„Die Kollegen werden sich in Kürze an Sie wenden, Frau Burkhardt. Bleiben Sie bitte zu Hause“, sagte Wegener und folgte ihnen eilig, eine sprachlose Melanie zurücklassend.

Dario und Christian hatten im Streifenwagen auf die Kommissare und Lars gewartet. Die beiden waren ungewohnt schweigsam. Auch Lars hatte auf der Fahrt zum Revier nicht viel zu sagen, sodass jeder seinen eigenen Gedanken nachhing. Auf der Polizeiwache wurden sie getrennt, um einzeln vernommen zu werden.
Nun saß Lars Kommissar Krause gegenüber und blickte wie in Trance auf die Tasse Kaffee, die vor ihm stand. Mit einem Aufnahmegerät setzte sich der Kommissar zu ihm.
„Darf ich das Gespräch aufzeichnen?“, fragte er. Langsam nickte Lars.
„Haben Sie Schmerzen oder können wir reden?“, wollte Krause freundlich wissen.
Lars nahm die Kaffeetasse vorsichtig mit beiden Händen auf und trank einen Schluck. Für Beamtenkaffee war das Gebräu gar nicht übel. Erst jetzt sah er Krause an, der geduldig wartete. Die Ruhe des Kommissars wirkte auf seine

eigenen angespannten Nerven ein wenig unheimlich. Lag das an der Routine des Polizisten?
„Was wollen Sie wissen?“
„Erzählen Sie mir einfach der Reihe nach, was passiert ist“, forderte Krause ihn auf.
Lars nickte und trank einen weiteren Schluck. Langsam und mit ein wenig unsicherer Stimme begann Lars zu berichten, wie er an der Tür überrumpelt wurde und anschließend ertränkt werden sollte. Er beschrieb die Entführer, soweit er sich an die fünf Männer erinnern konnte, und stellte erschrocken fest, dass diese Beschreibung ziemlich oberflächlich ausfiel. Krause saß aufmerksam vor ihm, hörte nur zu und unterbrach nicht ein einziges Mal. Erst als Lars hilflos verstummte, stellte er seine Fragen.
„Ist Ihnen an den Männern etwas Besonderes aufgefallen? Hatten sie einen Akzent, auffällige Frisuren, besondere Kleidung, Schmuck?“
Lars schüttelte den Kopf.
„Die waren ganz normal angezogen. Jeans, Hemden oder Sweatshirts. Einer hatte einen schmalen Kinnbart, ein anderer eine Brille. Mehr ist mir in der Aufregung nicht aufgefallen.“
„Waren sie bewaffnet?“
„Ich weiß es nicht. Vielleicht.“
„Was könnten diese Leute von Herrn Ahnert wollen? Eine Geldforderung scheidet ja wohl aus, wenn niemand da ist, an den die Entführer die Forderung richten können.“
„Ich habe keine Ahnung. Phil ist Schriftsteller. Über seine Finanzen haben wir nie gesprochen. Die Wohnung gehört ihm. Über welche Mittel er ansonsten verfügt, kann ich wirklich nicht sagen.“ Lars zuckte mit den Schultern. „Die Typen haben uns als pervers und als Säue bezeichnet. Sie gehören jedenfalls nicht zu schwulenfreundlichen Liga.“
Krause fuhr sich durch seinen braunen Stoppelhaarschnitt.

„Im Bad lagen Rasierklingen. Waren das Ihre oder haben die Entführer die Klingen mitgebracht?"
„Die gehörten Phil. Ich habe ihm geholfen, seinen Bart abzunehmen. Phil hatte vor einer Weile einen schweren Unfall und seitdem eine Narbe im Gesicht. Von dem Bart wollte er sich erst nicht trennen, weil er die Narbe hässlich fand. Ich hatte die Klinge im Rasierer gewechselt und deshalb die Packung hervorgeholt. Sagen Sie, Herr Krause, wie wollen Sie Phil denn finden?"
„Kaffee?"
Lars nickte dankend und bekam nachgeschenkt.
„Hatte Ihr Freund Feinde?"
„Ehrlich gesagt, fällt mir nur seine Mutter ein. Phil hatte sich vor ein paar Monaten als schwul geoutet und das passte seiner Mutti überhaupt nicht. Sie will von Phil nichts mehr wissen und hat ihn nicht einmal im Krankenhaus besucht. Soweit ich mitbekommen habe, hatte er sich vor unserem Kennenlernen ziemlich zu Hause eingegraben und an seinem Roman geschrieben. Ich kann mir nicht vorstellen, dass er irgendwo derartig angeeckt ist, dass ihn deswegen jemand entführen und mich umbringen will. Nee, Phil ist viel zu liebenswert, als dass man ihn hassen könnte. Aber seine Mutter ist wegen unserer Beziehung völlig ausgetickt. Am Telefon hat sie mich ziemlich übel beschimpft."
„Ist vielleicht jemand eifersüchtig auf Ihre Beziehung? Oder gibt es Neider? Sind Sie als Homosexueller bedroht worden?"
Lars schüttelte den Kopf.
„Dann müssen wir abwarten, ob jemand in der Nähe seiner Wohnung von der Entführung etwas mitbekommen hat. Und wir werden mithilfe der Zeitung nach Zeugen suchen und das Bild aus seinem Personalausweis hineinsetzen. Eventuell kommen wir mit den Fingerabdrücken weiter. Es müssten ja welche auf den Türen, den Rasierklingen und

dem Wasserhahn der Badewanne zu finden sein. Mit seiner Mutter werden wir uns ebenfalls in Verbindung setzen." Krause schaltete das Aufnahmegerät aus und schob Lars eine Visitenkarte zu.
„Rufen Sie mich zu jeder Tages- und Nachtzeit an, wenn Ihnen noch etwas einfällt. Zu der Beschreibung der fünf Männer, die Sie mir gegeben haben oder zum Tathergang. Egal was. Okay?"
„Ja, natürlich."
„Wo werden Sie heute Nacht bleiben, Herr Erlen? In die Wohnung können Sie im Augenblick nicht zurück."
„Ich kann sicher bei meinen Freunden übernachten."
„Wollen Sie Polizeischutz?"
Darüber hatte Lars überhaupt nicht nachgedacht. Würden die Kerle zurückkommen und zu Ende bringen wollen, was sie beim ersten Mal nicht geschafft hatten? Eigentlich glaubte Lars nicht daran. Außerdem fand er bereits die Vorstellung eines Polizisten, der ständig an seinen Fersen klebte, unangenehm. Daher schüttelte er den Kopf.
„Also gut", sagte Krause. „Ich bringe Sie jetzt zu Herrn Decker. Der wird von Ihnen Fingerabdrücke, eine Haarprobe und Ähnliches für Vergleichsspuren nehmen, damit wir Ihre Spuren im Badezimmer von denen der Täter unterscheiden können. Und danach sollten Sie mit Ihren Freunden nach Hause gehen."

Auch Dario und Christian hatten ihre Aussage zu Protokoll gegeben, obwohl sie zu den Vorgängen nicht viel berichten konnten. Ihre Beschreibung der Täter entsprach allerdings Lars' Angaben und konnte sie um einige Kleinigkeiten ergänzen. Wegener brachte sie zu einem wartenden Streifenwagen, der sie nach Hause bringen sollte.
„Wir haben Nadim angerufen", sagte Dario plötzlich, als sie nebeneinander auf der Rückbank des Wagens saßen.

„Du bleibst auf keinen Fall alleine. Und da Chris und ich morgen arbeiten müssen, schlüpfst du solange bei Nadim und Muck unter. Du kannst Muck ein bisschen im Laden helfen, in Ordnung?“

„Ich habe diesen Job in der Bücherei“, sagte Lars.

Christian sah ihn missbilligend an. „Vergiss es. Ich rufe da an und erkläre denen die Sache. Mit diesen Handgelenken kannst du ohnehin nicht den halben Tag Bücher einsortieren.“

Lars gab es auf protestieren zu wollen und schwieg, bis sie bei Muck und Nadim vor dem Haus hielten. Das langjährige Pärchen erwartete sie bereits. Nachdem Lars von dem chauffierenden Polizisten ein weiteres Mal darauf hingewiesen wurde, dass er sich sofort melden sollte, wenn ihm ein helfender Gedanke kam, waren die drei entlassen. Schon stürzte Muck auf Lars zu. Ehe sich der versah, hatte der kleine Dicke seine Arme um ihn geschlungen und presste ihn fest an sich.

„Ich bekomme einen Herzinfarkt nach dem anderen. Schätzchen, was machst du nur für Sachen?“, rief Muck, löste sich abrupt von Lars und nahm dessen Hände in die seinen, um die strahlend weißen Verbände mit gerunzelter Stirn zu betrachten.

„Was für Menschen tun so etwas?“, fragte er fassungslos.

„Wollen wir nicht erst einmal hineingehen? Wir bieten hier auf der Straße wirklich ein Riesenschauspiel.“ Wie eine Henne scheuchte Nadim sie alle ins Haus. Kurze Zeit später saßen sie einander im Wohnzimmer gegenüber. Muck brachte belegte Stullen und Tee und ließ sich anschließend zusammen mit Nadim die jüngsten Ereignisse berichten.

„Hast du eine Idee, wer Philly entführen könnte?“, fragte Dario an Lars gewandt. Der schüttelte den Kopf. Irgendwie spukte ihm immer Mutter Ahnert im Sinn herum. Eigentlich hielt er es für völlig abwegig, dass sie Phil entführen lassen würde. Immerhin hatte sie deutlich klargemacht, dass sie mit ihrem Sohn nichts mehr zu tun haben wollte. Und man entführte in der Regel niemanden, den man nicht sehen wollte. Außerdem traute er einer bibeltreuen Frau gestandenen Alters eine derartige kriminelle Energie nicht zu. Trotzdem war Lars froh, dass die vier Freunde seine Meinung teilten. Trotzdem hatte er weiterhin das Gefühl, etwas Entscheidendes zu übersehen. Lars seufzte. Wegen seiner Angst um Phil konnte er überhaupt nicht mehr klar denken. Dazu kam das unangenehme Zwicken der frisch genähten Wunden an seinen Gelenken und die Tatsache, dass er nur durch einen glücklichen Zufall überlebt hatte, sickerte allmählich bis zu seinem Verstand durch.

„Fassen wir mal zusammen", sagte Christian nach einer Weile. „Um Lösegeld kann es sich nicht handeln, weil es niemanden gibt, der es zahlt. Auf Phils Leben hat der Entführer es nicht abgesehen, sonst hätten sie ebenfalls versucht, ihn in seiner Wohnung abzumurksen. Schließlich macht es keinen Sinn, Lars einerseits in der Badewanne zu ertränken und Phil dafür durch die halbe Stadt zu kutschieren, um ihn nach einer Stadtrundfahrt im Park umzulegen. Also geht es nicht um Geld oder Leben. Nur um was sonst?" Ratlos sah Christian von einem zum anderen.

„Vielleicht hat es etwas mit Peter Bergmann zu tun", überlegte Muck.

„Ein Fan vielleicht." Dario sprang sofort auf den Gedanken an. „Ein durchgeknallter Stalker, der Philly für sich haben will."

„Oder ein Oskar-Fan, der etwas dagegen hat, dass der sich plötzlich als Homo outet. Und Phil soll das Buch nun umschreiben", phantasierte Nadim weiter.

„Ihr seid ja bekloppt", sagte Lars so plötzlich, dass alle verstummten. „Phil ist nicht gestalkt worden. Er war im Krankenhaus. Wenn da ein Psychopath herumgelungert hätte, hätte ich garantiert etwas mitbekommen. Und ein Fan soll ihn entführt haben, damit er das Buch umschreibt? Also wirklich. Das ist eine nette Geschichte, die mal als *Misery* im Kino und im Fernsehen lief. Wo die Krankenschwester den Autor entführte, damit der ihre Lieblingsserie fortsetzt. Das mag sicherlich eine spannende Geschichte gewesen sein, aber es war eben bloß eine Geschichte."

„Fällt dir etwas Besseres ein?", fragte Muck.

„Nein."

„Also kein Mord, kein Geld, kein Stalker und kein Fan", zählte Christian auf. Sie sahen einander an.

„Ich habe wirklich keine Idee. Phil ist absolut sympathisch, den muss man einfach mögen. Wer also könnte ihn entführen wollen?", fragte Nadim. Muck sah seinen Lebensgefährten stirnrunzelnd an.

„Mögen müssen. Genau das ist es. Diese Mischung aus Maulwurf und Schrank, die Phils Mutter zum Verheiraten mit angeschleppt hat. Die ist hinter dem ihr versprochenen Phil her", rief er.

Lars begann hysterisch zu lachen. Die Treckerfahrerin vom Bahnhof? Das konnte Muck unmöglich selbst glauben.

„Für heute sollten wir Feierabend machen", murmelte Nadim angesichts Lars' Heiterkeitsausbruch. „Lars braucht ein bisschen Ruhe und Erholung. Wir können uns ja morgen nach der Arbeit im Tuntenfisch treffen. Vielleicht hat die Polizei bis dahin einen Hinweis."

„Ehrlich gesagt ist mir Oskar Mewes lieber als dieser Kommissar Krause", sagte Dario.

„Lass mal, Dario. Wenn wir schon keine Idee haben, wer die Entführer sein können, dann stochert der Krause erst recht im Tal der Ahnungslosen. Vielleicht finden die in der Wohnung Fingerabdrücke und haben jemanden in ihrer Kartei, der dazu passt." Christian zog seinen Freund vom Sofa hoch. „Also bis morgen. Versuch zu schlafen, Lars, okay?"

„Okay." Lars nickte und fügte mit schwacher Stimme hinzu: „Danke."

Muck brachte Dario und Christian zur Tür und Nadim führte Lars inzwischen zum Gästezimmer. Das Bett dort war frisch bezogen und es lag sogar eine Zahnbürste parat.
„Möchtest du eine Schmerztablette oder etwas, um dein Veilchen zu kühlen? Muck schwört bei Blutergüssen ja auf diese Arnikakügelchen."
Ablehnend schüttelte Lars den Kopf. Eigentlich wollte er nur unter die Decke kriechen, einschlafen und morgen aufwachen, um festzustellen, dass er alles nur geträumt hatte.
„Sollen wir dir das Licht anlassen?", fragte Muck, der in der Tür auftauchte. Das fehlte noch, dass Lars wie ein Kleinkind eine Nachtlampe benötigte. Er schüttelte wieder den Kopf.
„Ich komme klar", murmelte er. Schließlich war er ja bereits groß.

****

Sie brachten Phil nicht direkt in die St. Elisabeth-Kirche, sondern in das angrenzende Gemeindehaus.

Wegen Renovierung geschlossen

stand auf einem großen Zettel an der Eingangstür. Die Entführer öffneten und schoben Phil gleich darauf einen Flur entlang, bis zu einem der hinteren Zimmer. Mehrere Stühle standen an einer Wand und ihnen gegenüber befand sich ein großes Holzkreuz, das wie ein Monument mitten im Raum stand. Ansonsten war das Zimmer leer. Allerdings registrierte Phil, dass im Querbalken des Kreuzes ein Ring eingelassen war, von dem ein Strick herabhing. Ehe er sich gedanklich damit befassen konnte, klappte hinter ihm die Tür zu. Er war allein. Diese Chance nutzend rannte er sofort zu dem Fenster, riss die Vorhänge beiseite und erstarrte mitten in der Bewegung. Es gab Fensterläden und die waren von außen geschlossen.

„Verflixt“, murmelte Phil zutiefst enttäuscht durch die zusammengebissenen Zähne. Um Hilfe schreien hatte auch keinen Sinn, denn bis zur Straße würde ihn kein Mensch hören. In einer verzweifelten Geste legte er eine Hand auf die Scheibe und seufzte tief. So nah war die Freiheit. Direkt hinter diesem Fenster. Und dennoch konnte er nicht flüchten. Er hörte, wie sich die Tür erneut öffnete, und glaubte gleich darauf Blicke zu spüren, die sich an seinem Rücken festsaugten. Langsam drehte sich Phil um. Gekleidet in einen schwarzen Rolli und ein braunes Sakko stand ein Mann seines Alters vor der Tür und sah ihn still an. Der dunkle, kurze Lockenschopf und die schlichte, silberne Brille kamen Phil vage bekannt vor. Er kramte in seinem Gedächtnis nach einem Namen und riss verwundert die Augen auf, als er sich erinnerte.
„Thomas?“, fragte er, einen schlaksigen Jungen mit Schulranzen vor dem inneren Auge.
„Wie schön, dass du mich erkennst, Philemon. Hast du inzwischen begriffen, dass es keine Fluchtmöglichkeit gibt?“ Thomas nickte in Richtung des Fensters.
„Warum bin ich hier?“, fragte Phil, der keine Ahnung hatte, warum sein alter Klassenkamerad auf einmal vor ihm stand. Thomas kam nicht zum Antworten, denn eine weitere Person gesellte sich zu ihnen. Mittlerweile verstand Phil gar nichts mehr. Was um alles in der Welt hatte Carola hier verloren? Und wieso sah sie ihn derartig frostig an?
„Ich glaube, Philemon möchte ein paar Fragen beantwortet haben“, sagte Thomas zu Carola, die daraufhin gelassen nickte. Phil schaute verwundert zwischen den beiden hin und her.
„Fangen wir mit deinem unzüchtigen Verhalten an, Philemon“, sagte Thomas im herablassenden Tonfall eines Oberlehrers. Augenblicklich fuhr Phil auf: „Wenn du darauf anspielst, dass ich schwul bin, dann erkläre mir bitte

mal, warum du mich vor Jahren selbst geküsst hast."
Thomas zog ein angewidertes Gesicht.
„Es war bereits eine Zumutung in der Schule neben dir zu sitzen, aber als mich deine Mutter um diesen Gefallen bat …"
„Moment mal, Moment mal", unterbrach ihn Phil verstört. „Wie war das? Meine Mutter hat dich darum gebeten?" Ungläubig starrte er Thomas an.
„Sie hatte damals schon eine ganze Weile den Verdacht, dass du homosexuelle Gedanken hegst. Ich sollte für eine Probe aufs Exempel hinhalten. Also habe ich dich geküsst und du bist prompt darauf angesprungen. Das war so widerwärtig, Philemon, dass ich mir hinterher die Lippen blutig geschrubbt habe."
Phil stand da, als hätte er eine Ohrfeige erhalten.
„Meine Mutter hat dich auf mich angesetzt?", fragte er fassungslos nach. „Und hinterher schlägt sie mich mit dem Besen zusammen?"
„Sie hat dies getan, um dich von deinem falschen Weg abzubringen. Schließlich hatte sie stets dein Seelenheil im Sinn, als sie dir den Teufel austreiben wollte. Damals nahmen wir an, dass du diese Lektion begriffen hättest. Danach hast du dich ja tadellos benommen. Mit deinem Umzug hierher hast du ihr Misstrauen auf's Neue geweckt. Und aus der Ferne konnte sie dich nicht wie gewünscht kontrollieren. Daher wollte sie dir unbedingt einen Besuch abstatten, weil du ihre Einladungen ständig abgelehnt hattest. Als du mit dieser Schwuchtel am Bahnhof aufgetaucht bist, wusste sie gleich, woran sie mit dir war. Zu deiner perversen Veranlagung hast du dich ja später tatsächlich noch bekannt."
„Ich bin schwul, Thomas. Das hat mit pervers nicht viel zu tun", sagte Phil voller Wut.
„Es ist widernatürliches Verhalten, Philemon. Du kennst die entsprechenden Bibelstellen. Ich muss sie dir bestimmt

nicht alle zitieren. Und es gibt eine, die besonders klar und eindeutig ist. Ich sage nur: Drittes Buch Moses, Kapitel 20, Philemon."

Phil schluckte schwer.

„Na los, Philemon. Beweise mir, dass du in den Bibelstunden etwas gelernt hast", forderte ihn Thomas auf.

Phil leckte sich über die trocken gewordenen Lippen. Er wusste genau, welches Zitat Thomas meinte.

„Philemon!"

„Oh, verdammt! Wenn jemand bei einem Manne liegt wie bei einer Frau, so haben sie getan, was ein Gräuel ist und sollen beide des …" Entsetzt brach Phil ab.

„… des Todes sterben", ergänzte Carola mit harter Stimme. „Den Autounfall hast du wider Erwarten überlebt."

„Du hast mich absichtlich überfahren?", würgte Phil hervor, als er endlich begriff, und fasste sich unwillkürlich an die lange Narbe in seinem Gesicht. Carola nickte.

„Deine Mutter war außer sich, als sie es erfahren hat. Sie rief mich an und bat mich um Hilfe."

Das war einfach ungeheuerlich! Carola, die im Krankenhaus an seinem Bett gesessen und wie ein Kettenhund geheult hatte? Die sich tränenreich bei ihm entschuldigte und sich gar nicht mehr einkriegte, weil sie ihn verletzt hatte? Carola hatte ihn umbringen wollen?

„Ich habe mehrere Tage auf eine günstige Gelegenheit gewartet, bis du vor dem *Oktopus* völlig blind auf die Straße gelaufen bist. Diese Chance habe ich genutzt und auf dich drauf gehalten." Wie sie das erzählte, leichthin, als ob sie über das Pflücken von Sonnenblumen sprach. Phil war völlig geschockt. Nun fuhr Thomas im Erklären fort:

„Gott scheint deinen Tod gar nicht zu wollen, denn er hat dich nicht zu sich genommen, Philemon."

„Wie großzügig von dem alten Herrn da oben", murmelte Phil sarkastisch.

„Deine Mutter muss seinen Willen falsch interpretiert haben. Sicherlich, weil sie von deinem Outing derartig überrumpelt war. Wie konntest du ihr das antun, Philemon? Deiner Mutter, die sich in ihrer Liebe zu dir täglich derartig aufopfert, dass sie bereit ist, deine Seele eher dem Herrn zu empfehlen, als dich in Sünde leben zu lassen?"
Phil konnte darauf nicht antworten. Er versuchte krampfhaft zu begreifen, was ihm gerade geboten wurde.
„Du bist hier, damit deine Seele gerettet werden kann, jetzt, wo die Beeinflussung deines Sodomitenfreundes keine Gefahr mehr darstellt."
„Ihr habt ihn umgebracht!", brüllte Phil, der die Beherrschung verlor, und trat einen Schritt auf Thomas zu. Der stieß ihm unerwartet heftig gegen die Brust. Phil taumelte zurück und stieß mit dem Rücken gegen das Holzkreuz.
„Der teuflische Verführer Lars Erlen hat seine gerechte Strafe erhalten und wurde ausgeblutet wie ein Schwein, das er auch war", fauchte Thomas und auf einmal schien es Phil, als hätte der Wahnsinn menschliche Gestalt angenommen und stand nun in Thomas' Person vor ihm.
„Ihr seid ja alle miteinander irre", sagte Phil voller Furcht. Er wusste, dass die Geschichtsbücher mit Schreckenstaten im Namen der Kirche voll waren. Er hatte nicht das Bedürfnis, Teil eines weiteren Kapitels zu werden. Thomas' Hand legte sich schwer auf seine Schulter.
„Du bist die verdorbene Frucht deines Vaters, Philemon. Aber es gibt eine Chance, dich zu retten."
„Was hat denn mein Vater mit dieser Sache zu tun?" Langsam wurde Phil ganz wirr.
„Hat er sich nicht mit deiner Mutter überworfen? Stellte er sich nicht gegen die frommen Pläne, die sie mit dir hatte? Versuchte er nicht, den heiligen Bund der Ehe zu brechen und dich dem Verderben auszuliefern?"
Phil war ganz durcheinander. Von einer geplanten Scheidung seiner Eltern war ihm nichts bekannt.

„Vater ging angeln, um dem ganzen Wahnsinn zu entfliehen.“
„Und wurde dabei von seinem ketzerischen Verhalten erlöst“, flüsterte ihm Thomas ins Ohr, ehe er einige Schritte zurücktrat. Mit großen Augen starrte ihn Phil an.
„Mörder“, keuchte er einen Moment später. „Ihr seid alle Mörder!“
„Wir bezeichnen uns lieber als Erlöser, Philemon“, erklärte Carola. „Und wir sind dazu bestimmt, deine gequälte Seele befreien.“
„Na los. Dann bringt mich eben um“, entgegnete er kraftlos. Er konnte unmöglich noch weitere derartige Enthüllungen ertragen. Thomas sah ihn einen Moment lang prüfend an. Überraschend packte er Phils Hände und schlang ihm das vom Kreuz herabhängende Seil flink um die Gelenke. Ehe sich Phil versah, wurden ihm die Hände mit einem Ruck über den Kopf gezogen.
„Was soll das?“, zischte er, als Thomas das Seil festzurrte. Auf einmal war er den beiden Fanatikern hilflos ausgesetzt und das gefiel ihm ganz und gar nicht.
„Es ist Zeit für deine Errettung. Hab keine Angst, Philemon. Der Herr wünscht deinen Tod nicht“, sagte Thomas gelassen. „Frau Ahnert geht mittlerweile davon aus, dass du besessen bist. Sie hat darüber mit Pater Bichler gesprochen und ihn um Hilfe gebeten. Er ist extra hierher gekommen, um deine Seele zu retten.“
Phil verstand gar nichts mehr und das musste an seinem Gesicht abzulesen gewesen sein.
„Du selbst hast deine Mutter darauf gebracht. Deshalb glaubt sie, dass es ein versteckter Hilferuf des unterdrückten Philemon gewesen ist.“
„Wovon redest du nur?“, fragte Phil und zog nervös an dem Strick, der allerdings nicht einen Zentimeter nachgab.
„Du bist besessen, Philemon. Und Pater Bichler wird dich exorzieren.“

Pater Bichler hatte sich in all den Jahren, die Phil ihn nicht gesehen hatte, überhaupt nicht verändert. Er war kahlköpfig, hatte Hängebacken, die an einen Hush-Puppie-Hund erinnerten, und trug eine riesige, blassgelbe Hornbrille, deren linker Bügel schon in der Vergangenheit bereits mit Klebeband geflickt wurde. Angetan in einem schwarzen Talar und einer violetten Stola betrat er wie ein König den Raum und blickte mit aller Verachtung, die ihm möglich war, auf Phil. Der schwankte mittlerweile zwischen hysterischer Belustigung und panischer Angst. Das war doch nicht wirklich Ernst? Sicherlich würden gleich Lars und seine Mutter durch die Tür kommen, sich vor Lachen biegen und alles als einen großen Spaß abtun. Richtig? Offensichtlich lag Phil falsch, denn zwei seiner Entführer schleppten Wassereimer und eine Kiste herein, stellten sie auf den Stühlen an der Wand ab und zogen sich danach sofort wieder zurück. Nur Carola und Thomas blieben und leisteten Pater Bichler Gesellschaft.

„Keine Sorge, du verlorenes Schaf. Der Herr wird dich erretten", behauptete Pater Bichler mit seiner ungewöhnlich hohen Stimme. Schon damals hatte Phil heimlich die Vermutung angestellt, dass der gute Pater ein Eunuch war. Aber verlorenes Schaf? Erst wurde er als Sodomit bezeichnet und nun als Schaf. Wie überaus passend.

„Ich würde jetzt gerne gehen. Könnte jemand die Freundlichkeit besitzen und mich losbinden, bitte?", sagte Phil bemüht ruhig, obwohl die Angst ihm schwer im Genick saß. Seine Arme begannen in dieser unbequemen Position einzuschlafen. Es konnte doch nicht sein, dass ihm diese Leute hier etwas Unaussprechliches antaten?

„Seht, ihr Gläubigen, der Teufel bekommt es bereits mit der Angst zu tun. Er weiß, dass er nicht siegen kann", erklärte Pater Bichler. In aller Ruhe begann er mit der Segnung des Wassers, das seine Helfer ihm gebracht hatten. Phil dämmerte es, dass dieses Szenario keineswegs als Scherz gedacht war. Dabei war dies alles derartig bizarr und irrational, dass er sicherlich nur träumte.

„Losbinden!“, schrie er voller Panik und zog nachdrücklich an dem Strick. Er sah Thomas flehend an, der Phils Blick einfach ignorierte.

„Bindet mich los!“

„Der Teufel regt sich“, sagte Carola mit einem leisen Lächeln. „Das war nicht anders zu erwarten.“

Phil verkniff sich einen wütenden Fluch, der sicher ebenfalls zu seinen Lasten interpretiert werden würde. Vielleicht wäre es besser, zum Schein auf diesen Wahnsinn einzugehen und darauf zu hoffen, dass sie ihn von diesem Seil befreiten. In einem Traum konnte einem nichts Schlimmes geschehen. Daher konnte er sich getrost ein wenig entspannen. Pater Bichler näherte sich ihm mit einem großen Kreuz in der Hand, das er Phil entgegenstreckte.

„Actiones nostras, quaesumus, Domine, aspirando praeveni et adiuvando prosequere, ut cuncta nostra operatio a te semper incipiat, et per te coepta finiatur.“

Skeptisch sah Phil den Pater an. Latein sollte helfen, einen Schwulen in einen Hetero zu verwandeln? Das war selbst für einen Traum so obskur, dass er beinahe gelacht hätte. Seine Mundwinkel zuckten und mit einem Mal fuhr das Kreuz auf sein Gesicht zu. Unwillkürlich zuckte Phil zurück und schlug mit dem Hinterkopf gegen das Holzkreuz.

„Au!“

„Hah! Seht, wie sich der Teufel fürchtet!“ Triumphierend spritzte Pater Bichler das Weihwasser mit einem Aspergill in Phils Gesicht. Der drehte schnell den Kopf, damit er nichts in die Augen bekam.

„Vade retro in nomine Jesu Christi“, schrie Pater Bichler auf einmal. Phil öffnete blinzelnd die Augen und wartete einen Moment auf eine weitere Spritzattacke, ehe er sich

etwas entspannte, weil der Pater mit der Rezitation seiner Befreiungsgebete fortfuhr.
„Omnes Sancti et Sanctae Dei, intercedete …"
„Haben Sie eigentlich von der Kirche die Befugnis erhalten, einen Exorzismus durchzuführen?", fragte Phil dazwischen. Pater Bichler zuckte deutlich zusammen und geriet verbal ins Stolpern.
Aha, also nicht, dachte Phil, der eine solche Genehmigung nicht einen Augenblick lang angenommen hatte.
„… pro nobis. Propitius esto, parce nobis Domine. Ab omni …"
„Sie haben aber bestimmt eine entsprechende Ausbildung erhalten?"
Pater Bichler warf ihm einen ärgerlichen Blick zu.
„… malo libera nos, Domine, ab omni peccato, ab insidiis daiboli, ab ira et …"
„Auch nicht? Und wieso glauben Sie, dass dieser schwachsinnige Hokuspokus funktioniert?", erkundigte sich Phil nun boshaft.
„… et …" Pater Bichler hatte den Faden verloren.
„Sie wirken nicht gerade gut vorbereitet."
„Et omni mala voluntate." Hilfreich sprang Thomas ein. Pater Bichler lächelte erleichtert.
„… et omni mala voluntate. Christe audi nos …"
„Was geschieht eigentlich, wenn Sie etwas falsch machen? Werden Sie dann schwul, anstatt ich hetero?", setzte Phil seine Fragerei fort.
„… audi … äh … audi nos, Christe exaudi nos. Kyrie eleison. Christe eleison." Die letzten Worte schrie Pater Bichler beinahe, um Phils Stimme zu übertönen. Erneut griff er zu dem Aspergill, um Phil mit Weihwasser zu besprengen.
„Teufel, nenne mir deinen Namen", forderte der Pater lautstark.
„Sagen Sie mir, was Sie hören wollen, damit wir diese Angelegenheit wenigstens rasch hinter uns bringen können."

Phil zupfte an dem Seil herum. Seine Fingerspitzen waren bereits taub, seine Armmuskeln näherten sich einem Krampf.
„Wollen Sie es mit Geißelung versuchen, Pater?“, fragte Carola.
Prügel? Folter? Na klar, dass gehörte unbedingt zu einem solchen Traum.
Mit zusammengezogenen Augenbrauen musterte ihn der Pater.
„Bring mir das Weihwasser und einen Becher“, befahl er Thomas. Phil fand, dass das harmlos klang. Im nächsten Moment wurde ihm der erste Becher Wasser unter die Nase gehalten.
„Ego a aqua, super istum lapidem in virtute ill ate fundo, qua Deus solern curn current luna fecit. Trink, armes, verirrtes Schäfchen. Trink und verspüre den Segen des Herrn.“ Es sollte der erste Becher von vielen sein.

****

Lars lag allein in dem Gästebett und starrte an die Zimmerdecke. Seine Handgelenke schmerzten, was er zu ignorieren versuchte. Viel schlimmer war seine Angst um Phil. Er drehte sich auf die Seite, zog die Beine an und rollte sich wie ein Fötus zusammen. Seine Finger krallten sich in die Bettdecke. Eine Weile lag er einfach nur da und zitterte. Da draußen gab es Leute, die ihn umbringen wollten.
„Lars? Schläfst du?“ Die berühmte Frage, auf die niemand ehrlich mit einem Ja antworten konnte. Nadim kam leise auf sein Bett zu, warf einen Blick auf ihn, seufzte und setzte sich auf die Bettkante.
„Ist er eingeschlafen?“, flüsterte es ziemlich laut von der Tür her.
„Nein“, antwortete Lars und setzte sich auf, als Muck ins Zimmer trat.

„Wir waren viel zu aufgewühlt, um ins Bett zu gehen. Und wie ich sehe, kannst du ebenfalls nicht schlafen“, sagte Nadim. „Meine Gedanken kreisen die ganze Zeit um Phil und die Tatsache, dass man mich umbringen wollte.“
„Warum fahren wir nicht in den Tuntenfisch und nehmen dort einen gepflegten Schlummertrunk zu uns?“, schlug Muck vor. „Meinen Laden kann ich morgen auch mal etwas später aufmachen. Oder ich lasse ihn bei dieser ganzen Aufregung lieber gleich ganz zu. Lars, was hältst du davon?“
Ihm war alles recht, solange er nicht allein mit seiner Angst bleiben musste.

Sie hatten Phil solange gezwungen Wasser zu trinken, bis er sich übergeben musste. Und selbst darauf wurde keine Rücksicht genommen. Auch als er die dringende Bitte äußerte, ihn auf die Toilette zu lassen, wurden seine Fesseln nicht gelöst. Als er nach etlichen Litern dem Druck seiner Blase nicht mehr standhalten konnte und es warm an seinem Bein hinablaufen spürte, wurde ihm klar, dass dies kein Traum war. In einem Traum nässte man sich nicht ein. Und so elend konnte man sich nur in der Realität fühlen.
Der nächste Becher wurde ihm unter die Nase gehalten.
„Ich kann nicht mehr“, stöhnte Phil verzweifelt und drehte den Kopf zur Seite.
„Der Teufel wehrt sich. Du musst jetzt tapfer sein, Philemon“, säuselte Pater Bichler.
Thomas griff Phil in die Haare und riss ihm den Kopf in den Nacken. Mit der anderen Hand übte er Druck auf zwei Punkte zwischen Phils Ohren und seinem Unterkiefer aus. Phil gab dem heftigen Schmerz nach und öffnete Mund. Sofort schüttete der Pater ihm das Wasser in den Rachen. Natürlich verschluckte sich Phil, hustete und spuckte und wehrte sich gegen Thomas unbarmherzigen Griff, während

der Pater einen weiteren Becher schöpfte. Weiteres Wasser wurde ihm in den Hals gegossen. Phil würgte erneut. Thomas ließ ihn hastig los, um nicht angekotzt zu werden.
„Vade retro in nomine Jesu Christi", lamentierte Pater Bichler und hielt sein Kreuz hoch empor.
„Bindet mich los", keuchte Phil. Sein frisch verheiltes Bein schmerzte vom langen Stehen, seine Arme krampften und das Seil schnitt qualvoll in seine Handgelenke. Immer öfter sackte er zusammen, doch der Schmerz, der dann durch seine Schultern zuckte, ließ ihn sich wieder aufrappeln. Wasser tropfte aus seinen Haaren und lief über sein Gesicht. Sein Shirt und die Jeans waren nass und klebten an seiner Haut.
„Bitte, bindet mich los", stöhnte Phil. Er hatte mittlerweile jedes Zeitgefühl verloren, wusste nicht einmal mehr, ob es Tag oder Nacht war. Die Fensterläden waren geschlossen und Carola hatte zusätzlich die Gardine vorgezogen.
„Losbinden", flüsterte Phil kraftlos.
„Ecce crucem Domini! Fugite, partes adversae! Vicit Leo de tribu Juda, radix David. Alleluja!" Pater Bichler klang inzwischen etwas heiser, was ihn nicht daran hinderte, mit dem Exorzismus weiterzumachen. Phil wurde es schwarz vor Augen. Zu seinem Glück fing Thomas ihn auf, ehe er sich wegen des Strickes eine Schulter auskugelte. Der erneute Schmerz in seiner Muskulatur rüttelte ihn rasch auf.
„Der Teufel schläft während der Prozedur", zischte Carola empört von dem Stuhl, auf dem sie seit einiger Zeit als stummer Zuschauer saß.
„Das zeugt davon, dass er sich im Kampf um unser verlorenes Schäfchen erschöpft." Der Pater sah sehr selbstzufrieden drein.
„Pater, ich glaube, Philemon geht es nicht gut", sagte da Thomas.
„Natürlich geht es ihm nicht gut. Er ist besessen."

„Pater, ich glaube, wir sollten einen Arzt rufen." Thomas klang jetzt ein wenig ängstlich.
„Eine Täuschung des Teufels, guter Thomas. Lass ihn los. Wir müssen weitermachen, solange Satan erschöpft ist."
Thomas zögerte einen Moment lang. Phil hing schwer in seinen Armen. Tränen stiegen ihm in die Augen.
„Thomas, bitte, ich habe Schmerzen", flüsterte Phil mühsam. „Ich bin nicht besessen, ich bin bloß schwul."
Abrupt ließ Thomas ihn los und trat hastig zurück. Phil stieß ein Wimmern aus, als sein Gewicht wieder an seinen Schultern hing. Das Aspergill versprühte weiteres Weihwasser. Inzwischen hatte Phil das Gefühl, die einzelnen Tropfen würden sich in seine Haut brennen.
„Ludica, Domine, iudicantes me; impugna impugnantes me", fuhr Pater Bichler unerbittlich fort.

****

Im *Oktopus* hatten sie zu ihrer Überraschung Christian und Dario getroffen, die aus demselben Grund wie sie hier waren. Christian hatte mittlerweile viermal bei einem leicht genervten Kommissar Krause angerufen, der ihm jedes Mal sagte, dass es von Phil keine Spur gab. Auch die gefundenen Fingerabdrücke hatten keine Übereinstimmung mit der Verbrecherkartei ergeben, sodass die Polizei mit ihrer Ermittlung in eine Sackgasse geraten war. Wie gewohnt stellte Paul ein Bier vor Lars ab. Der suchte in seiner Hosentasche nach Geld und stutzte, als seine Finger etwas Hölzernes berührten. Verwundert holte er eine blank polierte Holzscheibe mit einem eingestanzten Kreuz hervor. Richtig, das Ding aus dem Badezimmer. Das hatte er in dem ganzen Trubel ganz vergessen gehabt. Lars betrachtete die Scheibe genauer. Irgendwie kam sie ihm bekannt vor. Sie hatte eine kleine Öse, damit man sie als Anhänger tragen konnte.

„Was hast du denn da?“ Paul nahm ihm die Scheibe aus der Hand. „So eine trägt Carola. Wo hast du die denn her?“
„Carola?“ Lars schaute verblüfft zu ihm auf. „Ich habe das Ding einem der Typen abgerissen, die mich umbringen wollten.“
Am Tisch wurde es schlagartig still.
„Wie bitte?“, fragte Paul fassungslos.
Lars hob demonstrativ seine verbundenen Handgelenke.
„Du weißt das ja noch gar nicht. Phil und Lars sind überfallen worden“, erklärte Dario. „Phil wurde entführt und Lars wollten die Kerle umbringen.“
Paul ließ sich auf einen Stuhl fallen.
„Und die Täter trugen diese Anhänger?“, fragte er ungläubig und legte die Holzscheibe behutsam auf den Tisch.
„Wieso hat denn deine Schwester so ein Amulett?“, wollte Muck wissen.
„Die ist in einer Kirchengruppe“, beantwortete Paul die Frage. „Da tragen alle diese Anhänger. Sie nennen sich die *Erlöser.*“
„Kirche?“ Lars schoss senkrecht in die Höhe. Jetzt wusste er wieder, wo er diesen Anhänger schon einmal gesehen hatte: Mutter Ahnert und Annemarie hatten am Bahnhof beide einen solchen Anhänger getragen.
„Phils Mutter“, keuchte er erschrocken. „Sie besitzt einen solchen Anhänger. Und sie wollte uns tot sehen.“ Er erinnerte sich viel zu gut an ein Telefongespräch mit Mutti Ahnert, das er im Krankenhaus geführt hatte. Damit fand ein Puzzleteilchen mit einem leisen Klicken seinen Platz.
„Und Carola hat den Unfallwagen gefahren.“
Sie starrten einander an. Paul blickte von einem zum anderen.
„Ihr wollt mir nicht wirklich erzählen, dass meine Schwester eine Mörderin ist und Phil absichtlich überfahren wollte? Sie ist sehr gläubig, sie würde niemals jemandem etwas antun.“

„Wenn Lars recht hat und Phils Mutter euch umbringen will, bloß weil ihr schwul seid, dann ist Paul als Carolas Bruder vielleicht ebenfalls in Gefahr“, sagte Christian plötzlich.
Paul klappte seinen Mund total verdattert zu.
„Richtig, du solltest dich unter Polizeischutz stellen“, sagte Dario sofort.
„Aber ich bin doch überhaupt nicht schwul.“
Fünf Paar Augen richteten sich erstaunt auf ihn.
„Du bist nicht schwul?“, fragte Dario schließlich leise. „Paul, ich habe dich ein paar Mal angebaggert.“
„Ja, das war sehr schmeichelhaft, Dario. Ehrlich! Trotzdem bin ich nicht schwul. Der Eigentümer will keine homosexuellen Angestellten für den *Oktopus*. Er hält das für schlecht fürs Geschäft, weil er annimmt, dass in diesem Fall mehr gevögelt als korrekt abgerechnet wird“, erklärte Paul.
„Paul, wo finden die Treffen der Kirchengruppe statt?“, wollte Lars wissen.
„Gewöhnlich im Gemeindehaus der St. Elisabeth-Kirche“, sagte der.
Nadim zückte sofort sein Handy.
„Ich rufe den Krause an“, informierte er seine Freunde.
„Ihr meint das tatsächlich ernst?“ Paul sah von einem zum anderen. „Kein Witz? Kein Scherz?“
„Als der Arzt meine Pulsadern zunähte, habe ich jedenfalls nicht gelacht“, sagte Lars trocken.

Pater Bichler war müde und gereizt. Er hatte nicht das Gefühl, Fortschritte zu erzielen und wurde langsam ungeduldig. Zudem sah Thomas immer besorgter aus und Carolas Gesicht drückte deutlichen Ärger über sein offenkundiges Unvermögen aus. Ganz zu schweigen von dem, was Frau Ahnert ihm erzählen würde, sollte er bei Philemon versa-

gen. Der hing von der Prozedur erschöpft in dem Strick und bewegte in einer stummen Litanei seine Lippen.
„Pater?“ Carola schaute ihn fragend an. „Sollten wir nicht langsam zu härteren Maßnahmen greifen, um den Widerstand des Teufels zu brechen?“
Pater Bichler nickte, obwohl Thomas alles andere als glücklich aussah.
„Wir hängen ihn ans Kreuz“, entschied er. „Wenn Jesus Christi für unsere Sünden am Kreuz büßen konnte, wird es Philemon auch für sein widernatürliches Verhalten erleiden können.“ Er schnappte sich drei der Stühle und stellte sie in einer Reihe vor dem Holzkreuz auf. Phil hob müde den Kopf und versuchte zu begreifen, was nun auf ihn zukam. Pater Bichler band ihn los. Phils Arme sanken herab und er kippte gegen ihn, der ihn rasch festhielt, damit Frau Ahnerts Sohn nicht zu Boden fiel. Phil stieß ein erleichtertes Seufzen aus.
„Danke“, stammelte er und versuchte nach seiner schmerzenden Schulter zu greifen. Doch ehe dieser arme, vom Teufel besessene Mann sich versah, hatte ihn der Pater am Kragen gepackt und auf die Stühle hinauf gezerrt.
„Pater, meinen Sie nicht, wir gehen damit zu weit?“, fragte Thomas skeptisch, als Carola aus der Kiste einen Hammer und lange Zimmermannsnägel holte. Phil schien inzwischen einen Zusammenhang zwischen seiner Position auf dem Stuhl und dem Hammer zu erkennen und versuchte mit einem erschrockenen Laut und zitternden Beinen an ihm vorbeizuschlüpfen. Im nächsten Moment hatte der Pater ihm das Seil um den Hals geschlungen und am Balken fixiert. Würgend zerrte Phil an dem Strick.
„Die Nägel, Carola, rasch!“
„Oh nein … nein …“, keuchte Phil entsetzt, der sich erfolglos wehrte.

Endlich kam Carola ihm zuhilfe. Gemeinsam gelang es ihnen, Phils Hand gegen den Holzbalken zu drücken und einen der Nägel gegen seine Handfläche zu pressen.
„Thomas, hilf mir!“, flehte Phil kläglich und versuchte weiterhin seine gefährdete Hand aus dem unerbittlichen Griff des Paters und seiner Helferin zu winden.
„Pater …“, sagte Thomas tatsächlich.
„Wirst du ebenfalls vom Teufel in die Irre geführt, Thomas?“ Der Pater warf ihm über die Schulter einen strengen Blick zu. Hastig schloss Thomas den Mund und schüttelte den Kopf. Nun wandte sich der Pater wieder Phil zu, ignorierte dessen verzweifelten Blick und holte mit dem Hammer aus. Ein markerschütternder Schrei hallte durch das Gemeindehaus.

Das Blaulicht mehrerer Streifenwagen flackerte auf den Wänden des Gemeindehauses, als Kommissar Krause und sein Kollege Wegener aus ihren Wagen stiegen. Ein Beamter lief sogleich an seine Seite und deutete auf einen roten Sharan und einen schwarzen Audi.
„Die beiden Wagen haben hier gestanden, als wir angekommen sind. Ein roter Sharan soll laut einem Nachbarn zum Zeitpunkt der Entführung bei Herrn Ahnert vor der Tür geparkt haben.“
Krause nickte. Alles deutete darauf hin, dass die Freunde des Entführten mit ihrer Vermutung recht hatten.
„Das Gebäude ist offen. Gehen wir rein?“, fragte der Beamte. Ehe Krause erneut nicken konnte, ertönte ein schrecklicher Schrei.
„Verdammt!“ Er zog seine Dienstwaffe, stieß die Tür auf und stürzte, von Wegener und den anderen Kollegen gefolgt, auf den dahinterliegenden Flur zu. Rechts befand sich ein leerer Gemeindesaal. Im linken Zimmer sprangen

soeben fünf Männer auf, die bei einem Kartenspiel, Zeitschriften und Kaffee beisammen gesessen hatten.

„Festnehmen“, kommandierte Wegener und trat in das Zimmer, während Krause mit einigen weiteren Beamten weitereilte. Sie kamen an den Türen zu den Toiletten vorbei und erreichten ein weiteres verschlossenes Zimmer. Seine Kollegen postierten sich rechts und links neben der Tür, durch die lateinische Worte und eine zweite besorgt klingende Stimme drangen. Krause drückte die Klinke herunter und sprang in den Raum. Auf das Bild, das sich ihm bot, war er allerdings nicht gefasst. Eine junge Frau und ein Priester standen mit einem Hammer bewaffnet auf einer Stuhlreihe und waren offensichtlich damit beschäftigt, das Entführungsopfer zu kreuzigen. Ein weiterer Mann stand mit bleichem Gesicht dabei. Beim Anblick der Polizei hob er sofort die Hände und wich in Richtung einer Wand zurück.

„Lassen Sie den Hammer fallen“, befahl Krause und richtete die Waffe auf den Pater. Dessen Hängebacken bebten unentschlossen.

„Sie verstehen das nicht“, rief der Geistliche leidenschaftlich. „Das hier ist ein Exorzismus. Sie dürfen uns nicht stören.“

„Fallen lassen!“, fauchte Krause. Jetzt erst bemerkte er, dass das Opfer einen Strick um den Hals hatte. Wenn der Pater und die Frau den Mann losließen, würde der sich nicht nur die festgenagelte Hand zerfetzen, sondern sich wahrscheinlich auch noch erwürgen, wenn er fiel. Mit einem dumpfen Knall schlug der Hammer auf den Boden. Zwei der Beamten eilten herbei, um den Gekreuzigten zu stütztten, während Kollegen die Frau und den Pater von den Stühlen holten. Krause zückte sein Handy.

„Haltet ihn bloß fest“, ermahnte er seine Kollegen, bevor er die Feuerwehr anrief. Der Querbalken des Kreuzes wür-

de durchgesägt werden müssen, damit man den Verletzten dort herunterholen konnte.
„Lasst mich durch!“, ertönte von draußen eine Stimme. „Durchlassen! Phil! Phil! Was habt ihr mit Phil gemacht?“ Der Freund des Opfers boxte sich grob einen Weg durch die Polizisten. Krause, mit dem Handy am Ohr, gab seinen Kollegen ein verzweifeltes Zeichen ihn aufzuhalten, doch es war bereits zu spät. Lars Erlen hatte seinen Freund bereits erspäht.
„Ihr verdammten Schweine!“, brüllte er wutentbrannt und ging augenblicklich auf den ängstlich blickenden Pater los. Ehe jemand reagieren konnte, erwischte Erlens Schwinger den Geistlichen mitten im Gesicht und schleuderte dem Mann die Brille von der Nase. Ein Beamter, der ihn aufhalten wollte, trat versehentlich darauf und zerbrach die Gläser. Schließlich wurde der tobende Erlen gepackt und festgehalten.
„Raus mit ihm“, zischte Krause. „Raus!“
Trotz seiner Proteste wurde Erlen ins Freie gezerrt. Krause atmete erleichtert auf. Das Letzte, was er im Augenblick gebrauchen konnte, war ein Tollhaus. Endlich konnte er der Feuerwehr die benötigten Angaben durchgeben und betonte die Dringlichkeit des Einsatzes. Nach dem Telefonat bemerkte er, dass einer seiner Kollegen das Seil um Ahnerts Hals entfernt hatte und mit beruhigender Stimme auf das kreidebleiche, zitternde Opfer einredete. Krause bemühte sich, nicht auf die blutige Hand zu starren, die von einem kräftigen Nagel gepfählt am Balken hing.
Folter im Namen der Kirche, dachte er mit einem leichten Erschauern. *Was kommt denn als Nächstes? Öffentliche Verbrennungen von Hexen auf dem Marktplatz?*

Zwei Beamte schleppten Lars aus dem Gemeindehaus, der fluchte und schrie und sich gegen diese Behandlung wehrte.

„Lars, was ist denn los? Hör auf dich derartig aufzuführen." Dario und Nadim nahmen ihn zur Erleichterung der Beamten in Empfang.
„Bitte, lassen Sie mich zu ihm. Ich werde mich bestimmt benehmen", flehte Lars die Polizisten an.
„Sie warten gefälligst hier, bis die Feuerwehr und die Rettung da sind", erklärte man ihm mehr als deutlich. „Oder wir nehmen Sie in Gewahrsam, wenn Sie weiterhin diesen Einsatz behindern."
„Feuerwehr?", fragte Christian verblüfft. „Wozu, um alles in der Welt, die Feuerwehr?"
„Weil diese verdammte Schwarzkutte Phil an ein Kreuz genagelt hat", fauchte Lars in Richtung des Paters, der mit blutigem Gesicht in einen weiteren Streifenwagen stieg.
„Hat er die blutige Nase von dir?", erkundigte sich Dario.
„Wenn ich nicht aufgehalten worden wäre, hätte er weitaus mehr als lediglich eine blutige Nase." Lars begann fieberhaft nach einer Möglichkeit zu suchen, um wieder in das Gemeindehaus zu gelangen.
„Lars, bleib hier." Sicherheitshalber packte ihn Nadim am Arm. „Überlass das der Polizei."
„Ich will doch nur Phil helfen", heulte Lars.
„Du stehst den Leuten da drinnen bloß im Weg. Lass die ihre Arbeit tun. Ich bin mir sicher, sie kümmern sich um Phil", sagte nun auch Muck. Natürlich würde sich die Polizei um Phil kümmern, allerdings hatte Muck nicht gesehen, was Lars gesehen hatte. Verdammt! Dieses Bild würde ihn bis in alle Ewigkeiten verfolgen. Wieso tat eine Mutter dies ihrem Sohn an? Kein Wunder, wenn Phil manchmal seltsam reagierte. Das musste reiner Selbstschutz sein, der ihn instinktiv vor dem Irrsinn seiner Erzeugerin bewahrt hatte. Von wegen Mutterliebe …
Endlich hielt mit heulenden Sirenen ein Einsatzwagen der Feuerwehr, aus Ermangelung eines anderen Platzes, mitten auf der Straße. Die Rettung parkte unmittelbar dahinter.

Bewaffnet mit einer Motorsäge und einer Trage eilten die Rettungsleute in das Gemeindehaus. Kaum war die Feuerwehr drinnen, wurde Carola hinausgeführt. Wie zuvor Pater Bichler wurde sie von einem Polizisten zu einem Streifenwagen gebracht. Paul, der zwischen den Freunden stand, sah sie ungläubig an. Carola sandte ihm einen überraschend feindseligen Blick, ehe sich die Türen des Wagens hinter ihr schlossen. Christian stieß Paul kameradschaftlich an und Muck legte sogar tröstend einen Arm um ihn.
„Ich habe es nicht glauben wollen", stammelte Paul. „Bis eben habe ich es nicht glauben wollen, dass Carola etwas mit dem Unfall und der Entführung zu tun hat. Lars, es tut mir furchtbar leid."
„Das braucht es nicht, Paul. Du kannst nichts dafür." Lars begriff, dass Paul ebenfalls schwierige Zeiten bevorstanden. Er wohnte mit seiner Schwester zusammen und die Polizei würde ihn sicherlich allein aus diesem Grund fragen, ob er von Carolas Vorhaben etwas gewusst hatte. Für einen kurzen Moment ertönte das Heulen der Motorsäge.
„Maldito! Phil sorgt ständig für großes Kino", murmelte Dario. Er hielt Christians Hand vor Aufregung fest umklammert. Lars tat unruhig einen Schritt auf das Gebäude zu, aber Muck schüttelte nachdrücklich den Kopf. Auf einmal tauchte Kommissar Krause in der Tür auf.
„Herr Erlen?", rief er und schaute sich suchend um.
„Hier!" Lars schoss durch die anwachsende Menge der Schaulustigen. Gleich darauf wurde er von Krause informiert:
„Ihr Freund möchte Sie sehen."
Lars' Schritte wurden hastiger, bis er beinahe rannte. In dem schicksalsträchtigen Zimmer lag Phil inzwischen auf der Trage. Seine verletzte Hand war zusammen mit dem Stück Querbalken bereits fest verbunden worden. Ein Sanitäter spritzte ihm gerade irgendein Zeugs, wahrscheinlich ein Schmerzmittel.

„Phil!“ Lars ließ sich neben der auf dem Boden stehenden Trage auf die Knie fallen.
„Wehe, du fällst mir erneut ins Koma“, knurrte er, als sich Phils Blick auf ihn richtete.
„Habe ich nicht vor“, murmelte der und fragte dann leicht verstört: „Wieso lebst du eigentlich?“
Lars hob seine Hände, damit Phil die Verbände sehen konnte.
„Chris und Dario haben den Termin mit dem Jenseits dankenswerterweise für mich verschoben.“
„Ich muss Sie leider unterbrechen. Wir bringen Herrn Ahnert jetzt in die Klinik“, meldete sich der Sanitäter zu Wort.
„Schon wieder“, stöhnte Phil.
„Ich begleite dich“, erklärte Lars sofort und warf dem Sanitäter einen Erlaubnis heischenden Blick zu. Der nickte kurz.
„Und denk daran“, erinnerte Lars seinen Freund. „Keinen Ausflug ins Schlummerland.“

****

Es war still auf der Krankenstation. Die Schwestern hatten ihre letzte Runde gedreht und die meisten Patienten schliefen bereits. Gekleidet in eines der offenherzigen Pflegenachthemden lag Phil unter der fein gestreiften Bettdecke in seinem Bett. Die dick verbundene Hand hatte er wie schützend an seine Brust gezogen. Dank der Medikamente war er eingeschlafen und sein Gesicht jetzt ganz entspannt. In dem zweiten Bett des Zimmers hockte Lars mit angezogenen Knien und beobachtete seinen Freund. Er hatte sein Handy am Ohr und telefonierte mit Dario.
„Der Nagel war sechs Millimeter breit. Stell dir mal vor, du hättest ein solches Ding in deiner Hand“, flüsterte Lars gerade ins Handy. „Nein, ich kann nicht lauter. Ich soll nicht

telefonieren, sondern mich ausruhen. Außerdem schläft Phil. Ich will ihn nicht wecken." Er ließ sich von Dario kurz von der Vernehmung bei Kommissar Krause berichten. Als er hörte, dass man inzwischen Mutter Ahnert und einige weitere Personen ihres Bibelkreises in ihrem Heimatort festgenommen hatte, atmete er erleichtert auf.
„Und was passiert nun?", fragte er, obwohl er es ahnte. Untersuchungshaft, bis die Staatsanwaltschaft fertig ermittelt hatte und hinterher ein nervenaufreibender Prozess, bei dem Phil gegen seine Mutter würde aussagen müssen. Dario bestätigte seine Vermutung und erklärte, dass Krause unbedingt eine Aussage von Phil benötigte.
„Phil muss morgen vielleicht noch hier bleiben", flüsterte Lars. „Er hat zwar mit der Hand verteufelt viel Glück gehabt, aber die Ärzte wollen auf Nummer sicher gehen. Und dieses Mal ist er ganz zahm. Ich glaube, er hat Angst, dass er seine Hand zum Schreiben nicht mehr ausreichend bewegen kann. Warte mal, ich glaube, da ist jemand an der Tür." Lars spitzte die Ohren und lauschte.
„Dario, ich muss Schluss machen", wisperte er und da wurde bereits die Tür geöffnet. Eine Schwester sah ihn missbilligend an.
„Herr Erlen", schimpfte sie halblaut.
„Bis morgen, Dario." Flink klappte Lars das Handy zu und schenkte der Schwester ein entschuldigendes Lächeln.
„Sollte ich Sie ein weiteres Mal erwischen, konfisziere ich das Handy. Sie sollen schlafen und nicht noch Herrn Ahnert stören. Der braucht dringend etwas Ruhe."
„Tut mir leid. Es sind nur alle sehr besorgt um Phil." Lars schaltete das Handy demonstrativ aus und legte es auf den Wagen neben seinem Bett.
„Hoffentlich konnten Sie inzwischen alle beruhigen. Gute Nacht." Die Tür ging wieder zu. Lars seufzte, kroch nun ebenfalls unter die Decke und löschte das Licht. Es war bereits nett, dass er über Nacht bei Phil bleiben konnte.

Dabei bedurfte es nur eines einzigen Blicks der Belegschaft auf Psycho-Phil und schon stellte Lars' Aufenthalt kein Problem mehr dar. Seine eigenen Verletzungen unterstützten dazu diese Entscheidung. Mitten in diese bereits etwas schläfrigen Gedanken hinein, fühlte sich Lars unsanft geknufft.

„Rück mal."

Überrascht blinzelnd öffnete er die Augen.

„Phil, das ist ein Krankenhaus", protestierte er amüsiert, als Phil zu ihm ins Bett kletterte und sich an seine Seite kuschelte.

„Mir egal", brummelte sein Liebster.

Zu zweit in dem schmalen Bett war es ziemlich eng. Lars legte einen Arm um Phil, wobei er darauf achtete, nicht gegen dessen verletzte Hand zu stoßen.

„Es tut mir leid", murmelte Phil da.

„Was?"

„Dass du das alles wegen meiner bekloppten Mutter durchmachen musstest."

„Mir tut es für dich leid, Phil. Mach dir um mich keine Sorgen. Zum Glück ist alles gut ausgegangen. Und deine Hand wird auch heilen."

Einen Moment lang schwiegen sie.

„Lars?" Phils Stimme klang erstickt.

„Hm?"

„Die haben meinen Vater umgebracht", flüsterte Phil mit erstickter Stimme und begann dann leise zu weinen.

Oh nein, bitte nicht, dachte Lars erschlagen. Er drückte Phil an sich und küsste ihn sanft, bis sich sein Freund etwas beruhigt hatte.

„Meinst du, dass nun alles vorbei ist und wir endlich eine normale Beziehung führen können?" Phil schniefte.

„Nach dem Prozess. Und den stehen wir gemeinsam durch."

„Versprochen?"

„Versprochen“, sagte Lars mit fester Stimme.

4. Kapitel

Woody Allen:
Ich finde, Menschen sollten sich fürs Leben paaren, so wie Tauben oder Katholiken.

Ein halbes Jahr später saß Lars in dem gemütlichen Ohrensessel in Phils Arbeitszimmer und genoss die Frühlingssonne, die durch die grünen, luftigen Gardinen fiel. Das leise Klappern der Tastatur von Phils Computer erfüllte das Zimmer mit arbeitsamer Monotonie. Phil befand sich im Abschlussstadium seines letzten Oskar Mewes-Bandes und irgendwie hatte Lars das Gefühl, die Handlung des Buches vorhersagen zu können. In seinem Schoß lag das schmale Notizbüchlein mit Phils Gedichten. Ein neues war hinzugekommen. Das wusste er allerdings nur, weil er Phil neulich damit hatte am Schreibtisch sitzen sehen. Mit ungelenken Bewegungen hatte Phil den Kugelschreiber über das Papier geführt, denn zwei Finger seiner Hand waren noch immer schwer beweglich. Pater Bichlers Zimmermannsnagel hatte Sehnen und Nerven verletzt, aber Phil war froh, dass er die Hand überhaupt wieder nutzen konnte.
Jetzt steckten Mutter Ahnert und ihr Pater hinter schwedischen Gardinen und die Polizei fand einen Anklagepunkt nach dem anderen, je mehr sie im Kreis der Bibelfreunde herumstocherte. Sicherlich würde Phils Mutter aus dem Knast nicht mehr herauskommen und höchstens in eine Psychiatrie umsiedeln. Lars hegte keinerlei Mitleid mit ihr. Er blickte auf seine eigenen verblassenden Narben auf den Handgelenken hinab. Diese Narben, seine eigenen und die Phils, sowie der gemeinsam erlittene Schrecken, schweißte sie wie siamesische Zwillinge zusammen. Er sah kurz zu seinem Phil hinüber – seinem Krimi-Phil – der auf der Unterlippe kauend die Finger über die Tasten wandern ließ. Lars schlug den Gedichtband auf und las:

Ist es der Mond?
Oder sind es die Sterne, die diese
Nacht zum Leuchten bringen?
Oder ist es das Funkeln deiner Augen,
das diesen Zauber heut entfacht?

Sieh nur die Blumen,
Die sich zu deinen Füßen
Anmutig verneigen.
Glockenblumes Klang
Läutet zu jedem deiner Schritte.

Ist es der Teich,
Der so kühl ist wie deine Seele?
Undurchdringliche Tiefe
Mit Geschöpfen, die mir stets
Ein wenig unheimlich begegnen.

Sieh nur die Liebe!
Sie hat mich geblendet
Durch der Augen falscher Schein.
Pure Versuchung. Doch deine Seele
Kann nicht lügen. Ich bin frei!

Frei, dachte Lars zutiefst berührt. *Das sind wir ja wohl jetzt. Frei um zu lieben. Und Phil … Tja, Phil ist wie für die Liebe gemacht.*

- Ende -

J. Walther

Phillips Bilder

Chris P. Rolls

(K)ein Kavaliersdelikt

Susann Julieva

Café der Nacht

Hanna Julian

Wie im Film

Sandra Busch

Waldmeister
mit Sahne

Sandra Busch

The Bride –
Das Bündnis von
Halland

http://www.deadsoft.de